秦汉文学综论

胡建军 著

吉林出版集团股份有限公司
全国百佳图书出版单位

图书在版编目（CIP）数据

秦汉文学综论 / 胡建军著 . -- 长春：吉林出版集团股份有限公司 , 2023.5
ISBN 978-7-5731-3587-2

Ⅰ.①秦… Ⅱ.①胡… Ⅲ.①中国文学—古代文学史—文学史研究—秦汉时代 Ⅳ.① I209.32

中国国家版本馆 CIP 数据核字 (2023) 第 104727 号

秦汉文学综论
QIN-HAN WENXUE ZONGLUN

著　　者	胡建军
责任编辑	祖　航
封面设计	李　伟
开　　本	710mm×1000mm　　1/16
字　　数	230 千
印　　张	13
版　　次	2024 年 3 月第 1 版
印　　次	2024 年 3 月第 1 次印刷
印　　刷	天津和萱印刷有限公司

出　　版	吉林出版集团股份有限公司
发　　行	吉林出版集团股份有限公司
地　　址	吉林省长春市福祉大路 5788 号
邮　　编	130000
电　　话	0431-81629968
邮　　箱	11915286@qq.com
书　　号	ISBN 978-7-5731-3587-2
定　　价	75.00 元

版权所有　翻印必究

作者简介

胡建军，男，山东省淄博市人，1976年4月出生。2007年毕业于聊城大学中国古典文献学专业，现就职于淄博师范高等专科学校，副教授。多年来，对秦汉文学、文化表现出浓厚的研究旨趣，现已主持"汉代〈诗〉学编年研究""汉代淄川国研究""汉代韦贤家族研究"三项省级课题；发表有关秦汉文学、文化的论文《"齐诗"源流考》《汉代四家诗首创经师行迹年表》《汉代〈诗〉学先秦探源》《汉代"齐诗"佚书及其著述体式考辨》《汉代〈诗〉学编年研究刍议》《汉代淄川国研究考辨》等，其中《汉代淄川国研究考辨》获2015年山东高等学校优秀科研成果二等奖。

前　言

千百年来，中华民族在创造出辉煌灿烂的物质文明的同时，也创造出了博大精深的精神文明。而源远流长、绚丽多彩的历代各体文学，正是中华民族贡献给人类文明宝库的最为可贵的精神财富之一。

秦汉是中国古代社会的一个强盛时期，秦汉两朝国力之强大，成就了政治、经济、军事乃至文学艺术等诸多方面的辉煌，令世人瞩目。秦二世而亡，值得称道的作家仅李斯一人而已，但汉代400年间名家辈出，文坛景象繁荣。刘勰尝叙汉武朝之盛曰："逮孝武崇儒，润色鸿业，礼乐争辉，辞藻竞骛：柏梁展朝宴之诗，金堤制恤民之咏，征枚乘以蒲轮，申主父以鼎食，擢公孙之对策，叹倪宽之拟奏，买臣负薪而衣锦，相如涤器而被绣。于是史迁寿王之徒，严终枚皋之属，应对固无方，篇章亦不匮，遗风余采，莫与比盛。"(《文心雕龙·时序》)汉代文学不论是诗赋还是散文，或铺陈张扬，或旖旎豪华，或抒发胸臆，或论得失之道，无不展现出一种大国的人文气度，并且对后世产生了至为深远的影响。

本书以秦汉文学为主题，从不同文学体裁的角度来介绍秦汉时期的文学成就。全书共分为七大章节：第一章介绍了秦的统一与秦代文学，分别从秦的统一与秦代文化政策、秦代博士制度与秦的文人构成、秦代的文学概况三个角度阐述。第二章为汉代的社会变迁与文学形态，具体介绍了汉代政治与汉代文化政策、汉代的政治变化与文学形态发展。第三章为秦汉的文学地理分布，从地理区分角度对秦汉文学的分布发展进行介绍，先阐述秦汉文化渊源及其区域划分，然后再具体介绍秦汉文学的具体地理分布。第四章开始从秦汉散文的发展来介绍，第一节为秦代的政论散文，第二节为汉代散文概述，第三节为汉代的散文分类。第五章是秦汉诗歌的发展，先对秦汉诗歌进行概述，然后分别阐述了汉代乐府文学发展和汉代文人诗歌发展。第六章为汉赋与汉代小说的发展，第一节为汉代赋体文学概况，第二节为汉代汉赋分期及代表作家作品，第三节为汉代小说的产生与发展。最后一章为汉代史传文学的发展，分别介绍了司马迁的《史记》和班固的《汉书》。

  在撰写本书的过程中，作者得到了许多专家学者的帮助和指导，参考了大量的学术文献，在此表示真诚的感谢。由于作者水平有限，书中难免会有疏漏之处，希望广大同行及时指正。

胡建军

2023 年 1 月

目录

第一章 秦的统一与秦代文学 ··· 1
    第一节 秦的统一与秦代文化政策 ································ 1
    第二节 秦代博士制度与秦的文人构成 ··························· 3
    第三节 秦代的文学概况 ·· 5

第二章 汉代的社会变迁与文学形态 ··································· 13
    第一节 汉代政治与汉代文化政策 ································ 13
    第二节 汉代的政治变化与文学形态发展 ······················ 14

第三章 秦汉的文学地理分布 ·· 24
    第一节 秦汉文化渊源及其区域划分 ····························· 24
    第二节 秦汉文学的具体地理分布 ································ 32

第四章 秦汉散文的发展 ·· 55
    第一节 秦代的政论散文 ··· 55
    第二节 汉代散文概述 ··· 68
    第三节 汉代的散文分类 ··· 72

第五章 秦汉诗歌的发展 ·· 95
    第一节 秦汉诗歌概述 ··· 95
    第二节 汉代乐府文学发展 ··· 103
    第三节 汉代文人诗歌发展 ··· 123

第六章　汉赋与汉代小说的发展······136
第一节　汉代赋体文学概况······136
第二节　汉代汉赋分期及代表作家作品······143
第三节　汉代小说的产生与发展······160

第七章　汉代史传文学的发展······180
第一节　司马迁与《史记》······180
第二节　班固与《汉书》······193

参考文献······199

第一章　秦的统一与秦代文学

秦朝的统一与发展促进了秦代文学的发展，本章从秦的统一与秦代文化政策、秦代博士制度与秦的文人构成、秦代的文学概况对秦的文学进行介绍。

第一节　秦的统一与秦代文化政策

公元前221年，秦最终消灭六国，结束了战国时代两百余年七国纷争的局面，建立了中央集权的国家。秦统一六国后，为了打击原六国贵族的反秦活动，同时为了防止各地此起彼伏的反抗斗争，始皇嬴政采取了一系列重大的变革：树立皇权的至高无上地位，建立权力相对集中的中央集权政治，废除封建制，确立郡县制等。为了维护多民族的大一统局面，秦朝统一了法律、货币。在文化方面，针对"战国从衡，真伪分争，诸子之言纷然殽乱"①的局面，秦朝推行"燔灭文章，以愚黔首"（《汉书·艺文志》）的文化专制政策，使得战国时代"百家争鸣"的局面不复存在。

秦朝奉行严刑峻法的政治策略，以限制言论自由为其基本文化政策。西汉政论家贾谊将秦快速灭亡的原因总结为"仁义不施而攻守之势异也"（《过秦论》），成为千百年来对这个问题最广为人知的解读。

辉煌而短暂的秦帝国，最重要的文化事件，一种是建设性的，一种是破坏性的。建设性的是文化的统一措施。秦的统一，不仅是政治上的统一，也是文化上的统一。战国时期，"田畴异亩，车涂异轨，律令异法，衣冠异制，言语异声，文字异形"②。秦始皇统一天下之后，很快就采纳了丞相李斯的建议，"罢其不与秦文合者。斯作《仓颉篇》。中车府令赵高作《爰历篇》，太史令胡毋敬作《博学篇》，

---

① 班固. 汉书[M]. 西安：三秦出版社, 2009.
② 许慎. 说文解字[M]. 长沙：岳麓书社, 2019.

皆取史籀大篆，或颇省改，所谓小篆者也。是时，秦烧灭经书，涤除旧典，大发吏卒，兴役戍，官狱职务日繁，初有隶书，以趣约易，而古文由此绝矣"（《说文解字叙》）。自此小篆字体成为通行的标准。

《史记·秦始皇本纪》说秦"平定天下，海内为郡县，法令由一统，自上古以来未尝有，五帝所不及"①。秦始皇将国家的最高统治者称为"皇帝"，中央设丞相，御史大夫、太尉三公，地方设郡县。国家的一切大权都通过这样的制度体系掌握在皇帝手里。这种执政思路也贯彻在文化领域，以至于有人将秦的文化政策径直称为"文化专制主义"。这种文化统一顺应了历史发展的潮流，大大促进了中华民族作为一个文化共同体的发展，也增强了民族向心力，影响深远。但是，秦朝的制度体系中的许多环节都过于严苛，人们动辄得罪，这也在很大程度上使思想和文化发展受到了禁锢。因此，秦朝的文化，除了不可抹杀的建设性外，还有不容忽视的破坏性。

而这破坏性最集中的体现就是"焚书坑儒"。公元前213年，在丞相李斯的建议下，秦始皇下令把秦国以外的史书和民间收藏的诗书以及诸子百家书通通烧毁，只有医药、占卜和种植的书不烧。次年，一些方士和儒生背后议论秦始皇的执政措施，导致460余人被活埋。这就是在历史上引起巨大争议的"焚书""坑儒"。始皇焚书坑儒，是我国文化史上的大事件，但是焚书的原因是什么，所焚的书籍范围是什么，坑杀的文士有哪些，焚书坑儒的后果是什么，其中的很多环节都有迷离之处，自汉儒以下聚讼纷纭。焚书的基本事实，以既有的文献，当以司马迁所记为大概，综合众家作为参考。而其中的原因与后果，则可以各出机杼了。

按照比较简略的判断，人们将焚书坑儒的目的归之于"愚民"，这是与"文化专制"的定性思路一脉相承的。贾谊说："废先王之道，焚百家之言，以愚黔首。"（《过秦论》）清儒刘大櫆《焚书辨》则认为是"愚民不自愚"，因为所禁在民间私藏，而具有官职的博士所藏并没有在此范围之内。他认为，造成秦汉之际文献凋零的主要原因并不在焚书坑儒，而在楚汉相争之际的进一步破坏，"六经之亡，非秦亡之，汉亡之也。后之学者，见秦有焚书之令，则曰诗书至秦一炬，而扫地无余，

---

① 司马迁. 史记[M]. 杨燕起, 译注. 长沙: 岳麓书社, 2019.

此与耳食何异？夫书，秦国未尝尽也。……论者谓汉以禄利诱进天下之士，故求经而经。而不知经之亡，盖在楚、汉之兴，沛公与项羽相继入关之时也"①。这也将秦始皇和李斯在焚书坑儒上承担的千古骂名做了一番解脱。钱穆也认为，李斯关于焚书的建议，并不只是"愚民"那么简单。他更加详细地总结为两条："一，深恨当时愚儒不明朝廷措施精意，不达时变，妄援古昔，饰言乱实。二，鉴于战国游士嚣张，希复古代民力农工，仕学法律，政教、官师不分之旧制。"②这是将李斯所代表的秦政府与儒士们文化主张的分歧，放置在战国以来崇尚复古仁义的齐鲁之学与崇尚现实功利的三晋之学的背景之下，可以看出其背后深刻的文化含义。

秦始皇根据法家宗旨，企图建立政教合一的政治结构。也就是说，最高行政权的拥有人皇帝同时也是价值和思想的主宰。即使秦朝政治决策中充分贯彻民主集中制，也并不能保证言论的自由。至赵高指鹿为马，则由百姓不敢言而变为必须说谎言，西周以来的文化传统断绝，秦亡也就在情理之中了。

第二节　秦代博士制度与秦的文人构成

在战国时，已有博士官之设立，如《史记·循吏列传》载："公仪休者，鲁博士也，以高弟为鲁相。"齐国著名的稷下学宫，被看作博士制度的前身。"博士掌通古今，即齐制稷下先生所谓不治而议论者是已"。③而再向前追溯，则是战国时风行的养士制度了。

秦朝继承了战国时期的基础，将博士制度化，编制是七十人。博士官是秦朝政治决策民主的主要对象，秦朝大小问题必是博士与百官讨论，最后由始皇帝集中决断。《汉书·百官公卿表》言："博士，秦官，掌通古今。"从文献上可以看到博士在秦执政中的诸多行为：诸臣给秦始皇上尊号时，"与博士议"；秦始皇渡湘江时，逢大风，几不得渡，"上问博士曰：'湘君何神？'博士对曰：'闻之，尧

---

① 刘大櫆.刘大櫆集[M].吴孟复，标点.上海：上海古籍出版社，2009.
② 钱穆.秦汉史[M]，北京：三联书店，2005.
③ 同②

女，舜之妻，而葬此。'"始皇置酒咸阳宫，博士七十人前为寿，博士齐人淳于越进言分封子弟功臣以为枝辅；焚书令下时，博士官所职并不在其列。但是，博士们并不认为自己发挥了应有的作用，作为坑儒事件缘起的儒生背后议政，侯生与卢生就议论秦始皇"专任狱吏，狱吏得亲幸。博士虽七十人，特备员弗用"。始皇三十六年（前211年），《史记·秦始皇本纪》还记载始皇令博士作《仙真人诗》，后来始皇梦与海神战，如人状，又向博士占梦。博士制度发展到西汉时期，便有专经博士的设立，但在秦朝，博士们并不是专门研究哪一部经典，甚至并不是专门研究儒家经典的，他们并无固定的执掌，只为秦始皇和政府随时提出建议。他们实际上是政府的顾问。

秦博士中最有名者当推叔孙通。叔孙通（？—约前194年），鲁地薛（今属山东枣庄）人，秦时以文学征为待诏博士。叔孙通机敏圆滑，在秦汉之际的政治与军事变乱中，能够左右逢源，"皆面谀以得亲贵"。陈胜吴广起义时，秦二世召集博士议论此事，博士们都说是造反，使狂妄自大的秦二世不快。唯独叔孙通说起义军只是一群盗贼，不足挂齿。叔孙通揣摩上意，以"盗贼"说满足了秦二世的虚荣，平抚了他的忐忑，获得厚赏，成为正式的博士。后来，叔孙通又曾投靠项梁、项羽，又转投刘邦。因为刘邦不喜儒服，他就"变其服，服短衣，楚制，汉王喜"（《史记·刘敬叔孙通列传》）。刘邦仍拜叔孙通为博士，号稷嗣君。汉朝建立后，叔孙通又协助刘邦制订汉朝的宫廷礼仪，先后出任太常及太子太傅，司马迁称他为"汉家儒宗"。

除了博士群体，儒生与方士也在秦文人群体中占有一席之地。

方士就是尊崇神仙思想而推奉方术之士，或称为有方之士，起源于战国时燕、齐一带濒海地区，从战国末年，即齐威王、齐宣王的时候，这些人便已经有了他们自己的传授系统。

秦汉后，方术之士渐盛，《史记·秦始皇本纪》载，秦始皇说："吾前收天下书不中用者尽去之。悉召文学方术士甚众，欲以兴太平，方士欲练以求奇药。"秦始皇迷信方术，曾使韩终、侯公、石生求仙人不死之药，还派徐福率领童男童女数千人，预备三年粮食、衣履、药品和耕具入海求仙。

第三节　秦代的文学概况

一、秦民族文学的发展及其特性

秦是周族以外的独立民族。他的先世，《史记·秦本纪》上说是颛顼之后裔，并且叙述得有声有色，但观其内容，却是神话与传说的成分居多。他的文化是落后的，发展是很迟的。公元前9世纪，周孝王时代，他们的酋长非子，还在渭水之间为周王牧马。到后来才封给他一块小地，定邑于秦，奉嬴氏之祀，号曰嬴秦。这是一个新兴的民族，以勇武善战的特质，在政治地位上得到了迅速的发展。襄公时代因为抵抗犬戎护送平王东迁有功，乃获赐岐西之地，被封为诸侯。于是兴高采烈，用马牛羊各三头，大祭其天帝，组织正式的国家，同中原诸侯才发生外交上的种种交涉。从这时候起，他们可以大量地吸收中原的文化。所以到了襄公之子文公十三年（前753年），才有史以纪事。从此以后他们在政治上的发展更快了。春秋时期，穆公称霸，战国时期，孝公为七雄之长。经惠、文、武、昭、襄数世，蒙故业，因遗策，连败六国之师，汉中、巴蜀之地，亦入其版图，因此国势日益富强。到了始皇，先灭韩、赵、魏，次灭楚、燕，最后灭齐，于是便产生了"六王毕，四海一"的秦帝国的新局面。这新局面他们曾想尽了方法来维持巩固，不料这个费尽了气力从六国手里夺取来的新帝国，不到三十年，便在农民的锄稷白梃底下被消灭了。

秦国在穆公时代，虽已建立了稳固的地位，但在政治经济上发生革命性的变更，由此而奠定统一中国的政治势力的基础，实起于孝公之世的商鞅变法。商鞅变法，在中国古代政治史上，或是社会经济史上，都是惊人的事件。商鞅因为要适应当代政治势力的发展，增加国库的收入，实行君主集权的制度，于是实行了废井田、开阡陌的土地政策，增收人口税的财源政策以及严厉推行连保的乡党组织与贵族人民平等的法律制度。这些新政的推行，都是使秦国日趋富强的因素。《盐铁论》云："昔商君相秦也，……外设百倍之利，收山泽之税，国富民强，器械完饰，蓄积有余。"[①] 这种情形自然是真实的。商鞅无疑是秦帝国的功臣，但是

---

① 桓宽. 盐铁论[M]. 北京：中华书局，2015.

因为他的政策不利于当时的贵族,所以孝公一死,他就遭遇车裂的惨运了。贵族势力毕竟成了最后的哀蝉,商君的思想与政策却是政治社会上不可挽回的趋势。商鞅虽是惨死了,但他的新政仍是继续活着的。我们看到自孝公到秦始皇,一直是法家政治。因为这种政治,终于成就了秦帝国大一统的伟业。

法家是彻底的功利主义者,是文化界的警察。他们轻视学术,鄙弃文艺,一味讲求富国强兵的道理,以图扩充地盘,推行严格的刑法,以图巩固君权。这种法治思想,在战国末年及秦代,融合各派思想的倾向,而成为学术思想界中的主流。这种思潮的兴起,并非偶然。战国中期以后,土地政策的改变,小农经济的发达,商业的蓄积,大地主的产生,都日趋于激烈。因为当代社会经济的基础被动摇,建立在这基础上的政治制度自然要跟着发生变化。

如贵族的崩溃,士人的抬头,君主的集权,官僚政治的兴起,都成了必然的事实。社会经济基础与政治组织发生变化,治国行政的方法与学术界的思潮也就跟着而起变化了。贵族失去了早日的经济支配力,士人已握了政界的重权,于是除了一国之君以外,官吏与人民已经没有血统的差别。从前封建时代所奉行的"礼不下庶人,刑不上大夫",现在已不能运用了。在这时候,以国法为官民共同遵守的规律的事,便应需要而产生了。在这种环境之下,战国末年的学者,都有趋于法治主义的倾向。

荀子虽称儒家的大师,但他的思想却是由儒至法的桥梁。由荀子到韩非、李斯,不过前进一步而已。他虽是倡议人治尊重学术,但他却又是重刑主义与思想统治的主张者。《王制》篇说:"听政之大分,以善至者待之以礼,以不善至者待之以刑。两者分别,则贤不肖不杂,是非不乱。贤不肖不杂,则英杰至,是非不乱,则国家治。"① 又《正论》篇说:"一物失称,乱之端也。夫德不称位,能不称官,赏不当功,罚不当罪,不祥莫大焉。夫征暴诛悍,治之盛也。杀人者死,伤人者刑,是百王之所同也。刑称罪,则治,不称罪,则乱。故治则刑重,乱则刑轻。犯治之罪固重,犯乱之刑固轻也。"他这种重刑主义,虽名为礼治的辅助,然与法家所讲的严刑峻法,却一点也没有分别。再看他对于思想的统制,其言论更是激烈。《正名》篇说:"凡邪说辟言之离正道而擅作者,无不类于三惑者矣。故明君知其分,而不与辨也。夫民易一以道,而不可与共故。故明君临之以势,道之以道,申之

---

① 荀子.荀子[M].曹芳,编译.沈阳:万卷出版公司,2020.

以令，章之以论，禁之以刑，故其民之化道也如神，辨势恶用矣哉。"《非十二子》篇说："一天下，财万物，长养人民，兼利天下，通达之属，莫不从服。六说者立息，十二子者迁化，则是圣人之得势者，舜、禹也。今夫仁人也，将何务哉。上则法舜、禹之制，下则法仲尼、子弓之义，以务息十二子之说，如是则天下之害除，仁人之事毕，圣王之迹著矣。"他所说的"三惑"是惑于用名以乱名，惑于用实以乱名，惑于用名以乱实。"六说"是它嚣、魏牟的纵欲，陈仲、史鳅的高蹈，墨子、宋钘的兼爱，慎到、田骈的法度，惠施、邓析的诡辩，子思、孟轲的五行。他认为这些都是思想界的异端，是离叛正道的邪说辟言，必得一概禁绝。要实行严格的思想统制，才能达到天下太平，圣人得势的地步。

秦始皇和李斯，后人都把他们看作，罪大恶极的人，这都是受了儒家宣传的影响，其实他们是极有眼光、有手腕的革命政治家，他们的思想与方法，都是维持政权、统治国家的必要办法。在战国末年，这种政治思想，正适合于那个时代的潮流。焚书坑儒说出来似乎有点野蛮，其实这套把戏，一直被历代的君王所采用，不过方法名义稍有不同，然其效果却没有两样。李斯其实并不是什么恶人。他实行明法度、定律令、同文书的政策，都是非常有价值的，他融合商鞅、荀子、韩非诸人的政治思想，做了一个具体的表现。

法家在政治上虽是收获了巨大的成果，但对于妨碍学术思想的自由与纯文艺的发展是要负责任的。《文心雕龙》中云："五蠹六虱，严于秦令。"①就是荀子也说过"凡言不合先王，不顺礼义，谓之奸言"的激烈话语（见《非相》篇）。完全在这种政治环境下孕育出的勇武好战的秦人，想要在纯文艺方面有多大的成就，实在是一件难事。加上秦帝国的寿命是那么短促，自然不容易产生什么大作家和大作品。

《诗经》中的《秦风》十篇，可称是秦最早的诗歌。大概是西周、东周之交的作品。因为秦国那种好战尚武的民族性，在那些诗里，多叙车马田狩之事，或赞美战士，或描写军容。其音节无不悲壮激昂。《汉书·地理志》云："安定北地上郡西河皆迫近戎狄，修习战备，高上气力，以射猎为先。故秦诗曰：'王于兴师，修我甲兵，与子偕行。'及《车邻》《驷驖》《小戎》之篇，皆言车马田狩之事。"再如《黄鸟》《权舆》诸篇，虽非兵戎之诗，然其音调一样高昂悲壮，也是秦声

---

① 刘勰. 文心雕龙[M]. 呼和浩特：内蒙古人民出版社，2009.

的本色。唯有《蒹葭》一篇，却是情韵缠绵音调哀婉的抒情诗，艺术亦在上列诸章之上，其中句子十分优美，又充满情致的意境。这篇诗在《秦风》里，自然是要称为杰作的。

《尚书》中的《秦誓》一篇，可算是存在的秦的最早的散文。秦穆公侵郑时，为晋师大败于崤。穆公悔过，兼戒群臣，作《秦誓》。从前的誓，都是誓师之辞，这一篇是罪已式的作品。文字通达简练，动人听闻，如"我心之忧，日月逾迈，若弗云来"数句，颇富诗意。可知东周时期，秦民族的文化程度已相当发达了。

《石鼓文》共有十篇，唐初始出土，原石现存于故宫博物院。但其时代的考证，为古今学者所争辩。有主周成王时者（宋程大昌），有主周宣王时者（唐韩愈），有主秦襄公至献公时者（近人马衡），有主秦文公时者（近人罗振玉），有主秦惠文王至始皇时者（宋郑樵），有主汉代者（清武亿），有主后周者（清万斯同）。众说纷纭，各持己见。因此对于《石鼓文》的本身，无法定论。其内容大半叙述游猎，亦有祝颂燕饮之作。其文体颇近《雅》《颂》，但其艺术，远比不上《秦风》。如果我们承认《石鼓文》之出于《秦风》之后，那么他们在文学发展史上，自然是没有什么重要的地位。

秦代统一以后，因其寿命非常短促，在文学方面，自然不会有多大的成就，但荀子的赋、李斯的铭，却是值得我们注意的。荀子虽是赵人，《史记》上却说："赵氏之先与秦共祖。"并且《史记》本传及《盐铁论·毁学》篇都说李斯相秦，荀子还在世。那么荀子是死在始皇帝统一六国以后。可知无论从世系或从年代上讲，荀子的文学，是可以放在秦代文学这个范围以内的。

二、荀子的赋

荀卿名况，是北方的大儒。他的生死年代，已不可考。大约生于公元前 4 世纪末年，逝于公元前 3 世纪末年，是一个活了将近百岁的老人。他曾游学于齐，被尊为学术界的领袖，后因不得志，去楚，春申君以为兰陵令。春申君死而荀卿废，嫉浊世之政，亡国乱君相属，因发愤著书而死，葬于兰陵。他在儒家学说的传授上，占有重要的地位，毛、鲁、韩《诗》《左传》《穀梁》皆其所传，犹长于《礼》。

荀子虽久居楚国，但《楚辞》并没有给他深刻的影响。因为他是一个轻视纯文艺的道统者。他持着功用伦理主义的态度，自然看不起像《楚辞》那种个人主义的浪漫文学。在他的作品里，他与战国时代的诸子一样，完全是站在学术思想的立场上表现出来的。换言之，他的写文作赋，不是为了文学的艺术，而是要宣传他的思想。"嫉浊世之政，亡国乱君相属"，这是他著书的最大动机。据此，我们便可了解荀子虽久居楚国，但其作品并没有染上《楚辞》的作风，而仍是承继北方文学的直接系统。

《汉书·艺文志》列《孙卿赋》十篇（孙卿即荀卿，避汉宣帝讳改）。今《荀子》的赋篇中只有《礼赋》《知赋》《云赋》《蚕赋》《箴赋》五篇和《佹诗》二章。又《汉志》列《成相杂辞》十一篇，无作者姓名。现荀子集中有《成相》三篇。那么《汉志》的《成相杂辞》中，或有荀子的作品。古人是把屈原和荀子两人看作辞赋之祖。屈原的作品，楚人称为辞，其实就是一种新体诗。真正以赋名篇的，则起于荀子。他的赋篇艺术虽不甚高明，然在赋的发展史上，是占有重要地位的事，这是无可置疑的。抒情、说理、咏物，本为文学的三大主流。屈、宋的作品偏于抒情，荀子的作品说理咏物兼而有之。对于后代赋的发展，产生了重大的影响。

《礼赋》同《离骚》《九辩》并读，我们便立刻体会到两种不同的情调。《礼赋》是一种诉之于理智的散文赋，《离骚》《九辩》却是动人情感音韵和谐的长篇新体诗。在《礼赋》中，很明显地缺少诗歌所必有的那种韵律情感和整齐的美感。它同汉代的散文赋，形式已很接近。荀子的问答式叙述，成为汉代赋家普遍采用的形式。由他这种作品的变化发展，演变成汉代的咏物赋（如王褒的《洞箫赋》）与说理赋（如张衡的《思玄》）以及那些长篇的散文赋。我们如果仔细分析汉赋的文体与品质，便知道荀子的地位并不在屈、宋之下。汉赋的代表作家的作品，如司马相如的《子虚》《上林》，扬雄的《羽猎》《长杨》，班固的《两都》诸篇，无论形式还是作风，都是从荀赋变化发扬出来的。至于那些屈、宋派的作品，大都是《楚辞》的模拟，我们只要读了淮南小山的《招隐士》、东方朔的《七谏》、严忌的《哀时令》、王褒的《九怀》、刘向的《九叹》、王逸的《九思》诸篇，便会知道这些东西，无论内容形式还是情感文字方面，都只是《楚辞》的尾声余响，没有产生新奇刺激的感觉。因为《楚辞》体的作品，在屈、宋的笔下，已达到极高的成就，所以到了汉朝，已成为强弩之末，没有什么创新的特色了。

荀子在他的赋里，并没有重视文学的成就。其表面虽是咏物，内容还是说理。

他主要的目的,是要把礼、知、云、蚕、箴这五种具体的或是抽象的物的形状与功用加以暗示式地说明。他这种态度,正如他写论文的时候所取的态度一样,是抱着"不反先王之言不背礼义"的要旨的。所不同者,他采取了一种诗文混合的新体裁。他在这里,自然是一种尝试,尝试的目的,无非是想把自己的思想,更普遍地宣传出去。他的《成相》也就是想把高深的思想,装在通俗的文字里的。如果说屈原、宋玉的创作态度是文学的,荀子的态度完全是学术的、教育的。汉代的赋家接受荀子尝试过的粗具规模的新体裁,抛弃了他那种学术家、教育家的态度,完全从文学的立场上来创造建筑,于是号称六义附庸的赋,变为汉代文学界的主要部门,成就了光辉灿烂的历史。

《成相》是荀子一种宣传道义贤良的通俗文学。他的体裁,非诗非赋也非散文,大概是当时流行的一种歌谣式的自由体。"成相"二字的含义,古今学者,各有解释。王引之说:"相者治也,成相者,成此治也。请成相者,请言成治之方也。成功在相,稍为近之。"① 这意义虽是明显,但似乎过于曲折。《东坡志林》云:"卿子书有韵语者,其言鄙近。《成相》者,盖古歌谣之名也。"② 把"成相"解作是古代歌谣之名,确是一个卓见。俞樾说:"此'相'字即《曲礼》'春不相'之相。郑注曰:相谓送杵声。盖古人于劳役之事,必为讴歌以相劝勉,亦举大木者呼邪许之比,其乐曲即谓之相,'请成相'者,请成此曲也。"(《诸子平议》十五)我们可以知道《成相》虽不能说一定就是弹词之祖,但说他们是受了当时民间歌谣的影响,把治国为政的人君大道,写在通俗的文体中,要达到规箴教训的目的,与现今的弹词道情一类作品大体相同的事,是绝无可疑的了。

《成相》共分五篇(首篇分为二,"凡成相辨法方"起,另成一篇)。其中叙述的无非是尚贤劝学为君治国的道理。在前三篇里,叙述了不少的贤君,如尧、舜等人,暴君如桀、纣等人的史事;第四篇言世乱之因;末篇言治国之术。他是想用通俗的民歌体裁,来传布他的哲学。因为那种布教传道的气息过浓,在文字的技术上,较之赋篇,是更要低弱了。

《佹诗》二篇,可称是荀子的诗,然其中也杂有许多散文的调子。他的内容,正和他的赋篇和《成相》一样,也还是表现那套国家兴亡的意见。"天下不治,

---

① 王引之. 读书杂志 [M]. 上海:上海古籍出版社,2016.
② 苏轼. 东坡志林 [M]. 韩中华,译注. 福州:海峡文艺出版社,2018.

请陈佹诗。"由这开篇两句,就可领悟其中的意思了。荀子本是一个带有法家倾向的儒家,他重视正统的儒教思想与实际的功用。他说过"凡言不合先王,不顺礼义,谓之奸言"的话,所以在他的作品里,他这种思想始终是一贯的。他轻视那些重情感逞想象的浪漫文学。他把文学看作是一种教训宣传的工具,不能让他变为那种不合先王、不顺礼义的奸言。由他这种观念演变下去,就成为后世征圣宗经的载道文学。同时,我们更可了解在儒家思想一统的汉代,为什么抒情文学那么消沉,赋倒是在美刺的帷幕下,逐渐地发达起来了。

三、李斯的铭

李斯虽是一个严格的法治主义者,然而他又是一个富于文采的才人。大概因为他生长于文风极盛的南方,受了那文学空气的陶染。根据他那篇有名的《谏逐客书》,便会知道他的文字艺术的高妙,铺陈排比,气势奔放,上承纵横之遗,下开汉赋之渐,不仅是秦代散文的杰作,同时也可看出当时散文赋化的征象。这种征象,到了贾谊的《过秦论》,是表现得更具体更成熟了。

李斯逝于公元前208年,生年不可考。他是一个不甘寂寞,热心富贵利禄的人,同苏秦正是一流人物。他先从荀卿学帝王之术,后来看见楚国不足成大事,乃西入秦。辞荀卿曰:"斯闻得时无怠。今万乘方争时,游者主事。今秦王欲吞天下,称帝而治,此布衣驰骛之时,而游说者之秋也。处卑贱之位,而计不为者,此禽鹿视肉,人面而能强行者耳。故诟莫大于卑贱,而悲莫甚于穷困。久处卑贱之位,困苦之地,非世而恶利,自托于无为,此非士之情也。"(《史记》本传)这正是他自己的人生哲学的表白。到了秦国,先投吕不韦,为其舍人,后来果然得到了秦王的重用,步步高升,一家富贵,成为秦朝一统的大功臣。自己有时虽也想起荀子教他的"物禁太盛"的格言,毕竟舍不得离开富贵,始皇死后,不久便惨死在赵高的手里。临刑时,对他儿子说:"吾欲与若复牵黄犬,俱出上蔡东门,逐狡兔,岂可得乎?"这真是"鸟之将死,其鸣也哀"了。

《汉志》有秦时杂赋九篇,刘勰《诠赋》篇也说:"秦世不文,颇有杂赋。"(《文心雕龙》)这些赋是早已失传了,连作者的姓名我们也无法知道。在这九篇里,或许有些是李斯的作品,其内容和形式,大概就是荀子赋篇那一类的东西。赋这种体裁，已成为当时文学界的新趋势了。他在这方面，一定有相当的成就。如果我们能发现那时的作品，那么从荀赋到汉赋的发展的状况就更明显了。李斯若真有赋，那无疑是荀赋到汉赋的重要桥梁。

而作为当时文学的代表的，可以真正表现君主集权的秦帝国的全貌是出自李斯之手的那几篇刻石文。用着伟大的气魄，典雅的文字，中正和平的音节，把秦帝国的文治武功，皇帝的胸怀意气，版图的广大，六国的破灭，天下太平之象，都表现在那些文字里。这些作品自然是缺少情感与想象的，在纯文学的立场上看来，虽没有多大的价值，然而这些歌功颂德的文字，却真能代表秦帝国的特质与精神，还有贵族文人的情感。在这些文字里，我们认识了秦帝国的全生活与全面貌，比我们读许多历史，还要认识得更清楚。

李斯创作的刻石铭，以《史记》上所载的《泰山》《琅邪台》《之罘》《东观》《碣石》《会稽》为最可靠。刘勰在《封禅》篇里说："秦皇铭岱，文自李斯。法家辞气，体乏泓润，然疏而能壮，亦彼时之绝采也。"这批评是极其精当的。

《泰山刻石文》为始皇二十八年（前219年）东巡郡县，封泰山所刻。为一种三句一韵的新创体。除《琅邪铭》为二句一韵外，其余各篇都是这种体裁。篇中文字虽沿着《诗经》雅、颂的系统，没有他散文中那种富丽的辞藻，然而那种敷陈直叙的作风，却正是赋化的明显的象征。我们可知荀子，李斯时代的作品，都有赋化的倾向。这是一个汉赋酝酿的重要时期。这时代虽是短促，作品虽是贫乏，但在文学发展史上，实有它重要的地位。若过于重视抒情文学，而对于这时代的作品加以鄙视，那真是出现了主观的偏见了。

《仙诗》我们现在无法读到，大概是《大人赋》一类的东西。做了皇帝的人一面是巡行天下，封山祭川，要夸耀自己的功德，因此有刻石之文；一面是怕短命，于是讲长生爱神仙、入海求仙、入山求药这一套把戏，自然是免不了的。皇帝有了这风尚，博士们作好仙人诗，令乐师们歌诵，皇帝听了眉开眼笑，那意义与刻石的歌功颂德正是一样。只有这一类的作品，才真能代表秦帝国与秦皇帝的面貌与精神，才真是焚书坑儒思想统治时代的文献，但是那些诗都已失传了。

第二章　汉代的社会变迁与文学形态

西汉自刘邦于公元前202年称帝，至公元9年被王莽所代，历13帝，计210年，建都长安。王莽自称帝至公元23年新朝败亡，共14年。东汉始自公元25年刘秀中兴，终于公元220年献帝禅让，计196年，历14帝，建都洛阳。汉代的政治与社会变迁影响其文化政策以及文学形态的发展。

第一节　汉代政治与汉代文化政策

经过了秦末的动荡和楚汉战争，西汉建国伊始，各项制度和法律皆以继承秦制为主。长期的战乱之后，经济衰落，人心思定，休养生息、无为而治成为应然选择，因此，在制度上选择因袭秦朝，也是应然的选择。"秦兼天下，建皇帝之号，立百官之职。汉因循而不革，明简易，随时宜也。"（《汉书·百官公卿表》）在西汉立国后，人们非常注意检讨秦速亡的原因，对秦朝制度也并非全然认可，但在别无依凭的情况下，制度制定的第一任"主持人"萧何，依然是以秦制为基本的凭借。在秦朝时，萧何本就是做掾吏的，刘邦攻下咸阳，诸将都争相抢夺金帛财物之时，独有萧何先去收集秦丞相御史律令图书。可见，尽力保存文化，对一个新建的政权是非常重要的。后来，曹参继萧何为相，完全依循萧何的政策，史称"萧规曹随"。

西汉初建，在制度上继承秦朝，但在文化上，却有楚文化的影子。汉高祖刘邦虽然并非有文化之人，但他得胜归乡时唱出的《大风歌》，雄豪奔放："大风起兮云飞扬，威加海内兮归故乡，安得猛士兮守四方！"这便是一首楚地歌谣。西汉初建时，文风受到楚文化的影响，也颇有战国纵横家言论的风范。这时优秀的文人贾谊，其文章最杰出的代表，一类是骚体赋，如《鵩鸟赋》《吊屈原赋》，一类是政论，如《过秦论》《陈政事疏》。这分别就是楚声和纵横之风的体现。文、景帝以后，经术逐渐恢复，武帝开始独尊儒术，西汉文风也逐渐变迁。一方面出现西汉一朝最突出的文学代表——铺张扬厉、歌咏盛世的汉大赋，另一方面，西汉论疏亦养成尔雅深厚、大声铿锵的风范。汉代虽然不似百家争鸣时期的思想大解放、大碰撞，而激发中华最蓬勃的思想盛世，但作为一个疆域辽阔、国祚绵长的统一大国，它厚重、宏大、优美、继往开来，后世中华民族之主体称为"汉"，汉人、汉族、汉语、汉字、汉服、汉学……都在昭示着汉文化的巨大成就和深远影响。

汉代之宏大，不仅在文艺，亦在其学术。汉代学术以经学为最杰出，其开创在义理，在方法，亦在体例。义理方面，上达天人之际，下通古今之变，与经国大业的具体执政也紧密结合，将经学思想的广度和深度探到了宇宙和社会的广泛维度；方法方面，训诂考据等实证功夫和阴阳五行等抽象玄想共存并行，还有对文献的整理、对礼制的考辨、对家法的建构和继承等，都是汉代学者体现出精深功力和能力的领域；体例方面，或继承，或完善，或创制了多种多样的经学文体，在经学著作中，体现出了鲜明的文体和义理观念。

宏大的文艺追求与学术追求相融合，造就了伟大的汉代文化。刘师培《汉魏六朝专家文研究》言："欲撢家文学之渊源，仍须推本于经。汉人之文，能融化经书以为己用。"[①] 文学的发展一直与经学息息相关，西汉确立了经学的基础性地位，也将经学与文学的结合建设到了一个相辅相成的层面。

第二节 汉代的政治变化与文学形态发展

一、楚汉战争与西汉初期的文人构成

秦始皇三十七年（前210年），秦始皇病逝。秦二世胡亥荒淫昏庸，赵高又专权乱政，赋敛益重，戍徭无已，致使天下百姓苦不堪言，各地起义风起云涌。秦二世元年（前209年），楚国名将项燕之孙项羽，从叔父项梁在吴中起义，项梁阵亡后他率军渡河救赵王歇，巨鹿之战摧毁章邯的秦军主力，秦亡后称西楚霸

---

① 刘师培. 汉魏六朝专家文研究 [M]. 北京：商务印书馆，2017.

王，实行分封制，封灭秦功臣及六国贵族为王，后与刘邦展开了一场长达四年之久的楚汉战争。垓下之战中，汉军全歼楚军，楚地皆降汉，楚汉战争到此结束。公元前202年，刘邦称帝于汜水北岸，定都长安，建立西汉政权。

秦朝的焚书坑儒，历来被看作是对文化的巨大破坏，波及西汉初年（前202年）的文化恢复。其实，破坏当然是不小，但当时"重禁议政，轻禁挟书"，并没有造成文化和文献的完全断裂。楚汉战争至西汉建立初期，并不乏学士，但是，西汉初期的许多文学之士并没有聚集在中央，而是围绕在地方诸侯王周围。最先是吴王濞，聚集有邹阳、严忌，枚乘等。七国之乱之后，邹、枚等人又归附梁孝王，司马相如也曾来投。还有河间献王刘德，他是诸侯王中最注重儒家经术的，尤其偏重古文学。而更著名的有淮南王刘安，与当年吕不韦编纂《吕氏春秋》类似，刘安聚集门客数千人编成《淮南子》，《淮南子》是杂家的代表著作。

西汉前期的文学成就主要体现在政论与辞赋上面。除了贾谊，还有陆贾（前240年—前170年）总结秦朝灭亡及历史上成败经验的论文集《新语》，晁错（前200年—前154年）为振兴经济而写的名篇《论贵粟疏》，辞赋上则有枚乘（？—前140年）所作颇有汉代散体大赋形制的《七发》。

在西汉前期也不能忽略司马迁的父亲司马谈（？—前110年）。在《史记·太史公自序》中，司马迁将父亲纵论各家学说优劣的论文《论六家要旨》收录其中。司马谈对阴阳、儒、墨、名、法诸家的评价，大体皆能客观持平、一语中的。司马谈能够在西汉的学术恢复和生长期写出《论六家要旨》这样综论诸家学术优劣的大文章，不得不说是一个壮举。尽管西汉学术的主体逐渐走向了强调师法家法的专一之途，但是司马谈父子的另一种眼界，也提醒着人们东汉末期以郑玄为代表的通贯今古文学派的通学大儒的诞生绝非无本之木。

二、独尊儒术与西汉儒学复兴

西汉初年，学术的首要任务在于恢复。当时，能够担负恢复任务的儒生，多是历经了秦汉之际的战乱而活至汉朝建立的老人，他们为汉代经学的建立，立下了首功。

淄川田生、济南伏生、申培公、辕固生、韩太傅、高堂生、胡毋生、董仲舒，可看作西汉初期经学家的主要代表。他们的任务，主要是恢复经典本文和早期传记，并进行训诂、传、论等解读。到了武帝时期，至公孙弘拜相封侯，标志着经学经过了初期的恢复进入下一个阶段的收获期。汉初至武帝，可看作经学文体的初始期，继承了先秦时期的解经文体，将解释《春秋》的早期传记落实到文本上，并诞生了一些重要的解经著作。到了武帝之后，经学大张，尤其宣帝时期诸家官学的确立，标志着家法的解经文献定型，汉代儒学进入定型期。

在经历了西汉前期以黄老之术为尚的休养生息之后，到了武帝时期，西汉迎来国力的全盛，文化上的指导思想也发生了转折，罢黜百家，独尊儒术，开启了儒学作为主流思想的时代。儒学思想主流地位的形成，与尊孔子为"教主"联系在一起，建立了中国专制时代政教分离的政制体系。孔子作为正义价值的化身，引导历代君主建立向善价值观，也给人民提供了精神武器。

此种转折的纲领提供者是大儒董仲舒。董仲舒（前179年—前104年），广川（今属河北景县）人。他通过对策汉武帝的"天人三策"和代表著作《春秋繁露》等，将儒家学说从学术的层面发展到政治的层面，通过"天人合一""天人相应"的思想，将儒家思想的基础概念"忠""孝"等与阴阳五行、四时学说相结合，上升为"天之经""地之义"。"董仲舒的'天人三策'，在先秦儒学的基本社会政治理念基础上，发展了旧有的《春秋》灾异说，融合阴阳五行家的阴阳、四时、五行学说，承袭了公羊学说的一统理论，借用了墨家的'天志'信仰形式，建立起以天人合一为哲学基础、天人感应为基本理念的新儒学框架。它以先秦儒学中的仁义学说解释天地之性，以阴阳灾异等自然现象附会天人关系，以天高地卑等自然属性比附人际关系，以四时替代等自然法则比说统治方略，以五行顺逆比说王朝运历，以天广地厚解说'大一统'之义。"①

这一套天人合一的大一统学说体系，目的在限制君权，在君权之上设立一个权威，却也吻合了汉武帝在盛世之下的统治策略要求，被他采用，儒术的独尊地位开始形成了。

独尊儒术其实也并非汉武帝一声令下便一蹴而就的，而是经过了一番反复与沉淀。在公孙弘以儒生身份拜相后，西汉涌现了一批儒士丞相，《汉书·匡张孔马传》说："自孝武兴学，公孙弘以儒相，其后蔡义、韦贤、玄成、匡衡、张禹、翟方进、孔光、平当、马宫及当子晏咸以儒宗居宰相位，服儒衣冠，传先王语。"

---

① 张岂之，郑杰文，李梅. 中国学术思想编年：秦汉卷[M]. 西安：陕西师范大学出版社，2005.

在武帝之后的历朝赓续不绝。这也体现出，虽然并不是每一任西汉皇帝都如武帝一样认同儒学（比如宣帝），但武帝推尊之后，儒学得到了稳定而普遍的发展，在政治思想和民间学问中都逐渐深深地扎下了根，遂成为两汉毋庸置疑的学术主流。

儒学的一统，是利是弊，这并不是一个简单的问题。梁启超《论中国学术思想变迁之大势》以儒学统一为中国学界之大不幸。但儒学最终成为这个统一王朝的主流学术，也可谓天时与人和的必然选择。不过，在舍我其谁的独尊之势中，对孔子学说的篡改，使儒家学术的一些弊端也渐渐体现出来。

三、西汉后期复古思想与王莽

在经过了诸子百家的争鸣之后，西汉是儒家在政治和学术上的正统地位得以确立的重要时期。这种确立经过了执政思路的变迁与转折。在这个过程中，宣帝朝的刑名为尚和元帝朝的儒学转向，是其中的关键一环。这种转向的影响在元帝之后的西汉王朝一直持续，至王莽而登峰造极，至东汉王朝的建立又有了理性的回归。

汉宣帝，汉元帝这对父子之间在关于法家思想和儒家思想有过明确的分歧，《汉书·元帝纪》载汉宣帝说："汉家自有制度，本以霸王道杂之，奈何纯任德教，用周政乎！且俗儒不达时宜，好是古非今，使人眩于名实，不知所守，何足委任！"从宣帝对元帝的指责中，可以看出他对纯任德教、专用儒生的政策有着很大的担忧。宣帝对西汉有中兴之功，他的政绩主要是靠偏于法家思想的霸王之道获得的。而元帝自小在儒生的培养下长大，坚持以儒术治国。班固在《汉书·元帝纪》中，对雅好儒术的汉元帝的施政有如下评价："而上牵制文义，优游不断，孝宣之业衰焉。"应该说，从执政效果来看，元帝的儒术并不及宣帝的明法。

在司马谈写《论六家要旨》的时候，就曾一针见血地指出儒者之弊："夫儒者以六艺为法。六艺经传以千万数，累世不能通其学，当年不能究其礼，故曰'博而寡要，劳而少功'。若夫列君臣父子之礼，序夫妇长幼之别，虽百家弗能易也。"而元帝"牵制文义""眩于名实"的弊病，到了对儒家思想更加信奉的王莽之时，可谓走向了一个极端。

王莽的代汉自立，是多方面的原因所促成的，"一面循着汉儒政治理论之自然趋势，一面自有其外戚的地位及王莽个人之名誉为凭借"，而王莽受禅之后，"举其尤要者，如王田、废奴，用意在解决当时社会兼并，消弭贫富不均，为汉儒自贾、董以来之共同理想"。①王莽在政治理念和具体的行政措施上，都找到了古典的依据，加之他是一个十分好古的人，一个希望对现实政治进行一番大改革的政权领导者，所以，他对西汉社会的革新，就带着浓厚的复古色彩。但是王莽并没有在复古与革新之间找到一个平衡点，而是过于拘牵迂阔，缺失了对现实情况的具体融合和循序渐进的过程。这场复古的改革以失败告终，最终使王莽和他的亲近臣子们都背上了历史的责难，乃至牵连到了他们的人格层面。

这场复古的改革以失败告终，它的原因在元帝统治时已经可以窥见端倪。这对儒学的发展是一场教训，却也为东汉政权以儒学构筑政治理念提供了可贵的反面教材。

西汉末年（8年），王莽以古文学经典《周礼》为主导文献，进行了一次最终失败的复古政治实践，但在学术的领域里，这场复古的潮流，却并没有失败，甚至可以说是取得了很大的成就。它的代表人物是刘向、刘歆父子和扬雄。

刘向、刘歆父子对两汉学术乃至整个中国学术最杰出的贡献在于文献整理。如果在西汉末年没有刘氏父子主导的这一次缜密的文献整理，那么汉代及汉代以前的文献，不仅会有更多的散佚，甚至可能会连存目都没有。张舜徽在《中国文献学》一书中，曾说明当时古书的传抄情况，继而总结刘向、刘歆父子在整理文献方面的工作成就。

刘向、刘歆父子的工作，使西汉之前的书目得到了全面的整理。许多书籍的名称、篇目、文字、类别都是在这个过程中得到确立的。所以，西汉之前的任何文献，都离不开他们的贡献，而他们的校勘工作，对后世学术的发展亦是影响深远。因为散佚的缘故，我们讨论西汉之前的解经文献，很大程度上要依赖建立在刘氏父子的成果之上的《汉书·艺文志》，这些书籍的面貌，皆曾经由他们父子校订。

刘向、刘歆父子不仅有校勘之功，他们还在西汉末期最为活跃的学者之列。尤其是刘歆，他不仅身处学术的核心，还身处政治核心层，他的一生几乎可以反映出西汉末年至王莽时期整个学术史和政治史的状况。

---

① 钱穆.国史大纲[M].北京：九州出版社，2013.

西汉与东汉儒学的最大差异是专家向博通的过渡。两汉交替之际，正是这种差异的裂变期，学术发展体现出革新的要求，由专家向博通发展，经典传授的民间性起到更大的作用，今古文门户之争趋向包容之势。代表经学官学家法的章句学渐渐式微，学派之间的隔阂打破之后，会通性、集解性的文体建设呼之欲出，能遍注群经的通学大儒的出现，成为时代的诉求。这些趋向，在刘歆代表性的文章《移书让太常博士》之中，有着鲜明的体现。

"博"与"约"孰优孰劣是学术史上的一个存在争议的问题。西汉中期以降一直延续至东汉的博士官学是"约"的一方，讲求家法；而西汉末年及至东汉的这些非官学的儒生是"博"的一方，标榜通览。这股"博"的思潮虽然在两汉并未取得官方的正式认可，但是它却击中了博士章句家学最重要的弊端，在西汉末年之后，在民间的领域内不断得到发展，成为东汉学术发展实际上的主流，并且最终导致了博士家学在历史舞台上的淡出。所以，刘歆对东汉以后的学术发展的影响是很深远的，这不仅体现在他所参与的点校群书的工作对文献的发现和整理上（这也在很大程度上促进了学术的新变），更体现在他对博士家法的有力冲击，对官学门户的精到鞭挞。如果我们也用一种学术史的追溯眼光来看待刘歆的话，甚至可以说，正是这种学术上的创见和信心，在一定程度上促进了东汉学术的转向，而刘歆在王莽掌政时期获得的高位和影响力，从学术发展的角度来说，也不能说是毫无意义的。

刘歆的学术旨归反映了西汉末年学术与政治的双重革新需求，也代表着汉代学术由专家向博通发展的趋向。在这样的背景之下，随着东汉政权的大幕拉开，虽然今文十四家博士光鲜亮丽地登上官学家学地位，但是，带动学术发展的积极因素，已然握在了以博通为追求的学者手中。

扬雄（前53年—公元18年），蜀郡成都人。《汉书·扬雄传》载："雄少而好学，不为章句，训诂通而已，博览无所不见。"扬雄不认可已成官学家法文献基础的章句体，他要另辟蹊径来弘扬大道。另辟蹊径本没有什么奇怪，解经之体也是一直在变化的。但也许在事前谁也没想到，扬雄的另辟蹊径，竟然是按照经典的文体再写一部书。他的代表作《太玄》分一玄、三方、九州、二十七部、八十一家、七百二十九赞，模仿《周易》之两仪、四象、八卦、六十四重卦、三百八十四爻。其赞辞，相当于《周易》之爻辞。《玄冲》《玄摛》等十篇，模仿《周易》的"十翼"之传。

扬雄还有一本模拟《论语》的著作《法言》。相比于《法言》，《太玄》的体例更加令人难以接受，因为《法言》是拟《论语》，还是在解经的范畴，而《太玄》拟《周易》，则是在经的范畴了。当时的人颇有微词，《汉书·扬雄传》载："诸儒或讥以为雄非圣人而作经，犹春秋吴楚之君僭号称王，盖诛绝之罪也。自雄之没至今四十余年，其《法言》大行，而《太玄》终不显，然篇籍具存。"其实，《太玄》不是要另写一书与《周易》争胜，而是赞明《周易》之作。扬雄以拟经之体著书，他的野心确实不小，但是，也并不是要在同样的文体上摆一个擂台，要把经典比下去。只是，在人们的认识中，经典一经定型，它的地位就是崇高的，对应到文体上，五经对后世的文体影响是非常深远的，人们从其中汲取了许多养分，许多文体的源头也是自五经文本而来。影响到了《太玄》的认可程度，不仅是它带有僭越嫌疑的体例设置，还有它文辞上的过于艰深。扬雄自己还专门针对这个问题，写过一篇文章叫作《解难》。

与西汉王朝执政思想的摇摆不同，东汉王朝是明确的儒家政治，并且在建安时期又一场思想大讨论来临之前，一直有着稳定的延续和发展。在汉代儒学与国家的政治理念有了如此漫长的亲密结合之后，它真正渗入一个中央集权的统一大国的政治与学术的血脉。尽管在后来的历史中，儒家思想曾经面临多次冲击和危机，也不断随着社会的变化而修正，但它的核心地位和核心价值却始终是稳定的，在长远的范围内平衡着中国的世态人心。

四、东汉经学传统与文人世家的形成

经过了两汉之交的政权更迭，光武践祚之后，仍以儒学为学术主导，继承前汉经学的成果，建立官学秩序，立博士，起太学。继之明、章，和诸帝，皆鼓励学术，至东汉中期以后，政治渐乱，官学渐浮，学风与儒风渐变。及至末季，政权腐朽，枭雄分立，然学术并不衰败，东汉一代最杰出的大儒与著作，经过长期的积累，于此时水到渠成。然而随着汉祚覆灭，辉煌的两汉经学终究在他的高点跌落，已经在经学嬗变中孕育良久的玄远哲思与浮华风尚，引出随后的六朝风气。

至此由经学所主导的两汉宏大、厚重、质朴的文艺气度转折他向，成为后世文人与学人尊奉的范本，却又难以企及。

东汉与西汉之间虽然经过了皇位更迭，中间还间隔了王莽的新朝，但是从学术发展上来看，由西汉至新至东汉是一脉贯下，共同造就了两汉经学的辉煌。东汉儒生对西汉经学的成就进行了全面的继承，官学博士家法得到认可，民间性的古文诸经传也得到光大。并且在西汉经学的基础上，还广有进境，许多新的解经之作产生，一些新的解经体式涌现，西汉经学的一些弊病也得到积极的矫正，更加突出的是，以贾逵、马融、许慎、郑玄等为代表的大儒辈出，他们较之以通一经为主业的前汉儒者，更加广博，融通群经，将自西汉末年开始的由专家走向博贯的经学发展趋势通向成功。清儒皮锡瑞在《经学历史·经学极盛时代》中，将后汉经学盛于前汉的方面，总结为二事：一是由专经向兼通，二是由笃守向撰述。从解经的角度来看，前者说明儒生解经的眼光不再局限在某一部经典，而能够会通群经与诸传；后者说明儒生解经著作的种类、数量与篇幅皆有扩大，解经的场面更加恢宏。

在继承之中又取得了多方面的开拓，东汉经学较之前经过了较长时期的恢复、整理、定型的西汉经学，更加系统而完备，对政治和风气的影响，也更加宏阔而深刻。经学对世道人心的塑造，到底能达到一个怎样的程度，东汉一朝为之做出了榜样。儒家经典所倡导的品行与节义，在东汉儒生群体的身上得到了实际的展现，他们在解说经义的言语文字中时时言及的立身之道与治世之志，皆在他们具体的人生轨道上得到外现。顾炎武在《日知录》中的名篇《两汉风俗》中，即大力推举东汉士风，认为三代以下风俗之美，无过于东汉。

解经文本中对经典义理的发扬，到底是止于文本的层面，还是能够体现在具体的为人处世之中，东汉儒生较之西汉，更加深入到后一个层面。这倒不是说东汉儒生一定比西汉儒生更加高尚，而是在西汉之时，经学的深入程度还不如东汉，在西汉儒生身上，个性的程度还比较大，而到了东汉，儒生群体更加扩张，经学的推行更加广泛，儒家经学与君子人格的对应性增强，儒生以道义规范人格的意识更加自觉。顾炎武言东汉"人才之倜傥不及西京，而士风家法似有过于前代"，两汉儒士的形象特征的变化，很大程度上，是因为经学的步步深入。

东汉经学大儒辈出，以贾逵、马融、许慎、郑玄为最著，贾逵、马融的著作仅有部分留存，而许、郑则留有完整的著作。郑玄最集大成，尽管，其著作散佚亦多，但《三礼注》与《毛诗笺》已足以确立其超凡学者的地位。许慎亦是一代通经之大儒，有"《五经》无双"之称，《后汉书·儒林列传》载："许慎字叔重，汝南召陵人也。性淳笃，少博学经籍，马融常推敬之，时人为之语曰：'《五经》无双许叔重。'为郡功曹，举孝廉，再迁除洨长。卒于家。初，慎以《五经》传说臧否不同，于是撰为《五经异义》，又作《说文解字》十四篇，皆传于世。"却唯有小学著作《说文解字》全本得传。

张之洞在《书目答问》所附《国朝著述诸家姓名略总目》中言："由小学入经学者，其经学可信，由经学入史学者，其史学可信，由经学史学入理学者，其理学可信，以经学史学兼辞章者，其辞章有用，以经学史学兼经济者，其经济成就远大。"①将小学置于一切学问的根基，这符合治学的实际，也是学者的共识。所以作为《说文解字》作者的许慎，足以名垂千古。

郑玄作为汉代经学最集大成者，遍注群经，《礼记·中庸》中有一句名言："君子尊德性而道问学，致广大而尽精微，极高明而道中庸，温故而知新，敦厚以崇礼。"致力于广博而又尽心于精微，广大与精微，可看作两汉儒学的不同趋向的形容。郑玄在《戒子益恩书》里说到自己的求学历程："吾家旧贫，不为父母昆弟所容。去厮役之吏，游学周、秦之都，往来幽、并、兖、豫之域，获觐乎在位通人，处逸大儒，得意者咸从捧手，有所受焉。遂博稽《六艺》，粗览传记，时睹秘书纬术之奥。"在郑玄之前，学者们多是寻求家法的精深，而郑玄转求广博，广采诸家，融会贯通，在东汉后期大家辈出的时代里，他脱颖而出，更能出众人之上，泽被后世至深至远。这一切，都是因为他高出一筹的广博。

张舜徽在《中国文献学》中，对郑玄遍注群经的方法，做了如下总结："一、备致多本，择善而从。二、注明错简，指出误字。三、考辨遗编，审证真伪。四、叙次篇目，重新写定。五、条理礼书，普加注说。六、辨章六艺，阐明体用。"

东汉儒学由专家走向博通，但东汉的师徒相授的执行性并不亚于西汉。柳诒徵《中国文化史》说"东汉开国君臣，大都其时学校所养成也""东汉诸儒，家居教授者，指不胜屈，其弟子之多，亦过于西汉之经师""师各有录，载其门

---

① 张之洞. 书目答问 [M]. 北京：朝华出版社，2017.

徒""门徒之多，不能遍教，则使高业弟子，以次相传""私家传授之盛，古所未有也"①。

私家传授的盛行，也为经学世家的形成准备了条件。在两汉经学中，有一些家族累世传经，如孔家、伏家、桓家，都有着漫长的连续传承的历史，赵翼《廿二史札记》中以桓家为例说明累世之经学，其中即可见章句在家法传承中的作用。当时纸张的使用还不普遍，书籍仍然不易获得，许多求学者要不远千里而来。而以章句为代表的家法文献，也存在着传承谱系。经学世家既掌握了文献之便，又掌握了师承之利，成为两汉经学界的重要力量，这也是汉代经学传授的一大特点。

---

① 柳诒徵. 中国文化史 [M], 上海：上海古籍出版社, 2001.

第三章 秦汉的文学地理分布

秦汉文化四百年，在特定的时间与空间背景下，不断发生嬗变，逐渐走向成熟。从时间背景说，秦汉政治经历了由霸道到王道、再到外王内霸的变化过程。从空间背景说，秦汉文化可以分为不同区域，各有传承，自成一统。

第一节 秦汉文化渊源及其区域划分

一、霸道与王道的嬗变

探讨秦汉文化，就不能不上溯到先秦。《庄子·天下篇》将先秦文化分为六派：一为墨翟、禽滑釐；二为宋钘、尹文；三为彭蒙、田骈、慎到；四为关尹、老聃；五为庄周；六为惠施、桓团、公孙龙。《荀子·非十二子》亦为六派：一为它嚣、魏牟；二为陈仲、史䲡；三为墨翟、宋钘；四为慎到、田骈；五为惠施、邓析；六为子思、孟轲。汉初司马谈《论六家要旨》亦分六家：阴阳、儒、墨、名、法、道德。到东汉班固《汉书·艺文志》分为九流十家。如果把各家之说归类，就能够发现其学派的不同，与地域有直接关系。名、法归为三晋文化，阴阳、道德归为荆楚文化，儒、墨归为齐鲁文化。

三晋文化通常指西周到春秋时期晋国文化和战国时期魏、韩、赵三晋国家文化。战国七雄并立，而属于晋文化的就占其中之三，其独特的历史地位可见一斑。

"晋"或"三晋"（韩、赵、魏）是先秦时期的古国，自有其独特的文化背景。《左传》襄公二十六年（前547年）："声子（蔡国人）通使于晋，还如楚。令尹子木与之语，问晋故焉。且曰：'晋大夫与楚孰贤？'对曰：'晋卿不如楚，其大夫则贤，皆卿材也。如杞梓、皮革，自楚往也，虽楚有材，晋实用之。'子木曰：'夫独无族姻乎？'对曰：'虽有，而用楚材实多。'"《国语·楚语上》："蔡声子将如晋……还见令尹子木。子木与之语,曰:'……二国孰贤?'对曰:'晋卿不若楚,其大夫则贤,其大夫皆卿材也。若杞梓、皮革焉,楚实遗之。虽楚有材,不能用也。'"①楚材晋用,说明了晋文化的独特价值。从整体来看,晋文化是"中原古文化"与"北方古文化"两大古文化区系的重要纽带。这一点,已经越来越多地引起了学术界的重视。

进入春秋战国时期,三晋文化与齐鲁文化形成鲜明对照,双峰并峙。魏国开国君主魏文侯关注齐鲁文化,拜子夏为师。当时有很多才俊从其求学问道。在子夏的影响下,田子方、段干木、吴起、禽滑釐等,或为当时儒教名流,或为军事干将,对于魏国的振兴起到决定性作用。所有这些,在《史记·仲尼弟子列传》和《史记·儒林列传》都有或详或略的记载。所以班固《汉书·艺文志》说:"六国之君,魏文侯最为好古。"其影响所及,下至西汉。汉代经学中,鲁学与齐学外,尚有"晋学"。晋学的中坚,就是以河间献王为中心的赵学。魏文侯对齐鲁文化虽然崇拜,但也并非亦步亦趋地模仿。齐鲁文化倡导礼治,而魏文侯却更醉心于法治。他坚持起用李悝为相,变法革新,促使儒家向法家转化。李悝原本是子夏的弟子,却是法家的始祖。《汉书·艺文志》著录《李子》三十二篇,已经亡佚。《晋书·刑法志》:"秦汉旧律,其文起自魏文侯师李悝,悝撰次诸国法,著《法经》。"按《唐律疏议》记载:"周衰刑重,战国异制,魏文侯师于李悝,集诸国刑典,造《法经》六篇:一《盗法》,二《贼法》,三《囚法》,四《捕法》,五《杂法》,六《具法》。商鞅传授,改法为律。汉相萧何,更加悝所造《户》《兴》《厩》三篇,谓之九章之律。"②可见商鞅变法之前称法,变法之后称律,秦汉以后的法律都是以《法经》为基础而建立起来的。在三晋的土地上,还产生了申不害、韩非等重要的思想家。两人相距虽有一个世纪左右,但均强调法制,其主导思想是一脉相承的。《申子》《史记》记载有两篇,《汉书·艺文志》著录六篇,但是均已亡佚。较完整的言论见《群书治要》卷三六所引《大体》一篇,讲究帝王南面之术。《韩非子》五十五篇是一整套完整系统的法家理论体系。三晋文化应当还包括以"胡服骑射"著称的赵国。赵武灵王易胡服,融合了北方各少数游牧民族的文化,形成抗击中原之势。所有这些均与起源于西部的秦部落有其相近之处,故三晋文化

---

① 左丘明.左传[M].武汉:崇文书局,2017.
② 长孙无忌.唐律疏议注译[M].兰州:甘肃人民出版社,2017.

从本质上说，为秦代所继承。战国末期，三晋士人更为秦国的兴起出谋划策。故《史记·张仪列传》太史公曰："三晋多权变之士，夫言从衡强秦者，大抵皆三晋之人也。"

《史记·秦本纪》记载了秦代的历史演变，充满了神秘色彩。相传秦人祖先乃帝颛顼的苗裔，女修吞了玄鸟的蛋，生大业，从此开始了秦人的历史。长期以来，秦国"不与中国诸侯之会盟，夷翟遇之"。保持着戎狄游牧民族的传统习惯。随着商鞅的到来，"革法明教，而秦人大治"。(《盐铁论·非鞅》)国家面貌为之一变，为日后的统一中国奠定了坚实的基础。秦孝公十二年（前350年）秦国都城由栎阳迁入咸阳，成为其东进发展的中心。秦人在咸阳经营长达144年之久，中经惠王、武王、昭王、文王、庄襄王、秦始皇直到秦亡，秦文化在一定程度上吸收了商周文化的同时，也容纳了戎狄文化，得以迅速崛起。《史记·孔子世家》载孔子曰："秦，国虽小，其志大；处虽辟，行中正。身举五羖，爵之大夫，起累绁之中，与语三日，授之以政。以此取之，虽王可也，其霸小矣。"言下之意，秦朝文化，称王称霸是其核心追求。可惜，由于其强烈的功利性和实用性，崇尚战功，寡义趋利，又制约其更大的发展。一时称王可以，称霸天下，则缺少文化的支持。

与之形成鲜明对照的是荆楚文化。"荆"与"楚"本是同一植物的两种名称。《说文解字》："荆，楚木也。"《毛诗·小雅·渐渐之石序》郑笺："荆，谓楚也。"《左传》宣公十二年（前597年）杜预注："荆，楚也。"《左传》庄公十年（前684年）孔颖达《正义》："荆楚，一木二名，故以为国号，亦得二名。"俞樾著有《释荆楚》对此有所考证。楚国自春秋以来对外采取扩张政策，北上中原，称霸争雄，不可一世。

荆楚文学艺术与中原颇多不同，历史上称之曰"南音"。荆楚文化以《老子》为轴心。1973年在湖南长沙马王堆汉墓出土了老子的《道德经》。1996年在湖北荆门郭店出土的战国中期的竹简，也发现了八百多片文字简，其中有老子《道德经》若干。说明早在战国中期，《老子》一书已经定型。该书是先秦一部非常有名的韵文杰作，对于后代有着巨大的影响。楚国文化对于后代诗歌创作的重要影响突出表现在楚歌的盛行。这类作品，除《楚辞》之外，还有《孟子·离娄》里面记载的《孺子歌》(又叫《沧浪歌》)，《说苑·善说》记载的《越人歌》，《庄子·

人间世》《史记·孔子世家》记载的《接舆歌》等。公元前350年前后，屈原来到人世，开创了荆楚文学的新纪元。秦始皇统一中国之后，荆楚文化一度式微。随着秦末楚人陈胜、吴广、刘邦、项羽的崛起，楚歌再度盛行，并达到高峰。

儒家文化以孔、孟为代表。除《论语》《孟子》两书外，影响最大的是传说孔子创作的《春秋》，以及后来派生出的《公羊传》《穀梁传》《左氏传》三传，形成西汉颇为兴盛的"鲁学"和"齐学"。鲁学主要兴盛于西汉前期，《诗》有鲁《诗》，《论语》有《鲁论语》等，强调礼治，重视王道，在学术史上有着重要的影响。

儒学发源于鲁，至汉初，鲁学的影响仍比较有限。相比较而言，齐学却异军突起。一方面，稷下学宫为儒学的保存与传播起到推波助澜的作用；另一方面，齐地濒海，齐人善于想象，敢于创新，在战国后期，他们敏锐地意识到天下终将走向统一的趋势，结合阴阳五行学说、黄老学说乃至法家主张等，逐渐提出了一种包容百家的大一统理论体系，为西汉前期的统治者，提供了必要的思想武器。

如果从子夏弟子李悝《法经》开始算起，到汉武帝罢黜百家、独尊儒术为止，中国思想文化界在这一千多年间经历了三个不同的阶段。

第一阶段是从百家争鸣到法家霸道思想的胜利，《韩非子》是集法家之大成的学说，成为秦始皇统一六国的指导思想，促进了中国大一统局面的形成。但是物极必反。当法家思想走向极端之际，"举措暴众""用刑太极"，最终导致秦国的迅速灭亡。

第二阶段是西汉初年荆楚文化的抬头，以黄老思想为中心，讲究清静无为。故陆贾《新语》专辟《无为》一篇，以为"道莫大于无为"。"故无为也，乃无不为也。"这是对三晋文化的一种否定，也是对荆楚文化的张扬。

第三阶段是汉武帝接受董仲舒的建议，"罢黜百家，独尊儒术"，思想界百川归一。而这时的"儒术"并非传统意义上的醇儒，而是融入了诸子百家的多种学说，尤其是道家和法家的思想隐含其中。礼乐文化与强权政治，互为表里，相得益彰。

此后两千年，尽管历代情况多有变化，但是以儒家思想为核心、外王内霸的基本思想形态，没有发生根本性变化。

二、秦汉文化分区的依据

中国人自古以来就有着浓郁的安土重迁的乡情观念。《汉书·元帝纪》载永光四年（前40年）十月诏曰："安土重迁，黎民之性；骨肉相附，人情所愿也。"《潜夫论·实边篇》："且夫士重迁，恋慕坟墓，贤不肖之所同也。民之于徙，甚于伏法。伏法不过家一人死尔，诸亡失财货，夺土远移，不习风俗，不便水土，类多灭门，少能还者。代马望北，狐死首丘，边民谨顿，尤恶内留。"①项羽功成名就，思欲东归，认为"富贵不归故乡，如衣绣夜行"（《史记·项羽本纪》）。刘邦暂都南郑时，群臣"皆山东人"（《史记·刘敬叔孙通列传》），颇多思归，故刘邦最初曾想定都洛阳。定都长安后，刘邦自称"游子悲故乡"，起初就按照家乡原貌在长安修建新丰让父亲安居，临终前又回到故乡高唱《大风歌》。马援转战沙场，留下"马革裹尸"的壮语。班超出使西域数十年，"年老思土"，要求落叶归根。因此，秦汉铜镜中常有"毋相忘，莫远望"之类的嘱托，而在秦汉诗歌中更是有大量的思乡之作。譬如《古歌》《悲歌》《古诗十九首》以及乌孙公主的《歌》、蔡文姬的《悲愤诗》等表现思乡之作，可谓举不胜举。研究秦汉文学，就不能不关注这个时期不同区域的文化特点。道理不言自明，但是操作起来颇感困难，因为秦汉文化区域的划分依据和标准，历来莫衷一是。

中国历来有大九州之说。《禹贡》所载夏九州是指：冀、兖、青、徐、扬、豫、荆、雍、梁。《周礼·职方氏》所载周九州：扬、荆、豫、青、兖、雍、幽、冀、并。幽、并两州为新州，两项相加为十一州。但是所有这些州制的划分，并没有落到实处。西汉武帝元封五年（前106年），武帝在平定南越之地后，置交趾刺史，又分雍州置朔方刺史，遂成为十三州，才真正实现了天下州制划分的理想。征和四年（前89年），又置司隶校尉督察三辅、三河及弘农等地，实际上西汉已经有十四个州级行政区域。当时，置十三名刺史，监察郡国。但是其权力有限，秩六百石，在西汉官吏俸禄中排行第九位，后来，刺史逐渐演变成郡国上一级的行政长官，成帝绥和元年（前8年），改州刺史为州牧，增其秩别为二千石。这在西汉官吏俸禄中已经排在第三等，进入了较高的阶层。东汉定都洛阳不久，建武十三年（前37年）则重新划分十三刺史部，即三辅地区、豫州地区、冀州地区、

---

① 王符. 潜夫论[M]. 开封：河南大学出版社，2008.

兖州地区、徐州地区、青州地区、荆州地区、扬州地区、益州地区、凉州地区、并州地区、幽州地区、交州地区等。不过，从行政区域管理的角度看，秦代实行郡县两级管理制度，秦分三十六郡。西汉武帝时期在郡基础上虽有州级，但主要行政管理在郡国一级。汉代统治者认为秦代郡国面积太大，权力过于集中，故在原有故郡基础上，又立诸侯王国。虽然武帝时期设置十三刺史之官，但主要还是行使监察之职，辖地虽大，但是并没有实权，权力主要还是集中在郡县两级管理者手中。东汉时期的州部虽然还是十三部，但是较之西汉有了更多的实权，因为他们不必再像过去类似于钦差大臣那样，只是"巡行所部郡国"（《后汉书》卷三十八），岁末奏事，而是变成了郡以上的一级地方官吏，各有治所，自然也就有了黜退权，"有所劾奏，便加退免"（《后汉书》卷六十三）。

西汉平帝时期，凡郡八十三个，国二十个，郡国合计一百零三个，县邑一千三百一十四个。其中琅琊郡领县最多，凡有五十一个。这说明经济文化中心在齐国故地。最少的是玄菟郡，才三个县。《后汉书·郡国志》虽以顺帝永和五年（前140年）为主，但大体遵循着建武年间的划定，凡郡八十三个，国二十二个，郡国合计一百零五个，县邑一千一百八十个。其中以汝南、南阳领县最多，都是三十七个，而右北平领县最少，才四个。这说明东汉时期的经济文化中心在今天的黄河以南地区。无论是西汉还是东汉，北方都是人烟稀少。两汉时期的郡国属县的分合虽时有变化，但总的疆域以及各个地区的划分并未有根本性变化。因此，两汉是可以作为一个总体加以论述的。但是，与秦代相比，就有诸多的差异。譬如关中地区，秦代的行政划分是北自九原、云中，西至北地、陇西，东部则以黄河为界，弘农故关以西的河内、弘农、京兆、冯翊、扶风均归其辖管。在当时人的心目中，西南地区甚至包括了今天四川部分地区。而《后汉书·郡国志》则将益州和凉州从关中地区划分开来，但是又东过黄河，将河内、河南诸郡归属司隶部辖管。因此，从区域文化研究的角度看，与其笼统地将关中地区作为一个整体研究，不如分为三辅地区、巴蜀地区与河西地区更为合理。

从方言调查的角度看，也自有其道理。《颜氏家训·音辞篇》说："夫九州之人，言语不同，生民已来，固常然矣。自《春秋》标齐言之传，《离骚》目楚辞之经，此盖其较明之初也。后有扬雄著《方言》，其言大备。"根据扬雄《方言》"并举"和"独举"的规则，林语堂《西汉方音区域考》（丁启阵引）将秦汉时期的方言分为十四区，而丁启阵《秦汉方言》综合前人的研究成果分为八个方言区，即幽燕方言、赵魏方言、海岱方言、周洛方言、吴越方言、楚方言、秦晋方言、蜀汉方言。严耕望《扬雄〈方言〉所记先秦方言区》仅分为中原、陇西、吴越等三个方言区。从目前的方言状况看，丁启阵的划分比较合理。譬如楚方言和周洛方言，虽然有着比较紧密的联系，但是两者的区分又较为明显，前者属于南方方言，而后者则属于北方方言。钱大昕所说的"古无唇上音"，主要是指南方方言而言，譬如南方方言中无鼻后音（zhi chi shi），也没有舌后音（eng），而在江淮之间的信阳等地就是如此，说明今天的河南南部地区，具体说是淮河以南地区，依然保持着南方方言。这样看来，从语音的角度看，江淮地区，在古代应当属于楚方言区。

从经济发展的角度看，司马迁《史记·货殖列传》以"山西""山东""江南""龙门"划分为四个经济区域。其中所说的"山"，指太行山，这是自宋代王应麟、清代顾炎武以来的重要学者的通识。"山东"主要包括秦统一前的六国故地，在班固《汉书·地理志》中指魏地、周地、韩地、赵地、燕地、齐地、鲁地、宋地、卫地等，是中国文化的发源地和经济命脉地区。而"山西"大致是以关中地区为主体的当时的西部地区，主要是秦人管辖。"江南"在《汉书·地理志》中包括楚地、吴地、粤地等。司马迁称"楚越之地，地广人稀"。战国后期，楚国在江淮之间崛起，成为当时的一件大事。

从区域文化的角度看，李学勤《东周与秦代文明》将东周时代列国划分为七个文化圈，即中原文化、北方文化、齐鲁文化、楚文化、吴越文化、巴蜀滇文化、秦文化等。[①] 白光华《两汉文化的形成及其特色》提出汉代文化五大文化主体：荆楚文化、齐鲁文化、中原文化、关中文化、北方文化。[②] 此外，尚有巴蜀文化、吴越文化、岭南越族亚文化等。不论哪一种划分标准，都有不尽如人意的地方。但是，为了使我们的研究系统更深入，这种划分又必不可少。

三、秦汉文化的八个区域

我们认为，秦汉区域文化的划分应当综合考虑，这里应当特别注意的是自然

---

① 李学勤. 东周与秦代文明[M]. 北京：文物出版社，1984.
② 王中文. 两汉文化研究：第1辑[M]. 北京：文化艺术出版社，1996.

地理因素，因为所谓的文化区域，往往以大中城市为中心向四周辐射，或者依托交通要道，绵延伸展。中国古代都市建设，往往依山傍水，"非于大山之下，必于广川之上。高毋近旱而水用足，下毋近水而沟防省。因天时，就地利，故城郭不必中规矩，道路不必中准绳"①。故"圣人之处国者，必于不倾之地，而择地形之肥饶者。乡山左右，经水若泽"②。春秋战国以来，中国文化的发源地主要集中在华山、太行山等山脉以及黄河、淮河、长江三大江河流域。太行山以西的秦人故地，分为三辅文化、河西文化、巴蜀文化。三辅地区主要包括京畿长安周围的京兆尹、左冯翊、右扶风三个地区，是关中的核心地区。而《后汉书·郡国志》论及三辅地区时还包括河南、河内、弘农三郡。但是根据传统的观点，河南、河内均在函谷关以东，从文化分布上应当划为河洛地区文化。三辅地区以西的河西文化主要包括安定、天水、陇西、武威、金城、张掖、酒泉、敦煌等地。秦岭以南地区则为巴蜀地区文化，包括巴、蜀、益州、犍为、牂牁、越嶲、哀牢等地以及与关中地区有重要关联的汉中地区。太行山以东属于战国时期的六国故地。黄河以北的广大地区，包括魏、赵、巨鹿、信都、渤海、广阳、涿郡、渔阳、辽西、辽东、玄菟、右北平、上谷、中山、代郡、真定、常山、上党、五原、定襄、雁门、太原、河东及河套地区的朔方、西河及上郡等地，文化发展相对缓慢，我们可以统称为幽并文化。长江以南地区开发较晚，统称为江南文化，一般来说比较容易得到认同，因为他们的文化特征比较明显。最为复杂的是太行山以东的南部地区，即黄淮流域和江淮流域的文化区域。战国以来，这个地区犬牙交错，相互渗透，水乳交融，有的时候难分彼此。但多数情况下，不同地区、不同时期又往往呈现着不同的文化风貌，似不能一概而论。譬如说，黄淮流域东部的齐鲁地区的文化就与黄淮流域西部的河洛地区的文化多有不同，而长江中下游及淮水流域的荆楚地区，其文化更是特异于中原。为此，我们将这个地区分为齐鲁地区文化、河洛地区文化和荆楚地区文化。齐鲁地区文化，包括北部的平原、济南、北海、千乘，西部的泰山、东平、山阳以及山东半岛的琅邪、城阳、胶东、东莱等地。黄河以南地区，集中在黄淮地区的西部，大致相当于今天的郑、汴、洛范围。这个地区，战国时期主要为战国七雄的韩国和魏国所辖，韩先都阳翟（今河南禹州市），灭郑

---

① 黎翔凤.管子校注[M].北京：中华书局，2004.
② 同上.

后都新郑。苏秦说"韩北有巩、洛、成皋之固,西有宜阳、常阪之塞,东有宛、穰、洧水,南有陉山,地方千里,带甲数十万。天下之强弓劲弩,皆自韩出。"①魏国初都安邑(今山西安邑),后徙大梁(今河南开封)。《易·系辞》:"河出图,洛出书,圣人则之。"《史记·货殖列传》称:"昔唐人都河东,殷人都河内,周人都河南。夫三河在天下之中。若鼎足,王者所更居也,建国各数百千岁。"《史记·封禅书》也说:"昔三代之居,皆在河洛之间。"显然,这里不仅仅指洛水与黄河交汇而形成的夹角地带,也泛指以洛阳、嵩山为中心的河南、陈留、颍川,以及南部的汝南、淮阳等地。当然,说到汝南和淮阳,又往往要涉及荆楚文化。而东部的济阴、山阳、梁国等地又往往蕴涵着鲁文化的因素。河内、东郡虽在黄河北岸,但是其文化与河洛地区文化息息相关,是可以列入河洛文化区域考察的。后人常常用河洛文化来概括这里的文化特色。更为复杂的是荆楚地区的文化,其范围颇难划定,因为楚国的势力范围始终处在变化之中。特别是到了战国的中后期,沿长江、淮河流域有所谓"三楚"之说,主要集中在长江中下游和淮河流域。江淮流域的西部称为"西楚",而东部则为"东楚"。长江下游的"南楚"远至湖南、江西等地。尽管楚国地域辽阔,而其政治文化中心区域主要集中在江淮地区中西部,尤以今天湖北荆州管辖的郢都为中心。自从楚文王迁郢至白起拔郢,楚人在此经营前后四百余年。因为该城位于纪山之南,后世称郢都为纪南城。后来才迁都寿春(今属江西九江)。如果要笼统地划分,荆楚文化地区东部主要包括东海、临淮、广陵,西部以南阳为界,湖南虽然是其南界,但是"南楚"的政治文化中心集中在长江中游的江夏、六安、九江、庐江、广陵等地。

第二节 秦汉文学的具体地理分布

一、三辅地区文学

(一)统一王朝向三辅地区的移民政策及其意义

秦汉时期的三辅地区主要包括京畿长安周围的京兆尹、左冯翊、右扶风三个地区,是关中的核心地区。《后汉书·郡国志》论及三辅地区时还包括河南、河内、

---

① 刘向. 战国策[M]. 耿天勤,注译. 武汉:崇文书局,2020.

弘农三郡。从文化谱系上看，河南与河内应归属于河洛文化似乎更加适宜。因此，三辅地区实际包括京兆尹、左冯翊、右扶风和弘农四郡。这里曾被誉为"膏壤沃野千里"。周朝开国君主就发迹于周原。而秦人的来源尽管有东西两说，但学术界大多认为，其最后是从今甘肃天水地区的西陲小国发展起来的。其后，秦人进入九州之一的雍州（今陕西凤翔），并在此经营二百五十多年。尔后又步步东进，挺进咸阳，经营一百四十多年。秦王嬴政继立之初，修筑郑国渠，引水溉田，沃野千里，民以富饶。有此经济基础，金戈铁马，最后得以横扫六国，夺取天下。楚汉相争之际，项羽略有发迹，就急于衣锦还乡，为人所耻笑。刘邦的部下多是山东人，也曾考虑建都洛阳，但最后还是听从了张良、刘敬等人的劝告，以长安为国都。这是因为，洛阳虽为东周故地，但非用武之地。而长安则有着天然的地理优势，失势时可退守陇西、巴蜀，得志则东制中原。所以张良等人称此地是"金城千里，天府之国"。因此，三辅地区事实上也就成为嬴秦及西汉近二百年文化发展的核心地带。

作为政治中心，人口的骤然增加是显而易见的变化。这首先与政府有目的、有步骤的大规模移民政策密不可分。《史记·始皇本纪》载，始皇二十六年（前221年）"徙天下豪富于咸阳十二万户。诸庙及章台、上林皆在渭南。秦每破诸侯，写放其宫室，作之咸阳北阪上"。始皇三十五年（前212年），"关中计宫三百，关外四百余。于是立石东海上朐界中，以为秦东门。因徙三万家丽邑，五万家云阳，皆复不事十岁"。长安被确立为国都之后，向三辅地区移民的既定政策依然为新朝所继承。刘敬往结和亲约定回来后向刘邦建议说，匈奴边地至秦中，一日一夜即可抵达。因此，应当迁徙六国后人及豪杰名家聚居关中，无事可以备胡，诸侯有变，亦足以率兵东伐。于是，公元前198年，刘邦徙齐、楚大族昭氏、屈氏、景氏、怀氏、田氏五姓，凡十余万口，定居关中，并与利田宅。类似这样的移民，前后徙入人口估计在三十万人。到西汉后期，关中移民后裔已达一百多万人。

三辅地区是秦汉王陵的所在地，而护陵的任务往往又由可靠的人所承担。因此，高祖十二年（前195年）十二月，刘邦就迁徙前朝功臣后裔前往守陵。旧题潘岳《关中记》记载：西汉共有七个皇帝陵寝，即高帝长陵、惠帝安陵、文帝霸陵、景帝阳陵、武帝茂陵、昭帝平陵、宣帝杜陵。为此而移民置县者凡七座。长陵、茂陵各万户，其余五陵各五千户。还有两个太后的陵寝，一是文帝母亲薄太后的南陵，一是昭帝母亲赵婕妤的云陵，也都在三辅地区。元帝时，三辅守陵人口已多达七十万户，这才终止徙人陪陵之举。周原地区的陵寝及其护陵人家，前后相望，星罗棋布。

在中国历史上的大规模移民活动，统治集团在备举很多冠冕堂皇的理由背后，其实还有着更深层次的政治、军事以及经济方面的考虑。从秦汉移民政策来看，如何处置、防备不时兴起的内忧与外患，是统治者必须优先面对的问题。而移民则是最重要的举措之一。对内而言，可以有效地瓦解地方豪门势力。从汉初的政治情形看，诸侯王国的势力非常雄厚，在某种程度上，竟与中央朝廷形成某种并立对峙态势。文帝、景帝时期，很多有识之士就多次上书建言解决这个问题，而在解决问题的过程中，引发了吴楚七国之乱。武帝亲政之后，以强力手段，加大对地方政权的控制力度，西汉初年曾使不可一世的诸侯王国的势力受到遏制。在这种情况下，很多士人纷纷离开各地诸侯王国而回到三辅，就是明证。对外而言，大规模的移民也是为了充实当地力量以备不测。《汉书》《资治通鉴》卷十二记载，楚汉相争之际，匈奴日益强大。特别是高祖七年（前200年）的平城之难，使刘邦深感畏惧。于是听从刘敬的建议，当年取外庶人家女谎称长公主嫁与单于，迁徙六国后人及豪杰名家居关中，这是一个非常重要的举措。

随着人口的急剧增加，三辅地区的城镇建设得到了空前发展，以长安为中心的东西二百公里、南北一百公里的范围内，密布着三十九座城市。其密度接近全国城市分布密度最高的青州。而西汉首都长安，从建都伊始，这种建设就没有停止过。譬如未央宫的建设就始于高祖七年（前200年）。

三辅地区的经济发展，人口骤增，理应促进当地各个民族、各种文化的交融发展。但在历史实践中，由于嬴秦与西汉前期统治集团采取了迥然有别的文化政策，最终导致截然不同的政治结果，即秦二世而亡，而两汉统治则长达四百年。由此折射出来的若干深层次问题，确实值得深思。

（二）三辅地区文人群体的形成

三辅地区，原本宗周故地，有着丰厚的文化土壤。但是秦国进入咸阳后，崇尚武功，排斥士人，在文化方面并没有多少发展。严耕望先生《战国学术地理与人才分布》指出，商鞅变法之后，"能以客卿游仕于秦者亦惟有法家，其次纵横家。

……尤可注意者，秦国法家当政，不但政主专制，学宗一家，即同派学人，亦先居者排斥后来，如法家李斯之忌毁韩非毒杀之，墨家唐姑果排忌谢子斥逐之，秦太医令忌扁鹊刺杀之，此于他国极罕见，而屡见于嬴秦；甚矣，如秦者，不但政主专制，即社会人群亦富强烈排斥性欤！"①秦帝国统一前夕，吕不韦以丞相之尊，在咸阳城召集门客，潜心修书，蔚为壮观。但随着吕不韦的失势，秦王驱逐各地士人。尽管李斯上书遽谏，但文人多作鸟兽散。作为秦朝政治文化中心的三辅地区，官学只有法家，私学更不可能生存。因此，不可能形成任何形式的文人群体。

随着汉初政治的稳定，齐、楚贵族的汇聚，新朝功臣后裔与各地移民群体，犬牙交错，构成了三辅地区"五方杂厝，风俗不纯"②的新的历史特点。富商巨贾阶层的存在及其生活方式，必然对当时的社会产生重要的影响。王公世家、商贾富人、豪杰游侠等，实际上在很大程度上左右了三辅地区社会风尚的变化。有钱有势者，招集门客，比周朋党；而文化世家则通过聚徒讲学，获取功名；豪杰游侠等经过中央集权的有力打击，宣帝之后，日益式微。

召集门客，聚徒讲学，必然汇集各地文人；反过来，这些文化活动，又对于那些王公贵族子弟产生积极影响。纵观中国历史，很多望族，或起自军功，或政治投机，或经商致富，或外戚起家，在发迹之后的第二代、第三代，往往转向文化世家。三辅地区的班氏、傅氏、窦氏、马氏、韦氏及弘农杨氏等，就很具有代表性。客观地说，文人汇聚三辅地区是推动这种变化的重要因素。

班氏家族如同嬴秦，亦由西北而至三辅。班氏家族的发迹，应当始于汉成帝的班婕妤。后来，赵飞燕姊娣得宠，班婕妤及许皇后皆失宠，退处东宫，作赋自伤悼。《隋书·经籍志》著录汉成帝《班婕妤集》一卷。可见，这个家族进入汉代以来就与文学结下不解之缘。班婕妤是班彪的姑妈，对班彪的成长自有影响。生活在两汉之际的班彪是当时著名文人，也曾招收若干门徒。《后汉书》本传收录其《王命论》(又见《文选》)，《文选》收录其《北征赋》，此外还有《艺文类聚》收录的《悼骚赋》，重要作品还有《览海赋》《冀州赋》等。隋唐时保留别集二卷。班彪留给后人最重要的文化遗产就是草创《史记后传》数十篇，为班固写作《汉书》奠定了基础。班彪死后，其子班固子承父业，经过二十年的潜心

---

① 严耕望.严耕望史学论文选集[M].北京：中华书局，2006.
② 班固.汉书[M].西安：三秦出版社，2009.

著述，基本完成《汉书》写作。汉章帝时，班固任玄武司马，朝廷大会诸儒讨论《五经》异同，令班固撰写《白虎通义》。汉和帝永元初年（89年），窦宪出击匈奴，以班固为中护军，参与谋议。此后几年，班固都在窦宪幕中。窦宪在燕然山刻石记功，其文即出于班固之手。窦宪失势后，班固受到牵连而被捕入狱。永元四年（92年）死于狱中。班固的著述，《隋书·经籍志》著录别集十七卷，久佚。明张溥辑为《班兰台集》，见《汉魏六朝百三名家集》。辞赋方面以《两都赋》为代表，《文选》列为第一篇，此外还有《幽通赋》《答宾戏》等。史传方面则以《汉书》为代表。可惜这部著作仅完成列传，而八表及《天文志》未及完成。和帝诏班固妹班昭就东观藏书阁继续完成，并命她在后宫教授，号曰大家。著赋、颂、铭、诔、问、注、哀辞、书、论、上疏、遗令，凡十六篇。隋世尚存《班昭集》三卷，今存文仅六篇。其弟班超是班彪的少子，少有大志，后亦为兰台令史，并使西域三十年，在中国历史上留下了一段感人的佳话。子承父业，班勇亦出使西域，并留心西域风土人情，现在保存下来的《汉书·西域传》，很可能也有班勇的参与。

平陵窦氏的发迹始于窦融。西汉末叶，西北军阀隗嚣据守陇右天水，意欲称雄。这时，谋士张玄游说窦融，欲约纵连横。窦融作《与隗嚣书》《上疏言隗嚣》等名文，并入据金城（今甘肃兰州），与占据天水的隗嚣形成掎角之势。建武十二年（36年），窦融审时度势，作《上疏让爵土》之后应诏回到京师洛阳，为光武帝刘秀稳定局势立下汗马之功。为此，汉明帝刘庄于永平三年（60年）图二十八将于云台，窦融即其一。其后人，无论政治、军事及文化方面均代有人才。如生活在安帝时代的窦融曾孙窦章，少好学，有文章，与马融、崔瑗同好，更相推荐。顺帝初，窦章女年十二，能属文，以才貌选入掖庭，与梁皇后并为贵人。窦章也因此而为羽林郎将，迁屯骑校尉。窦融玄孙窦武，少以经行著称，常教授于大泽中，不交时事，名显关西。其《上表谏宦官封侯》亦为一时名文。

三辅地区最为显赫的文化世家还有弘农华阴杨氏。这个家族原本于武功起家。刘邦时的杨喜因分项羽尸首功而封为赤泉侯。杨敞是昭帝时的丞相，封安平侯。杨宝则专习《欧阳尚书》，以此扬名于哀、平之世。其子杨震少好学，少从太常桓郁研习《欧阳尚书》，明经博览，无不穷究，被时人称为"关西孔子"。《三辅黄图·汉宫》载杨震著有《关辅古语》。其子杨秉，孙杨赐，曾孙杨彪，玄孙杨修，并显高名。杨秉少传父业，兼明《京氏易》，博通书传，常隐居教授。四十多岁时应司空辟，拜侍御史，出为豫、荆、徐、兖四州刺史等。杨赐亦少传家学，笃志博闻。常退居隐约，教授门徒，不答州郡礼命。建宁初，灵帝当受学，杨赐为名儒所荐，侍讲于华光殿中。杨彪亦少传家学。初举孝廉，州举茂才，辟公府，皆不应。熹平中，以博习旧闻而拜议郎，迁侍中、京兆尹。自杨震至杨彪，四世太尉，德业相继，与袁氏俱为东京名族。杨修则完全以文学才能著称于世，著赋、颂、碑、赞、诗、哀辞、表、记、书凡十五篇。根据蔡邕《杨赐碑》，这个家族始终较有骨气。

从上述几个典型家族的变迁轨迹来看，三辅地区的文化世家，往往具有这个特点：第一，多数家族并非三辅土著，多是外迁而来。除上述家族外，还有茂陵杜周，原本南阳人，后人杜笃、杜林，三国时的杜恕、西晋的杜预等，均是其家族重要成员。茂陵杜邺，本魏郡繁阳人，武帝时徙茂陵。有关杜氏家族，学界已有专论。平陵贾逵，祖上原本洛阳人，贾谊之后。杜陵冯衍，其先上党潞人，曾祖父奉世徙杜陵，故史书记载其为京兆杜陵人。安陵爰盎，其父楚人，故为群盗，徙右扶风安陵。类似的例子不胜枚举。由此说明，三辅地区的文人多与河洛文化以及荆楚文化有着千丝万缕的关系。第二，这些家族多形成于两汉之际，到了东汉时期，往往成为清流的代表，在社会上起到了廓清是非的特殊作用，因而也就赢得了社会的广泛尊重。反过来，对社会风尚的形成起到了至关重要的推动作用。第三，这些大的家族，无论起家如何，最后多转向文化世家，特别是以文学创作的业绩彰显于世。

（三）三辅地区文风的变迁

秦国以武力占据三辅地区，秦风为盛。秦声呜呜，仰天高亢，其遗风余绪，似仍见存于今天的秦腔。与赵国"雅善鼓瑟"相比，秦风粗犷，大约也是不争的事实。在绘画方面，王嘉《拾遗记》卷四记载始皇元年（前246年），骞霄国派来一个善于刻玉和作画的人，据说其人"含丹青以漱地，即成魑魅及诡怪群物之象；刻玉为百兽之形，毛发宛若真矣"①。然皆不点睛，始皇以淳漆各点两玉虎眼睛，旬日失去。此外，根据《重修咸阳县志》和《咸阳文物精华》等资料，咸阳

---

① 王嘉.拾遗记[M].王兴芬，译注.北京：中华书局，2019.

历年出土了很多秦汉时期的画像砖，属于秦代的如驷马图、龙璧图等，就非常生动地再现出秦代的生活画面和浪漫的想象。在文史方面，如果把游秦的吕不韦和李斯排除在外，秦国竟不能推举出一个作家。

楚人进入三辅地区，楚歌取代秦风而起。《汉书·艺文志·诗赋略》著录《高祖歌诗》二篇，即《大风歌》《鸿鹄歌》。唐山夫人撰有《房中祠乐》一首。刘邦的宠妃戚夫人原本济阴人，亦善于楚歌。刘邦身后，楚歌仍然为上层人士所欣赏，所演唱。比如刘邦的儿子，赵幽王刘友，赵共王刘恢，刘邦兄刘肥之子刘章，景帝之子刘越、刘越之孙刘去等，并有楚歌传世。直至汉武帝时期达到了高潮。作为一代雄才大略的君主，汉武帝不仅在政治、军事方面有杰出的才能，就是在诗歌创作上，也不同凡响。公元前109年，武帝封禅泰山之后，发卒数万，塞瓠子决河，命令群臣从官，都得负薪塞决河，东郡烧草因此减少，又命令下淇园之竹以为楗。武帝又亲临决河，深感工程艰辛，于是作《瓠子歌》二首，也是清一色的楚歌。此外，汉武帝还有一首《李夫人歌》，亦为楚风。西汉后期的王室成员依然乐此不疲。燕王刘旦、广陵王刘胥、淮阳宪王刘钦等也有作品传世。这一时期，不仅帝王皇室好作楚歌，就是武将大臣也熟悉楚调。苏武归汉时，李陵置酒钱别，"异域之人，一别长绝"①的诗歌亦是楚歌。后来，汉武帝恢复采诗制度，一些民间诗歌被收集到宫廷中来，其中有不少是五言句式，影响日益扩大，而楚歌的影响则越来越小，五言诗取代了楚歌而成为诗坛的主流。

而在文史领域，以左冯翊司马谈、司马迁父子和右扶风班彪家族的崛起，又充分显示出三辅地区的辉煌业绩。这已成为学界公论。此后，这个地区文人辈出。特别是武帝之后，随着中央集权的强化，许多曾在地方诸侯国做幕僚做客卿的重要文人逐渐汇聚三辅，这里实际上集合了全国的精英。

西汉后期，关中地区受到严重摧残。《后汉书·郑范陈贾张传》载，起兵于南阳的刘玄自立为天子，李松行丞相事，刘秀为常偏将军。他们带兵攻入长安，将战火引入。面对着长安的残败，很多人已经倡议要放弃长安，而都于洛阳。刘玄部下多来自函谷关以东，所以他们劝解刘玄留洛阳作为都城。虽然最后刘玄还是听从了郑兴的建议，决定留都长安，但是不久，赤眉军数十万人入关，燔烧长安宫室市里，一时间，百姓饥饿相食，死者数十万，长安城沦为废墟，致使"城

---

① 班固. 汉书[M]. 西安：三秦出版社，2009.

中无人行"。三辅地区有很多人逃到了西北。两年之后,刘秀正式放弃长安,定都洛阳。东汉初年（25年）杜笃著《论都赋》、班固著《两都赋》、张衡著《两京赋》追忆长安繁华,说明长安在士人心目中还残存着若干美好的幻想。东汉以后羌人之乱加剧,很多士人出谋划策,希望他们也能像三辅文人那样,研习经典,使知孝廉之义,当然这只是一种迂腐的臆想。关中地区不稳,河西地区同样也乱象丛生。在这样一个背景下,江南地区又成了战乱中的避难所,江南文学由此发轫。而此后四百年间,长安的繁荣便只能定格在士人心底,长安确已成为中古文人挥之不去的梦想。

二、三楚地区文学

战国鼎沸时期的楚国,其疆域几乎涵盖了大半个中国。《淮南子·兵略训》说:"昔者楚人地,南卷沅、湘,北绕颍、泗,西包巴、蜀,东裹郯、邳。颍、汝以为洫,江、汉以为池,垣之以邓林,绵之以方城。"在相当长的一段时间里,与秦双峰并峙,雄视天下,故时人有"横则秦帝,纵则楚王"之说。战国中后期,楚国的势力受到严重挑战,屡次迁都,故其政治文化中心亦时时处在变化之中,但就其总体而言,其势力范围大致集中在长江中游的湖北、湖南两地,河南、山东南部以及江苏、安徽、浙江、江西、陕西、四川等地也有部分疆域归其所辖,而江淮流域则为其核心区域。这一区域特征,没有根本的变化。当然,江淮地区的范围涉及很多郡国,归属时有变化。譬如九江郡,是秦灭六国之后所置,为吴国所辖,主要包括江淮地区。汉高祖四年（前203年）,改九江为淮南国,进一步明确了地域方位。武帝元狩元年（前122年）,将淮南国改为九江郡。王莽时期曾短暂改名延平郡,但是东汉建武元年（25年）又复旧名称九江郡,其辖区主要还是江淮地区。又譬如亳州（古称谯县）这个县级城市,两汉时期设置十三刺史部,谯县属于豫州刺史范围。这个地区,既有吴国的传统,又有齐鲁文化的影响,当然,更与楚国有着千丝万缕的联系。这里以长江为主干,把江淮地区放在荆楚文化圈内论述,从历史沿革的角度看,也自有其道理。

依据战国后期乃至秦汉之际的政治格局,上述地区又可以具体分为东楚、西楚、南楚。这在《史记·货殖列传》中有明确的记载,即淮河以北的沛、陈、汝南、南郡为西楚,彭城以东的东海、吴、广陵为东楚,衡山、九江、江南、豫章、长沙为南楚。项羽欲都彭城,故自称西楚霸王。这代表了秦汉时期的基本看法。《史记·项羽本纪》集解引孟康曰:"旧名江陵为南楚,吴为东楚,彭城为西楚。"江陵、吴、彭城乃是楚人的核心地带,其辖区则非常辽阔,而且一直处在变动状态,而在民风世俗方面,却有着相对的承袭性和稳定性。其实道理很简单,一次战争,或者一个条约也许可以改换一个国家的君主;一种很厉害的瘟疫也许可以影响他们的经济状况;但是在历史上看起来,没有一次骤然的变化可以改变大部分人类的习惯、风俗和制度。

譬如,楚人好巫,每事必卜。在这种浓郁的巫术氛围中,崇拜天体,崇拜太阳,崇拜月亮,也就很容易理解了。《九歌·东君》就是表现太阳神的诗篇,而《离骚》中的"望舒"则是为月神驾车的神。不仅如此,天上的众星,自然界的风雨雷电等,也时常引起楚人遐想;当然,这又不仅仅限于楚人。面对着那些无法预知、变化莫测的自然现象,我们的祖先往往把它纳入到社会生活中加以解释,从而形成占星术。而这类知识谱系,楚人特别擅长。《史记正义》引阮孝绪《七录》:"甘公,楚人,战国时作《天文星占》八卷。"及《岁星经》等,甘德的学说,大量保存在《开元占经》中。早在1942年长沙东郊子弹库楚墓出土帛书有九百多字,分《四时》《天象》《月忌》三篇。近年在楚地出土的文献中,多《日书》《天文气象杂占》等,就多与星占有关。上面说过,这些学说当然不仅仅限于楚人,但为什么后来的文献考古发现,却以楚地为多呢?这可能与中原文献的流失有关。鲁昭公二十六年(前516年)周朝内乱,王子朝及召氏之族、毛伯得、尹氏固等奉周室典籍奔楚。秦昭王五十二年(前255年)楚灭鲁国,也携走一批资料。而此时的秦国推行商鞅学说,也对这类典籍多所禁止。因此,楚、齐则保存较多的传统文献。这也是楚地不断发现先秦古籍的重要原因。

(一)东楚文学地理

《史记·货殖列传》曰:"彭城以东,东海、吴、广陵,此东楚也。其俗类徐、僮。朐、缯以北,俗则齐。"彭城今址在徐州。在秦时,东部地区为东海郡,东北地区为琅邪郡。在西汉武帝之后,这些地区多为徐州刺史部督察。主要包括琅邪郡、东海郡、临淮郡、楚国、泗水国、广陵国等,相当于今山东东南部、江苏大部、安徽东南部和浙江西北部地区。

西汉时期，这个地区走出了众多文士，可以说是今文经学特别是《齐诗》的大本营。譬如汉武帝即位之初积极倡导儒学的郎中令王臧就是这个地区的重要人物。虽然他后来为窦太后所逼杀，但是对后来者影响是不容低估的。西汉中后期，东海后苍成为这个地区的领军人物。西汉中后期朝廷重臣及儒学大师，多与后苍有关，而且主要习《齐诗》。宣帝时的萧望之（前107年—前47年）就是重要代表。萧望之字长倩，东海兰陵人也。徙杜陵，家世以田为业。至望之好学，治《齐诗》，事同县后苍且十年。以令诣太常受业。复事同学博士白奇。又从夏侯胜问《论语》《礼服》。地节三年（前67年）因作《雨雹对》而拜为谒者。此后，岁中三迁，官至二千石。元康元年（前65年），萧望之征入朝廷，守少府。后又左迁左冯翊，作《驳张敞入谷赎罪议》《对两府难问入谷赎罪议》。

西汉后期东海的重要学者文人还有翼奉、匡衡、疏广、疏受、薛宣、毋将隆、徐明等。根据《汉书·艺文志》记载，徐明仕元、成两朝，历五郡太守，河内太守大约为其最后职位，故见著录，有赋三篇。可惜作品不存。

（二）西楚文学地理

西楚核心地区是彭城，即今徐州。沛在其西北部，即江苏沛县。陈在其西南，即今河南淮阳地区。汝南在其西南，即今河南汝南地区。南郡则在其南部，即今湖北江陵地区。武帝之后，这个地区主要是兖州刺史部所督察。其辖区相当于今安徽淮河以北、江苏西北部、河南南部和湖北北部地区。从现在的方言俗语及生活习性来看，这个地区与鲁南地区有着比较密切的关系。根据李白凤先生的研究，商人的祖先少昊氏发迹于鲁南曲阜地区。后来经过成汤的八迁，逐渐迁徙到今河南安阳一带的殷墟。商人在扩张的过程中，逐渐排挤徐人，后来索性称之曰徐夷。从青铜器制作来看，商民好饮酒，徐人则喜音乐，看来两者原本就有着较大的差异。从古代氏族的发展演变看，徐人与楚人往往有着更加密切的联系。所以，战国秦汉以来视徐人为西楚，除了楚人的军事征服之外，在文化传统方面也确有相近之处。

项羽是临淮下相人，楚汉相争之际，以彭城作为其政治军事中心，自称西楚霸王。管辖梁楚地九郡，即东海、泗水、会稽、南阳、黔中、东郡、阳郡、楚郡、薛郡等。秦灭楚置楚郡，其地广大，后又分置九江、长沙、东海、泗水、薛郡等五地。《汉书·地理志》所说楚国还包括淮阳国，亦属楚郡。这个地区，诚如《汉书·地理志》所说，楚歌其盛。

张守节《史记正义》引《楚汉春秋》载虞姬歌曰："汉兵已略地，四方楚歌声。大王意气尽，贱妾何聊生。"虞姬诗尚有疑义，而项羽临死所作《垓下歌》至今传唱，向无疑议。这里是楚人最后的重地，许多楚人大姓在此盘根错节。刘邦虽然也是楚人，但是在当地并没有多少地位。因此，刘邦接受了刘敬建议，徙齐楚大族，昭氏、屈氏、景氏、怀氏、田氏五姓关中，与利田宅。凡十余万口。同时，刘邦除封功臣为列侯外，为巩固刘氏天下而"尊王子弟"，且与臣下刑白马而盟。于是封弟刘交为楚王，兄子刘濞为吴王，子刘肥为齐王，刘如意为赵王，刘长为淮南王，刘友为淮阳王，刘恢为梁王，刘恒为代王，刘建为燕王。在当时全国五十四个郡中，属于诸侯王的郡有三十九个，汉代中央直属的只有十五个。其中，齐王、吴王、楚王地域最为辽阔，几乎"分天下半"。诸王在封国内有较大的权力：第一，仿照中央政府设置官吏系统，可以任命除丞相以外的官吏。第二，诸王可以在国内征收租赋。第三，诸王可以铸造钱币。第四，诸王国官吏也以秩石多少定级别。

刘交乃刘邦同父少弟，少时与鲁穆生、白生、申培俱受《诗》于浮丘伯。浮丘伯，荀子学生，秦时儒生。白生、穆生及申培公均为鲁人。故其学术乃以正宗鲁学为主。其中申培公研究《诗经》最精深，以《鲁诗》在西楚传授。其子刘郢客从申培公研习《鲁诗》，其孙刘辟彊亦好读《诗》，长于文章，著有《宗正刘辟彊赋》八篇。其曾孙刘德，乃刘辟彊之子，好黄老，亦著《阳城侯刘德赋》九篇。武帝称之刘家"千里驹"。刘德子刘向（前77年—前6年）、刘向子刘歆（？—前23年）更是在中国文化发展史上扮演了极其重要的角色。刘向二十岁时，曾献赋颂凡数十篇及淮南王《枕中鸿宝苑秘书》等。根据《隋书·经籍志》等著录，刘向的作品有《刘向集》六卷、《洪范五行传论》《别录》《奏议》《词赋》《杂文》。编选有《列女传》《新序》《说苑》《世说》《新国语》。校定古籍：《礼经》十七篇、《乐记》二十三篇、《世本》十五篇、《战国策》三十三篇、《晏子》八篇、《孙卿子》三十三篇、《列子》八篇、《管子》八十六篇、《韩子》五十五篇、《邓析子》二篇、《刘向老子说》四篇、《楚辞》十六卷。刘歆与父向领校秘书，讲六艺传记，诸子、诗赋、数术、方技，无所不究。刘向死后，乃承父业，编有《七略》，为班固编纂《汉书·艺文志》的蓝本，成为中国第一部官修目录，是了解先秦至西汉学术源流的最重要的著作。刘歆另一重要学术业绩是将古文经学带入朝廷。并力主将《左氏春秋》及《毛诗》《逸礼》《古文尚书》皆列于学官，对东汉学术思想产生了重要的影响。

西汉前期重要作家主要是陆贾，与此同时，还有淮阴人枚乘，《汉书·艺文志》著录赋九篇，《隋书·经籍志》著录集二卷。又有枚乘诗九首，他的代表作是《上书谏吴王》。汉武帝即位后，以安车蒲轮征召枚乘。枚乘因年老而死于道中。枚乘之死具有重要的象征意义：第一，标志着盘根错节的王侯文化的终结；第二，标志着无为而治的黄老思想的终结；第三，标志着居安思危的忧患意识的终结；第四，标志着汉帝国进入一个全新的时期。

此外，楚王刘英首次以郡王的身份，将佛教文化引入官方视野。这也是中国文化史上的重要事件。对此，史书多有记载。但是上述人物多以学术闻名，而在文学创作方面似有不足，直至东汉后期，社会层次依然较低，能够称得上名士的不多。随着谯郡曹氏父子的崛起以及沛郡丁仪、丁廙兄弟的介入，他们广泛吸引颍川士人及海内俊才，彻底改变整个文学发展的面貌。由此来看，西楚地区文学不仅承继秦汉的传统，也引领了魏晋文学的发展方向。

（三）南楚文学地理

南楚相当于今安徽中部、江西全境及湖南、湖北东部地区。根据《汉书·地理志》的记载，这个地区，有相当一部分曾在吴国势力范围之内："今之会稽、九江、丹阳、豫章、庐江、广陵、六安、临淮郡，尽吴分也。"这里的"吴"就是指战国时期的吴地。后来吴为楚所灭，秦国强大后，逼迫楚人东迁，都寿春，这一带又成了楚国的中心。淮南王刘安也以寿春为都，招致宾客著书。由此看来，这个地区，原本就是吴地，后来为楚所统治。其南部与粤接比，故其民俗略同吴粤。

在这个广大的地区，其文化发展具有很强的阶段性：第一，战国后期至秦汉之际，沿长江流域，近世出土了很多重要的文献。第二，西汉前期，以寿春淮南王为中心形成了重要的文人集团。第三，东汉时期，南阳文人的崛起，成为一种新的文化现象。

三、"鲁学"与鲁地文化

齐、鲁的范围在春秋战国时期屡有变化，犬牙交错，但大致是以今天的泰山为界，山东半岛的南部为鲁。东北部为齐。从地域上说，战国、秦、汉时期的齐、鲁故地，显然不仅仅局限于山东半岛，而是北接燕、赵，南届江、淮，疆域还是很辽阔的。

从学术文化发展角度看，秦汉时期儒学的兴起，即由齐、鲁文人发起，并逐渐推广到全国。兰陵人王臧曾从鲁学大师申公学习《诗》，在武帝即位之初就推荐申公，武帝派使者用蒲裹轮，驾驷马远迎八十余岁的申公。建元元年（前140年），王臧与丞相卫绾等奏罢"申、商、韩非、苏秦、张仪之言"，与赵绾等以文学为公卿，议设明堂，以朝诸侯；以礼为服制，以兴太平。由于崇尚黄老之学的窦太后的干预，此事未就，但是揭开了两汉经学序幕，影响极为久远。此后，两汉经学大师，大多出于齐、鲁，其核心地区曲阜和临淄自不必说，周边地区如东海和琅邪也出现了很多经学大师。

鲁学的特点可以概括为：

第一，鲁学发源地虽在鲁地，而鲁学家并不局限于鲁地。孔子弟子多仕宦鲁地，但也有如子夏这样的弟子，北逾黄河，为魏文侯师，而子羽甚至南渡淮河，远至长江流域等。今天从楚国故地所发现的楚简，如郭店简，就有很多儒家经典。专家认为就是孔子七十弟子所传授，远至大江南北，但是早期的儒家代表人物，还是以鲁地为主。根据《史记·仲尼弟子列传》记载，七十弟子中国籍可考者，鲁国三十五人，占三分之二。卫、齐各五人，陈、宋、楚、吴各一二人。这些地域也与鲁地相去不远。至于其再传弟子中，鲁国依然居多数，而孟子、荀子则游历范围更广。至战国后期，由于齐国尊崇稷下文士，儒学在此格外昌盛起来。此后，言儒学则齐、鲁并称。齐地"士多好经术"，鲁地"其好学犹愈于它俗"。其他地区的学者也多传"鲁学"，如萧望之，东海兰陵人。

第二，鲁学的核心内容虽然是儒学，但是它们又不能简单地画等号。从《汉书·艺文志》诸子略所列儒家类五十三种著述来看，儒家的范围更为广泛。根据《汉书·地理志》，如西汉丞相四十六人，依其籍贯或出生地统计，属于齐鲁地区就有三十六人。其中，出相较多的是沛、邹鲁、东海及河内诸郡。鲁学的含义，其实更包括古代的典章文献。

四、齐人与"齐学"

《战国策·齐策》载苏秦对齐宣王说:"齐南有太山,东有琅邪,西有清河,北有渤海,此所谓四塞之国也。齐地方二千里,带甲数十万,粟如丘山。齐车之良,五家之兵,疾如锥矢,战如雷电,解若风雨,即有军役,未尝倍太山、绝清河、涉渤海也。"南有泰山,北有渤海的特殊地理位置,使生活在这个地区的人们逐渐形成一种独特的行为方式。

齐地很大程度上保留东夷的文化传统,在其后来的发展中,逐渐形成了若干鲜明的地域特点与文化品格,在当时独具特色。战国中后期,齐国事实上已经成为当时最重要的文化中心之一,稷下门云集了众多的文人学士,可谓盛况空前。

《史记·货殖列传》中用"宽缓阔达"概括齐人舒缓的特征,但同时又特别指出,齐人还"足智,好议论。地重,难动摇,怯于众斗,勇于持刺,故多劫人者,大国之风也。其中具五民"。就是说,除了宽缓之外,齐人还具有下列特征:

第一,"具五民"。它有两种解说:一是服虔所说,指士、农、商、工、贾等不同行业,无所不包;二是如淳所说,"游子乐其俗不复归,故有五方之民",即各地方的人汇集于此。因此,"关中富商大贾,大抵尽诸田"。尽管对"具五民"的内涵理解有所差异,但就总体而言,这种特性表现为一种开放包容而又觊觎财富的性格,这与鲁人相对保守的性格形成鲜明对照。各地人才,不同阶层,行业精英,市井民众,无不汇聚齐地,智略辐辏,濡染熏陶,在激烈的竞争中逐渐养成一种敢为人先的超前意识。

第二,"怯于众斗",即不善于打群架,这与鲁人讲究群体性不同。齐人的这种强调独立的性格,如果从事学术文化创造及商业活动,可能是一种优势,而在战争中就往往表现为劣势。

第三,与"邹鲁守经学"相应对的是"齐楚多辩知"。亦即上文所说的"足智好议论"。如《汉书·地理志》称其"夸奢朋党,言与行缪,虚诈不情"。《淮南子·要略篇》也有近似看法,认为齐国"民多智巧"。

第四,滨海的独特环境,使得齐人富于幻想。《管子·封禅》最早提出的封禅说就是基于对天神的崇拜和对山神的想象。齐威王、齐宣王时的邹衍"论著终始五德之运""齐人之上疏言神怪奇方者以万数",所有这些夸诞虚幻的叙说,极大地勾起了历代帝王的兴趣。

第五，齐地是黄老之术的发源地。楚汉相争之际，齐地原本封韩信为王。刘邦平定天下后，田肯上书曰："夫齐，东有琅邪、即墨之饶，南有泰山之固，西有浊河之限，北有渤海之利，地方二千里，持戟百万，县隔千里之外，齐得十二焉。此东西秦也。非亲子弟，莫可使王齐者。"① 这段话深刻地说明了齐国重要的地理位置及其对于新朝所具有的举足轻重的意义。为此，高祖六年（前201年），刘邦特立长子刘肥为齐王，曹参为相，成为当时最大的封国。齐地在其原有的文化传统中，又融入了具有时代特色的黄老之学。

《汉书·儒林传》两次提到"齐学"概念，一是指济南伏生的《尚书》传授，二是指《公羊学》。公羊学大师有董仲舒、公孙弘等人，他们的传授不局限于学者范围，而是迅速地转化为现实生活中的实用哲学，从而在两汉政治生活中占据了十分重要的地位。"齐学"的内涵当然不仅限于《尚书》和《公羊传》。齐地学问尤以《易》学擅长。"齐学"不主故常，追求贯通风气，这与齐俗多辩知的传统不无关系。这种学术背景，影响到文学创作方面，就表现出与鲁地迥异的风格。

由于受到黄老之学的影响，齐地的道家文化向来发达。道家文化对文学创作方面的影响当然是多方面的，而诙谐隐语则是其中重要体现之一。汉武帝时期的东方朔和主父偃可推为代表。东方朔，字曼倩，平原郡厌次（今山东德州陵城区）人。他的创作内容主要集中在两个重要方面，一是积极有为的人生态度，二是仕途不顺时的无奈与自嘲。武帝初即位，征天下举方正贤良文学才力之士，待以不次之位，四方文士多上书畅言得失。时年二十二岁的东方朔上书自荐，尽管文辞畅达，但是颇怀不逊。武帝爱其才但并未重用他。二十四岁那年，吾丘寿王上奏扩充上林苑，东方朔作《谏除上林苑》提出相左见解。五十余岁临终时又作《临终谏天子》依然表现了他的积极态度。从这些文章中可以看出东方朔正直的品格。唯其如此，也在很大程度上影响了他的仕进。在这种情况下，他写下了两篇最著名的自嘲文章《答客难》和《非有先生论》。

五、河西走廊文学

（一）河西走廊的战略位置

河西走廊北边是一望无际的戈壁滩，南边是连绵起伏的祁连山，唯有河西走

---

① 班固.汉书[M].西安：三秦出版社，2009.

廊是一马平川，东起西汉核心地区，西接西域门户，同时南又"接陇、蜀"，是当时最重要的战略通道之一。历史上，这里水草丰茂，气候宜人，向来有金张掖、银武威之美誉。六国以来，这里长期为匈奴所占据，在获取丰富给养的同时，又与西羌联手，不断地骚扰中原。秦始皇曾派蒙恬统率三十万大军设防戍边，还将原来秦、赵、燕北边境的长城连接起来，西起临洮（今甘肃岷县），东至辽东（今辽宁丹东），绵延万里。尽管如此兴师动众，却并没有遏制住匈奴向内地扩张的野心。

（二）西北地区的文人

西北地区，秦汉时称山西，主要指太行山以西的天水、陇西、安定、北地等地，向来崇尚武功。汉武帝时期，建立了河西四郡，移民计划随之而来，其中移民的群体中出现了很多文人。

有文献可考的西北文人，最初多以军功起家，文学才能不过是陪衬而已。如北地义渠人公孙昆邪，景帝时为陇西守，曾率军参与平定吴楚七国之乱，以军功封平曲侯。史传载其著书十余篇，《汉书·艺文志》诸子阴阳家类著录十五篇，当即此，惜已亡佚。其孙公孙贺亦从军数有功。贺夫人君孺，卫皇后姊。公孙氏由此发迹。北地郁郅李息，景帝和武帝时为将军。《汉书·艺文志》著录给事黄门侍郎《李息赋》九篇，亦为当时辞赋创作的名家。与此同时稍后的还有陇西名将李广后人李陵，身为将军，而在与苏武告别时所唱的那首"楚歌"为他赢得了不朽的文学声誉。

两汉之际，随着内地文人向西北的流动和聚集，迅速带动了这个地区的文化发展。东汉时期，"凉州三明"皇甫规、张奂、段颎等人登上历史舞台，显示出了这个地区文化发展的最初业绩。

随着西北地区与中原地区文化接触的频繁，不仅促进了当地文化的发展，同时也在客观上保存了很多中原由于战乱而佚失的文化典籍。如漆书《古文尚书》即得之于西州（今新疆境内），郑兴、卫宏、徐巡等习诵一时，古文由此流行开来。特别是在魏晋交替时期，以洛阳为中心的中原地区玄风大盛，而西北地区却依然保留着汉代以来相沿不绝的儒学传统。譬如敦煌人周生烈不仅著有《周生子》十三卷，还注解《论语》，保存若干古注。这也是汉魏转折时期值得我们注意的重要文化现象。

总而言之，随着河西四郡的建置，丝绸之路的开通，中西文化的交流日益频繁。就其显而易见的一点而言，正是通过河西走廊，佛教传入中国；魏晋以后，甚至在很大程度上改变了中国文化的发展方向。就文学发展而言，西部地区在两汉之际以及汉魏转折这两个历史时期，云集了大批文人学者，也保存了众多的文化信息，因而，这里也就成为当时文化版图上最具特色的区域之一，也为魏晋南北朝乃至隋唐时期的文化发展，提供了一个重要的文化资源。

六、江南地区文学

秦汉时期，"江南"是一个比较模糊的概念。有特指，有泛指；有广义，有狭义。从广义上来说，长江流域以南地区都可以称作江南。往往是"大江之南，五湖之间"的统称。司马迁《史记·货殖列传》将全国划分为四个经济区，包括陕西、山东、江南和龙门碣石北地区。这里所说的"江南"就包括了长江以南比较广泛的地区，甚至岭南地区。当时江南地区比较落后。秦朝统一中国之后，逐渐经略，渐成气候。汉人与百越杂处，对于江南经济文化的开发起到了至关重要的作用。从狭义范围看，主要指"江左"和"江右"两个地区，包括会稽、九江、丹阳、豫章、庐江、广陵、六安、临淮等郡，即今浙江、江苏、江西以及皖南地区。

这里采取比较广义的理解，即"江南"包括江左、江右及岭南三个地区。三个地区的文化发展是不平衡的，《汉书·地理志》中所提到的江南文人，多出自江左，说明该地文化发展相对较快，影响也较大，尤其是魏晋南北朝时期，逐渐成为当时中国文化发展最快的重要区域之一。

（一）江左文化发展

江左文化的发展，至少可以推到先秦时期。考古发现为我们提供了很多文化遗存，作为文学创作保留至今的则异常罕见。今天所能看到的与江南有关的文学成果，多是北方文人由于某种原因远至江南所写。譬如秦始皇三十七年（前210年），李斯随从秦始皇巡游云梦、丹阳、钱塘、会稽等地所写的《会稽刻石》《句曲山白璧刻文》等就是这样的作品。《史记·秦始皇本纪》虽未明言这是李斯所作，而根据《汉书·艺文志·六艺略》著录《奏事》二十篇，班固注："秦时大臣奏事，及刻石名山文也。"姚振宗《汉书艺文志条理》认为，严可均辑《全秦文》有王绾、李斯、公子高、周青臣、淳于越及诸儒生群臣议凡十五篇。"李斯《狱中上书》云：'更翘画，平斗斛度量文章，布之天下，以树秦之名。'则刻石名山文，当斯手笔也"。《隋书·经籍志》著录《秦皇东巡会稽刻石文》一卷。《句曲山白璧刻文》见严可均《全秦文》辑录。这些石刻文字，文辞简古，韵律严整，可见当时颂美文章的体制风格。当然，从严格意义上说，这些作品还不能说是江南文人的创作，只能说与江南有关而已。

根据现存资料看，西汉前期的江南早期文化活动，主要是围绕着吴王刘濞展开的。高祖刘邦十一年（前196年），平定黥布之乱。刘濞时为沛侯，随军前往。战乱中，荆王刘贾为黥布所杀，刘邦封年已二十岁的刘濞为吴王，王三郡五十三城，为当时仅次于齐王的全国大郡。可见其特殊的政治地位。西汉前期，吴、楚、淮南等诸国与中央形成了枝强干弱的局面。文帝初年（前202年），一些有识之士如贾谊等就曾提示最高统治者要给予高度重视。文帝末年、景帝初年（前157年），这个问题又提到议事日程上来。也恰好在这时，吴王太子在京城被无辜杀死，吴王与中央朝廷的积怨日渐累积，遂谋起事。文学史上著名的邹阳《上书吴王》、枚乘《上书谏吴王》等文，就作于这个时期。两篇文章均作于江南，分析天下大势，纵横激荡，极富文采。

吴王文人集团的主要人物都来自北方，但是没什么北方经学气息。武帝元光改元之后，儒学真正被尊为正统，江南地区虽然也以《春秋》相尚，但是主要是从古文家的角度来接受《春秋》，因为《春秋》本身就是一部史籍。生活在西汉末期的褚少孙续补《史记》，东汉时期的会稽赵晔著有《吴越春秋》等，至今仍有流传。由此可见，江南学术文化是以史学为其主流，儒学并不兴盛。

与此形成鲜明对照的是，道家以及由此而形成的道教思想，对江南士人有着广泛的影响。由于这样一种特殊的文化背景，在江南文化基因中，离经叛道的色彩比较浓郁。而且，到了东汉后期，这种异端思想反过来又逐渐影响到中原地，譬如《论衡》特辟《问孔》《刺孟》等篇，可见王充的思想倾向。江南文人没有传统儒家尊卑思想的束缚。显然，这种离经叛道的思想为正统文化所不容，但是给江南文人提供了更大的自由空间。

（二）江右和岭南地区文化发展

北方文人南迁地点除了历史上的江左之外，还有江右及岭南地区。江右，素有"吴头楚尾"之说。吴称江左，豫章地区则称江右。秦汉时期，这个地区的发展比江左还要落后，就不要说与中原相比了。根据《汉书·地理志》记载，西汉平帝元始二年（2年），豫州面积占全国的2%，而人口则达到七百五十万，占全国人口的13%。然而豫章郡面积倍于豫州，人口仅三十五万，还不到豫州人口的二十分之一，占全国人口总数的1%①。尽管如此，这个地区却有着多重文化相互交融的特点。春秋战国时期，江右属于楚国辖区，汉末三国时期属于吴国领土。由于特殊的地理位置，使它深受荆楚文化、吴越文化、客家文化以及中原文化的多重影响。譬如赣南近于客家文化，上饶民俗与吴越文化相通，而赣西则与南楚风俗相近，受湖湘文化影响较深。九江又与鄂、皖两地民风接近。中原士人的南迁，也对江右产生影响。在这种多重文化的氛围中，东汉末期出现了名人徐孺子，即《滕王阁序》所说的"徐孺下陈蕃之榻"。此外，这个地区的文化名人还有唐檀、李淑等人。

岭南主要是指大庾、骑田、都庞、萌渚、越城岭五岭以南的广大地区，大致包括今天的广东、广西、海南等地。

根据《史记·秦始皇本纪》，岭南地区划入中国版图，始于秦始皇统一中国后不久。他曾动用数十万兵力，征战数载，最后在始皇三十三年（前214年）攻取岭南，建立了桂林、象郡、南海三郡，首次将岭南地区纳入中华统一的版图之中。当时大批南下将士也都留在岭南"屯戍"。为解决他们的日常生活和婚姻问题，当地向秦王上书，要求派三万名未婚女子来岭南缝补衣裳，结果派送一万五千人，随之也带来了中原地区的先进文化和生产方式。秦末汉初，趁中原战乱，赵佗建立了南越国，实行了郡县制和分封制。汉初经陆贾游说，称藩于汉朝，在文化上与中原保持着频繁的接触。武帝元鼎六年（前111年），武帝分五路大军灭南越国，将岭南地区分为苍梧、郁林、合浦、交趾、九真、南海、日南、儋耳、珠崖九个郡，归交州刺史部所监察。南越国从建立到灭亡，前后不过九十三年。其文化的发展，融入了很多中原文化的因素。特别是秦末收复之战及这次战争，前后有大批中原人士南迁，"与越杂处"，将中原先进文化带到岭南地区。从20世纪80年代发掘的南越王墓出土的大量珍贵文物可以充分证明这一点。

东汉后期岭南广大地区的文化发展，也与各地士人的介入及文化传播有重要

---

① 葛剑雄.中国人口发展史[M].福州：福建人民出版社，1991.

关系。汉末北海郡人刘熙于建安中往来苍梧南海,教授门徒数百人。南海郡人黄豪,精通《论语》《毛诗》,弱冠前往交趾部,刺史举茂才,因寓广信,教授生徒。吴人虞翻触犯孙权,贬谪交州,"虽处罪放,而讲学不倦,门徒常数百人"[①]。在北方文化的熏染下,以陈钦、陈元、陈坚卿三代《左传》世家为代表,显示出岭南文化的崛起。

东汉后期,在北方文化的熏染下,岭南地区也形成了一个略具规模的文人群体,叙写了岭南文学发展的新篇章。

七、巴蜀地区文学

秦汉时期的"巴蜀",其涵盖的范围比较广泛,至少包括汉中、巴郡、广汉、蜀郡、犍为、牂柯、越巂、益州、永昌等郡国及其属国,相当于今天四川大部和贵州等地。在这片广袤的土地上,主要集中了三个文化区域,即西部的古代蜀国、东部的古代巴国以及黔北地区,而西蜀则是这个地区的文化发源地。

根据汉代扬雄《蜀王本纪》及晋代常璩《华阳国志》等文字资料以及殷商甲骨等出土文献,蜀人的历史大约始于殷商武丁时期,因为这个时期的甲骨文中已经出现了"蜀"字。现存文献都记载,蜀人的开国君主叫蚕丛,早期的活动区域主要在岷山地区,并以此为根据地,逐渐东扩,拓展到今天的成都平原,乃至川东地区,融合了巴渝文化。但是这些记载充满了神话传说的色彩。从今天的考古发现来看,蜀人比较可靠的历史,应当以四千多年前所创造的辉煌灿烂的广汉地区的三星堆文化为代表,稍后于此的则是金沙文化遗存,更为古代蜀国文化平添了亮丽的色彩。商周之际,蜀人在政治上、军事上仍与中原保持着联系,接受了西周的统治,但在文化上依然保持着自己的独立特性。根据《史记·秦本纪》,直至战国时期,特别是秦孝公时期,中原文化逐渐向西南地区渗透。前316年,秦惠王灭蜀而置巴郡和蜀郡,巴蜀正式归入秦人版图。秦人开始有计划地迁徙中原士人,特别是以贬谪人士居多。从此,巴蜀的历史开始融入中原文化,进入了一个新的时代。

说到两汉巴蜀文化的发达,就不能不提到文翁的重要作用。文翁本庐江舒人,属于楚地,少习《春秋》。景帝末为蜀郡守,倡导教化,在蜀中开办学校,招下

---

① 陈寿. 三国志[M]. 武汉:崇文书局,2020.

县子弟以为学官弟子；又选择郡县小吏张叔等十余人亲自教授，然后派遣到当时的京城长安，受业博士。学成归来，察举选用，官高者至刺史。《玉海》引《益州记》："成都学有周公礼殿。《记》云：益州刺史张收，画盘古、三皇、五帝、三代君臣与仲尼七十弟子于壁间。"这是见于记载的最早的孔子画像。蜀中向学，一时蔚然成风。诚如《汉书·地理志》所说："及司马相如游宦京师诸侯，以文辞显于世，乡党慕循其迹。后有王褒、严遵、扬雄之徒，文章冠天下。繇文翁倡其教，相如为之师，故孔子曰：'有教亡类'。"《三国志·蜀书·许麋孙简伊秦传》载秦宓与王商书也说道："蜀本无学士，文翁遣相如东受七经，还教吏民，于是蜀学比于齐、鲁。"

相如是否"东受七经"，清代以来的学者一直表示怀疑，这里姑且不论。就现在所能看到的资料而言，西汉时期，蜀中经学并不发达。可举出的人物仅有赵宾一人而已。也许是远离中原传统，赵宾的《易》，往往自出机杼，远非古法，因此很多人并不认同。东汉之后，巴蜀地区的经学逐渐发展起来。

从《后汉书·儒林传》中可以看出一个现象，即巴蜀士人对于《易》学格外重视。其中大家如严遵"专精大《易》，耽于《老》《庄》。常卜筮于市，假蓍龟以教"[①]。尤其是在广汉地区，《易》学最为发达。如新都杨氏，杨春卿善图谶学，为公孙述将。汉兵平蜀，春卿自杀。作《诫子统》，称："吾绨帙中有先祖所传秘记，为汉家用，尔其修之。"其子杨统辞家师从犍为周循。又就同郡郑伯山受河洛书及天文推步之术。任安亦从杨厚学习图谶，究极其术。《三国志·蜀志》注引《益部耆旧传》曰："安，广汉人。少事聘士杨厚，究极图籍。"冯颖、冯绲等也以《易》学著称。冯绲字鸿卿，巴郡宕渠人。少学《春秋》《司马兵法》。父焕，安帝时为幽州刺史，疾忌奸恶，数致其罪。还有以《易》学著称以及广汉人翟酺，四世传《诗》，又好《老子》，尤善图纬、天文、历算，著《援神》《钩命解诂》十二篇。他曾倡言兴建太学，为光武帝所采纳，对于东汉学术的发展产生了深远的影响。绵竹杜真亦习《易》《春秋》，诵百万言，兄事同郡翟酺。在《易》学方面最有成就的当然要数扬雄，仿造《易》而作《太玄》，历来被视为魏晋玄学的始祖。

在秦汉时期，巴蜀地区的经学虽然不是十分发达，但是道家以及由此派生出来的道教文化却格外发达。《易》学的兴盛，大约也与此有关。蒙文通先生考证，

---

① 常璩.《华阳国志》注译[M].刘琳，校注.成都：四川大学出版社，2015.

《山海经》中所说的"天下之中""神仙胜境"的昆仑山，即指以成都平原为代表的四川西部。从某种意义上说，巴蜀文化与昆仑文化也有千丝万缕的联系。这里盛行的不死观念、升天观念多与此有关。而道教的发祥地，也在成都平原。五斗米教的创始人张陵原本沛国人，而创教地点却是在成都的鹤鸣山，奉老子为教祖，尊为太上老君，并以《道德经》为主要经典。故而这里有"道源圣城"的美誉。张陵所以选择这里作为道教的传布地自然有其广泛的社会基础和群众基础。从历史上说，这里本身就是黄老思想广泛流传的地区，加之神仙方术及巫术的流行，使人们很容易接受这些观念。这个地区流传了很多与道教有关的传说，譬如老子与关尹喜相约于成都青羊肆、老子与张陵相会于成都玉局治等传说。道教文化中关于人与自然、人与社会、人与人之间相互关系的基本观念，都对巴蜀地区产生了重要影响。

八、黄河以北地区的文化特点

《汉书·赵充国传赞》："秦汉以来，山东出相，山西出将。"这里的"山"有其特定含义，即以崤山、华山和函谷关为界限。故又有"关东""关西"之说。《后汉书·虞诩传》"关西出将，关东出相"，意思相近。"关西"多出将才，与这个地区特殊的地理位置有直接关系。黄河以北地区，战国时期多属燕、赵等诸侯国的势力范围，边于戎狄，以农耕为主的汉族和以游牧为主要生活方式的少数民族错杂其间，形成了剽悍强壮的个性，多以武功相尚。如上党陈龟，"家世边将，便习弓马，雄于北州"。渔阳盖延，"边俗尚勇力，而延以气闻"[1]。秦汉统一中国之后，这种情形并没有因为疆域一统而有所变化。《汉书·地理志》云："汉兴，六郡良家子选给羽林、期门，以材力为官，名将多出焉。"根据颜师古注，六郡指陇西、天水、安定、北地、上郡、西河。其中上郡、西河就指这个地区。其能征善战可见一斑。

多年的战乱，北方各个地区，纷纷筑城自守，彼此交往自然受到限制。《资治通鉴》卷六《秦纪》这样写道："赵北有林胡、楼烦之戎；燕北有东胡、山戎；各分散居溪谷，自有君长，往往而聚者百有余戎，然莫能相一。"故燕、赵并有长城之筑："赵武灵王北破林胡、楼烦，筑长城，自代并阴山下，至高阙为塞，而

---

[1] 范晔.后汉书[M].李立，刘伯雨，注析.太原：三晋出版社，2008.

置云中、雁门、代郡。其后，燕将秦开为质于胡，胡甚信之，归而袭破东胡，东胡却千余里。燕亦筑长城，自造阳至襄平，置上谷、渔阳、右北平、辽东郡以拒胡。"①在这种状况下，文化交流自然受到一定的影响，有的地区甚至处在相对封闭状态。

但是令人称奇的是，就是在这样一个地区，在经学发展史上，当时出现了与《鲁诗》《齐诗》并称的《韩诗》和《毛诗》。《韩诗》作者韩婴，燕人。孝文时为博士，景帝时至常山太傅。婴推诗人之意，而作《内》《外传》数万言，其语颇与齐、鲁间殊，然指归一致。他的学生中还有淮南人贲生。因此，燕赵之间言《诗》者，皆本韩婴。韩婴还传授《易经》。燕赵之间《诗》学为其大宗，而《易学》唯有韩婴独门传授。汉武帝时，韩婴曾与董仲舒在武帝前辩论，精悍雄辩，事理分明，一时称胜。其孙韩商终为博士。《毛诗》很晚才立学官，但是东汉以后，成为占据绝对统治地位的学术流派。不仅《诗经》如此，其他古文经典著作也多出现于北方。

如果从地理上寻求原因，大约是交往受到较多的限制，所以这个地区的学术更加注重自身的独立系统，反而保留了许多先秦以来的学术资源，因而对后代的学术发展产生了更加积极的影响。

秦汉时期，黄河以北的广大地区，分别隶属于幽州、冀州及河套地区的并州等行政区域。在这个广大的地区还有一个重要的文化现象，即在涿郡涌现了范阳卢氏及安平崔氏等文化家族，对两汉及魏晋南北朝的文化发展具有深远的影响。特别在汉末，这里又成为世人瞩目的焦点。

---

① 司马光.资治通鉴[M].卜文，译注.北京：民主与建设出版社，2020.

第四章　秦汉散文的发展

秦汉散文是秦汉文坛上的一朵奇葩,在中国散文漫长的发展过程中占有重要的地位。秦汉散文体裁众多,可分为奏议表章,政论杂文、书信杂记、碑传铭刻等。它们评论国事、批判世风、抒发情感、点评历史,于恢宏的气势中体现出真实诚挚的情感和精巧华美文辞的和谐统一。本章内容为秦汉散文的发展,分别对秦代的政论散文、汉代散文概况、汉代的散文分类等方面内容进行了介绍。

第一节　秦代的政论散文

先秦时期,诸子蜂起,百家争鸣,学术思想异常活跃,散文艺术成就辉煌。秦始皇二十六年(前221年),当秦国军队进入不战而降的齐国都城临淄的时候,诸侯割据称雄的时代宣告结束,秦人以赫赫武功建立起一个空前统一的中央集权封建王朝。为巩固政权,其在政治、经济、文化方面推行的一系列积极措施,为秦继往开来、创造学术思想和文学艺术的新高峰提供了有利的条件。然而,秦朝之集权暴政、思想钳制彻底熄灭了这个时代的文学激情和思想光彩。先秦文学的优秀传统遭到破坏,秦之博士、儒生失去了思想创造的权利,秦之文学也因实用主义大兴而失去了生存与发展的文化环境。随着集权意识走向极端,便是焚书灭绝百家之说,坑儒扼杀思想自由,作为文学创作主体的士阶层受到了严重的打击。因此,秦代的文学成果并不丰富,能够代表秦代散文成就的,仅秦相吕不韦组织编纂的《吕氏春秋》和李斯的若干篇政论文而已。另外,秦始皇大行封禅、巡守之事,留下了歌功颂德的石刻之文,为荒芜的秦文学增添了些许色彩。

一、吕不韦与《吕氏春秋》

秦并六国势如破竹，一统局面逐步形成，原本观点鲜明、彼此尖锐对立的先秦诸子学说开始全面磨合与交融，形成了思想界的混一形态。《吕氏春秋》便是这一阶段的产物，它杂汇先秦诸子学说，在此基础上形成了自己的主体思想，欲为秦帝国制定一部"钦天授时立政之典"。从文学角度讲，《吕氏春秋》是对先秦诸子散文内容和形式的总结，又是向体大思精的汉代散文过渡的桥梁，大一统确立时期的散文乃至整个封建社会的散文史，就是以其为起点的。司马迁在《报任安书》中把它与《周易》《春秋》《国语》《离骚》相提并论，是极有历史眼力的。

（一）吕不韦

吕不韦（？—前235年），卫国濮阳（今河南濮阳西南）人，秦相，秦统一前夕的重要政治家和思想家。《史记》有传。

吕不韦为阳翟大贾，家累千金，常往返于赵国邯郸与秦国咸阳之间。他结识了质于赵的秦公子异人，认为"奇货可居"，遂弃商从政，西入秦用巨额资财为之游说宾客，帮助异人返国。吕不韦以奇珍异宝献安国君宠姬华阳夫人，使其向安国君进言，立异人为嫡子，改名子楚。安国君厚馈子楚，并令吕不韦傅之。吕不韦又为子楚娶赵国富豪女为妻，生下秦王政。另据《史记》载，吕不韦娶邯郸姬，知其怀孕后将她进献子楚，生秦始皇。这种说法颇有人质疑，然难有定论。无论如何，在秦国的政治舞台上自此有了一个大商人的身影。

秦昭王五十六年（前251年）死，太子安国君立为王，华阳夫人为王后，子楚遂为太子。安国君即位一年而死，子楚代立，是为庄襄王。庄襄王继位后，以吕不韦为丞相，封文信侯。庄襄王即位三年而逝，太子政立为王，尊吕不韦为相国，号称"仲父"，执掌国政。

秦王政即位时年仅十三岁，因此，秦国实际掌权人是吕不韦。他在执政期间继续推行秦国传统的耕战拓土政策，进行兼并六国的战争，取得了一些三晋的土地，建立了三川郡、太原郡和东郡，形成了包围三晋且利于各个击破的局面。秦始皇九年（前238年），嬴政二十二岁，秦始皇自咸阳到旧都雍的宗庙里举行冠礼，嫪毐趁机作乱，秦王政令相国昌平君、昌文君发卒打败嫪毐，将其车裂，夷三族。吕不韦因曾献嫪毐于太后，牵连被惩，免去相国之职，出居食邑河南。此后，六国使者及宾客仍暗中与其往来，秦始皇"恐其为变"，又令其迁至蜀郡，吕不韦闻讯恐遭诛杀，遂自尽。

吕不韦的政治投机虽然最终以失败告终，但他主持编纂的具有明显政治意图和较高文学价值的《吕氏春秋》却在文学史上留下了浓墨重彩的一笔。

（二）《吕氏春秋》的内容与思想

《吕氏春秋》是在战国"百家争鸣"的基础上写成的，作者源于多派，各抒己见，博取各家精华，融为一体，向来被列于杂家。内容上"兼儒墨，合名法，知国体之有此，见王治之无不贯"（《汉书·艺文志》）。《吕氏春秋》也有自己的理论侧重，基本倾向是糅合黄老之学和儒家学说，旁及阴阳家、墨家、名家、法家理论，又对各家的学说进行了发展和改造，从而构成自己的理论体系。

《吕氏春秋》篇章划分十分整齐，全书分十二纪、八览、六论三部分。十二纪用以统领纲纪全书，依照"法天地"的基本思想并参照阴阳五行理论来安排天子一年的活动，对古代政治、人生、宗教及哲学等方面的问题均有所涉及。十二纪按春、夏、秋、冬四季命名，每季又分为孟、仲、季三纪，每纪之后配上四篇文章，所配文章大体是按照春生、夏长、秋收、冬藏的自然主义来配合的。春季的特点是"生"，《孟春纪》《仲春纪》《季春纪》配的是《本生》《重己》《贵生》《情欲》诸文，主要讨论养生之道；夏季的特点是"长"，收录的是谈教育和音乐的文章；秋季的特点是"杀"，所配的是谈战争的文章；冬季的特点是"藏"，收录的是讨论丧葬和为人品质的文章。凡六十篇。其末尾附《序意》一篇，系残文。八览每览各有八篇，共六十四篇（今本《有始览》缺一篇），内容从开天辟地一直说到做人之本、治国之道以及如何认识、分辨事物等。六论每论又各有六篇，共三十六篇，杂论各家学说，共计一百六十一篇（今存一百六十篇）。冯友兰《吕氏春秋集释序》曾从形式、体例方面对该书作过很高的评价。

战国之时，四公子以喜欢延揽宾客而闻名天下。吕不韦作为秦国相国，以秦国之强盛却没有得到纳才爱士的美名而感到羞耻，于是他大招门客厚待之，养士三千人。当时诸多辩士，如荀卿等人都以著述闻名。吕不韦就让他的门客将自己所听闻的言论记录下来，集论而成《吕氏春秋》。

实际上，除上引缘由外，《吕氏春秋》还有另外两层隐藏更深的编撰意图：

其一，为秦一统天下大造声势。秦国自昭王二十九年（前278年）击楚拔郢，四十七年（前260年）破赵长平以后，兼并六国的大势已成。孝文王、庄襄王享国日浅，至始皇初立，统一天下的事业已经指日可待。但兵强马壮、国富民多，不过令人畏惧；思想精深、文化博大才让人诚服。与东方六国相比秦国缺少的恰恰是思想文化领域的重要建树以及具有引导意义的独立学说。《吕氏春秋》的编撰意在为行将到来的大一统政权提供文化、理论依据，在思想文化领域创造与大一统相符合的学说论著。其二，展现了吕不韦个人的思想观点，与秦始皇的治国理念相抗衡。元人陈澔曰："吕不韦相秦十余年，此时已有必得天下之势，故大集群儒损益先王之礼而作此书。名曰《春秋》，将欲为一代兴亡之典礼也。"（《礼记集说》）为政治统治制定法则的不是秦王竟是丞相，不出皇帝御制而源自臣子私纂。钱穆《先秦诸子系年考辨·吕不韦著书考》又说："余疑此乃吕家宾客借此书以收揽众誉，买天下之人心。俨以一家《春秋》，托新王之法，而归诸吕氏。如昔日晋之魏，齐之田。为之宾客舍人者，未尝不有取秦而代之意。"①考之史实，书成四年而吕不韦免相，五年而被迫自杀，宾客门人亦被迁逐殆尽，可见钱氏所论颇有道理。《吕氏春秋》虽非吕不韦一人手笔，但却记载了吕不韦的言论，吕不韦的思想更指导了全书的编纂。吕不韦倚重道家，此书便有明显的黄老思想，高诱《吕氏春秋序》即云："不韦乃集儒者使著其所闻，为十二纪、八览、六论，训解各十余万言。……然此书所尚，以道德为标的，以无为为纲纪，以忠义为品式，以公方为检格，与孟轲、孙卿、淮南、扬雄相表里也。"②而秦国自秦孝公时期即采用商鞅的法家思想，至秦始皇时又益之以韩非的法治主张，强调以严刑峻法治理天下。吕不韦不满意秦国独尊法家的政策，企图在秦始皇亲政前夕系统宣传自己以黄老思想为指导、杂糅诸家的治国方针，使自己的主张成为大一统国家的国策，《吕氏春秋》的撰著便是直接有效的方式。吕不韦将其书"布咸阳市门"，应该不仅仅是为完善书籍推敲文字，而有以自己主张的学说与秦传统治国理念相抗衡的意思。

《吕氏春秋》对先秦诸子思想进行了总结性的批判，在此基础上提出了许多与秦原有统治思想相左的观点。

---

① 钱穆. 先秦诸子系年 [M]. 北京：人民文学出版社，2019.
② 吕氏春秋 [M]. 高诱，注；毕沅，校正；余翔，标点. 上海：上海古籍出版社，1996.

其一，在统一天下与治国理民的方略上，《吕氏春秋》推崇"义兵"说与"仁政"说。吕不韦不反对以武力来兼并六国，但注重战争的必要性与用兵的合理性，强调对"无道"和"不义"的攻伐，即"义兵"的军事思想。《吕氏春秋》提出以"义兵"获得天下后，则必须实行仁义的政策以治国理民，认为只有这样才能长久维持统治。因主张"仁政"，《吕氏春秋》十分反对君主一味信用严刑峻法，更直接批判君主暴戾恣肆、诛求无已的做法。

《吕氏春秋》在当时如此放言，敢于与秦之统治思想针锋相对，是十分难能可贵的。

其二，在君臣关系上，《吕氏春秋》依照"法天地"的原则，规定君臣之间的统治秩序和各自的职分，主张"虚君实臣，贤者为政"。如《圜道》言："主执圜，臣处方，方圜不易，其国乃昌。"君主和臣子各司其职，不得随意更改，不得超出自己的职分。君主要处虚无为，只有这样才能使臣下有所为而各尽其能。

吕不韦还主张礼遇贤士，对不尊重信用贤士的情况进行了批判。

其三，在君民关系上，《吕氏春秋》提出了天下为公以及注重民意的思想，认为天下不是一人的天下，而是所有人的天下，君主的存在的作用是"利天下"。《吕氏春秋》还强调"顺民心""得民心""审民心""以民为务"。

天下共有以及重民意的观点，无疑又与秦始皇渴望建立的专制主义中央集权的思想相左。

其四，《吕氏春秋》在国家形态上提出了自己的设想。《吕氏春秋》认为建立在宗法血缘基础上的领主封建制并不是统治的完善之法，不适于将要一统天下并企望千秋万代的秦，但也没有采纳已经出现的郡县制，而是主张根据贵族制加以损益而成的一种强干弱枝的国家体制。

《吕氏春秋》涉猎范围较为广泛。政治军事、农业经济、阴阳五行、星象历法、历史地理无所不包，所以除在政治思想方面有较为详细的论说外，是书还展示了其社会历史观，对物质起源的关注，对人之品质的探讨，以及对音乐作用的认识等。如《仲夏纪》之《大乐》《侈乐》《适音》《古乐》，《季夏纪》之《音律》《音初》《制乐》诸篇都是论乐之文；《士容论》之《上农》《任地》《辨土》等篇保存了大量的古代农业科学技术方面的资料；《仲冬纪》之《长见》，《慎大览》之《察今》则反映了其对历史与现实的辩证关系的认识。从中可见，《吕氏春秋》虽以"大立功名""遂有天下"为目标,但其思想绝不局限于治国方略,而是以制定国策为中心,全方面展示战国末期思想文化的交融、撞击及革故鼎新。

(三)《吕氏春秋》的文学思想及文学特色

《吕氏春秋》保存了先秦时期的大量文献和故事逸闻,兼采战国诸家文章之长,展现了深刻的文学思想及很高的文学水平。

《吕氏春秋》的文学思想有几方面值得注意:

其一,兼容并蓄,综立己言。《吕氏春秋》打破先秦诸子的门户之见,以广阔的心胸与非凡的气度吸纳百家之说,并取长补短、融会贯通,最终形成一家之言。《孟夏纪·用众》曰:"物固莫不有长,莫不有短。人亦然。故善学者,假人之长以补其短。故假人者遂有天下。……天下无粹白之狐,而有粹白之裘,取之众白也。夫取于众,此三皇五帝之所以大立功名也。"①

这一段话虽是论"立功名"之术,但也反映了该书博取百家精华而贯通一体的著作思想。这种思想表现在文学方面,就是形成了自觉的文学综合的意识,在具体写作过程中兼采诸家文章之长,并形成自己的篇章构思和写作风格。

其二,以适为美,讲求中和。源于中国古代长期诗乐不分的事实,"音乐"与"文学"声气相通,古人在艺术欣赏和美学评价上往往言此及彼,言彼喻此。《吕氏春秋》在儒家中庸思想的基础上,发展前人的尚"和"音乐理论,进一步提出了"适"的概念,这一观念实际上也是其之于文学的观点。

在音乐上,提出最好的音乐是恰到好处,愉悦人心,陶冶情操,而又不"太巨""太小""太清""太浊"的"适"音,作者将"适"作为最高的音乐审美理想来看待,而这种审美理想同样可以用来评议和理解文学。

其三,言意相符,得意舍言。《吕氏春秋》中还有对"言意关系"这个中国文学欣赏中最为关键的问题的论述。如《淫辞》云:"非辞无以相期,从辞则乱。乱辞之中又有辞焉,心之谓也。言不欺心,则近之矣。凡言者以谕心也。言心相离,而上无以参之,则下多所言非所行也,所行非所言也。言行相诡,不祥莫大焉。"

作者立足于治国的实用目的提出言不欺心、言意相符。落实到文学上则是要求:文学创作要具有真实性,文学欣赏需要"以言观意""得意舍言"。

---

① 吕不韦. 吕氏春秋[M]. 林宇宸, 主编. 桂林: 漓江出版社, 2018.

其四，辅佐政治，协调社会。《大乐》篇云："凡乐，天地之和，阴阳之调也。始生人者天也，人无事焉。天使人有欲，人弗得不求。天使人有恶，人弗得不辟。欲与恶所受于天也，人不得兴焉，不可变，不可易。世之学者，有非乐者矣，安由出哉？大乐，君臣、父子、长少之所欢欣而说也。"此段文字表述了认为音乐具有辅佐政治、调和阴阳作用的观点。因音乐与文学联系紧密，从中乐论中推文论，定然是认为文学具有重要的政治功能和社会功能了。

《吕氏春秋》文字平易流畅，朴实明快，有些文章深邃精练，说理动人，具有较高的文学价值。

其一，自创体式，系统新颖。《吕氏春秋》分"览""论""纪"三大类，每类分篇各有安排，体制严整，自成系统。这种著作体式的产生，为后世的一些专著的编纂提供了可资借鉴的范例。如章学诚《校雠通义》所说："吕氏之书，盖司马迁之所取法也。十二本纪，仿其十二月纪；八书，仿其八览；七十列传，仿其六论，则亦微有所以折衷之也。四时错举，名曰'春秋'，则吕氏犹较虞卿、晏子'春秋'为合度也。"

其二，善于譬喻，说理生动。《吕氏春秋》善于譬喻，全书比喻丰富，形象鲜活，运用巧妙，灵动自如而又准确贴切。种种道理在诸多譬喻的解说下，显得浅显明晰。如《决胜》篇云："勇则能决断，能决断则能若雷电飘风暴雨，能若崩山破溃、别辨賨坠；若鸷鸟之击也，搏攫则殪，中木则碎。"用雷电、飘风、暴雨、山崩、破溃、賨坠、鸷鸟之击等一系列物象形容果断行动的势不可挡，生动恰切。引起读者的形象联想，留下深刻印象。该书还有很多比喻，源于生活，读来亲切形象，又具有创造力。

其三，创作寓言，简洁深刻。全书共辑寓言故事三百余则，如《荆人遗弓》《网开三面》《盗钟掩耳》《齐人攫金》《齐宣王好射》等，都是脍炙人口的佳作。这些寓言或是化用中国古代的神话传说，或是改编历史故事，抑或是作者自己的创作，在中国寓言史上具有相当重要的地位。在寓言的运用上《吕氏春秋》也很有自己的特色，利用分述其事、合阐一理的手法，往往先提出论点，然后引述一至多个寓言进行论证。如《察今》提出"因时变法"的主张，在此主题下连用"循表夜涉""刻舟求剑""引婴儿投江"三个寓言，分别说明治世应"因时制宜""因地制宜""因人制宜"的道理。《吕氏春秋》所叙寓言故事本身又十分简洁深刻、生动有趣，于结尾处点明寓意，一语破的。

其四，奇幻神话，改移入史。《吕氏春秋》中保存了一些神话传说，想象奇特，情节性强，记叙生动形象。

《吕氏春秋》中还有一些内容是将古神话历史化，即将荒诞原始的神话变为符合逻辑的历史，让神灵鬼怪变成人物牲畜，将瑰丽惊奇变为平实可信。通过此类内容的考察可以加深对我国古代神话的认识和理解，探寻神话流传演变的路径。

对《吕氏春秋》的文采，历来称赞不绝。《吕氏春秋》的文学色彩使其在文学史上占有一定的地位，特别在秦代荒芜的文坛中，它是一部不可取代和撼动的经典，一座矗立不朽的丰碑。

二、李斯的散文

李斯以其敏锐的政治眼光获得帝王青睐，步步为营，走向政权的核心；以其狠辣果决的法家手段助秦完成一统大业，雷厉风行，成就秦相高位；更凭其天下无匹的文采书写下千古华章，争得流世美名。而善妒狭隘的心胸，又使他诬毁同门倾轧官场，导演了幕幕惨剧；贪婪怯懦的人格，更令他一错再错，终落得身死族夷的下场。千百年后，人们回顾往昔，总能在历史的烟云中寻到那抹身影，卑怯而骄傲，虚荣而无奈，愚蠢而精明；也总能在动人心魄的文章中看到妙笔生花，辞采飞扬，气势酣畅。李斯，一个优秀的政治家，一个才华横溢的文学家，一个矛盾而悲剧的人物，他的命运与秦的兴衰纠缠在一起，他的文章成为大秦帝国的文坛绝响。

（一）李斯其人

李斯（？—前208年），字通古。楚国上蔡（今河南上蔡）人。秦代著名政治家、文学家和书法家。

李斯早年为郡小吏，后师事荀卿，学成而西入秦，为丞相吕不韦舍人。后又以所学说秦王，得到秦王的赞赏和任用，帮助秦王削平天下，任为丞相。李斯谏阻逐客，力说统一六国，在秦并六国的事业中厥功至伟。秦始皇统一天下后，李斯与王绾、冯劫议定尊秦王政为皇帝，详尽制定有关的礼仪制度，并引导秦王进行制度改革。秦始皇对他极为倚重，采纳他的废封建，行郡县；拆除郡县城墙，销毁民间兵器；禁止私学，焚烧民间百家藏书；统一车轨、文字、度量衡等诸多建议，巩固了中央集权。秦始皇东巡郡县，他多随行，刻石记功。他的儿子"皆尚秦公主"，女儿"悉嫁秦诸公子"，可谓富贵至极。秦始皇死，李斯受赵高利诱蛊惑，与之合谋，诈立胡亥。胡亥即位后，李斯为赵高所忌，政治权势江河日下，虽悔不当初，却已无能为力。秦二世更将陈胜、吴广起义的爆发归咎于李斯，李斯惶惶不可终日，为保己身上书谏二世用严刑峻法统治天下，镇压人民。这种饮鸩止渴之法只能维持表面的暂时安稳，实际上进一步加深了秦王朝的矛盾。胡亥又无视帝国大厦将倾的局面，耗费大量人力物力继续修建阿房宫。李斯上书劝说，惹恼秦二世，李斯被捕入狱。李斯在狱中多次上书陈情自辩，都被赵高扣留。赵高借机诬陷李斯与其子李由谋反，李斯承受不住严刑逼供被迫承认。秦二世二年（前208年）七月，李斯被杀，夷三族。司马迁评价说："李斯以闾阎历诸侯，入事秦，因以瑕衅，以辅始皇，卒成帝业，斯为三公，可谓尊用矣。斯知六艺之归，不务明政以补主上之缺，持爵禄之重，阿顺苟合，严威酷刑，听高邪说，废适立庶。诸侯已畔，斯乃欲谏争，不亦末乎！人皆以斯极忠而被五刑死，察其本，乃与俗议之异。不然，斯之功且与周、召列矣。"

（二）李斯其文

根据现存资料，李斯可谓秦代文章荒原上的一枝独秀，如鲁迅评说："秦之文章，李斯一人而已。"其文章构思严密，文质兼备，上承战国荀卿，下启西汉邹阳、枚乘，政论散文及石刻文是为代表。李斯在秦统一之前所作文章最有代表性的当属《谏逐客书》。其时，纵横之风犹盛，所言之事又关乎个人进退，故该文长于辩难，气势弘肆，言辞恳切。秦享天下之后，法家思想定为一尊，李斯随身份变化与时代要求文风变得质朴峻刻。秦二世即位后，君主昏聩，大厦将倾，李斯的身份愈发尴尬无奈，其文章风格再次发生变化。《上书言赵高》揭露赵高之短，广引史鉴，犹逞辩辞。《论督责书》献督责之术，已辞气不继。李斯被诬下狱作《狱中上书》，全文以反语自述功绩，既发泄怨愤又无可奈何，开后世牢骚文体之先河。李斯作品基本保存在《史记·李斯列传》和《史记·秦始皇本纪》中。

《谏逐客书》，又叫《上秦王书》，写于秦王政十年（前237年）。是时韩国苦于秦国征伐，乃使水工郑国说秦国凿渠溉田，以耗秦力。事被发觉，将杀郑国，他说："臣为韩延数年之命，然渠成，亦秦万世之利也。"终令其完成工程。此事使秦国的宗室大臣认为来秦的客卿心怀叵意、想游间于秦（客卿：是当时对别国人在秦国做官者的称呼），并且被客卿入秦影响到自己权势的秦国贵族早就心生不满，于是借机挑唆，建议秦王把这些人都驱逐出境。秦王政十年（前237年），下令驱逐客卿，游说秦国献统一之计的楚人李斯也在被逐之列。李斯在临行前作《谏逐客书》上呈秦王，文章打动了秦王嬴政而收回了逐客之命，并由此留下一篇流传千古的佳作。

文章分为四大部分。第一部分开宗明义，起句说："臣闻吏议逐客，窃以为过矣。"提出"逐客为过"的论点。然后通过秦穆公、孝公、惠文君、昭襄王重用客卿而致国富民强的历史事例，说明客卿对秦国发展的重要贡献。接着指出若无客卿帮助，秦国不会有今天的强盛。从正反两方面阐述了客卿之于秦国不可或缺的关键作用。第二部分以物为喻，说明秦王以国别来区分人的态度是错误的。李斯以各种非秦地所产而深受秦王喜爱的珠宝、玩好、美女及音乐为例，说明秦国对东西的取舍所据标准是该事物本身的价值而非产地。在此基础上将人和物作比较，指出秦之待人竟不如享物，不根据人的能力而依靠人的国别进行评价，明显是重物轻才，而这绝非威服天下之法。强调秦王不应重物轻人，以地域决定客卿容留与否，凡是有益于秦国的就应被秦所接受。第三部分论述取出客卿是损己利人。文章设喻说明只有胸襟博大开阔才能广罗人才，得民归附，点出"王者不却众庶，故能明其德"。第四部分进一步说明逐客的错误和严重后果，证明逐客关系到秦国的安危。首尾呼应，总结全文。

《谏逐客书》立意高深，颇具远见卓识，体现了李斯进步的政治主张和任人唯贤的思想。李斯深谙国君的心理和要求，在论证秦国驱逐客卿的错误和危害时，没有局限于逐客这一具体问题，也没有戚戚于个人去留，而是始终抓住秦统一六国这个战略问题剖明利害得失。文章中用大量的事实力陈逐客之害，说明秦国之所以日益强大，是因为接纳了天下的贤士，那种"不问可否，不论曲直，非秦者去，为客者逐"的愚蠢做法，对统一天下有害无利。刘勰在《文心雕龙·论说》中曾评说："李斯之止逐客，并顺情入机，动言中务，虽批逆鳞，而功成计合，此上书之善说也。"

《谏逐客书》在文学上很有特色，主要表现在如下方面：

其一，正反对比，论述透辟。李斯善用正反两方面的对比论述，说明客卿的重要作用和逐客的严重错误。一时正面建议，一时反面批评；一时赞纳物心胸之博，一时斥用人眼界之狭。在对比反衬中，将自己的态度和观点清晰地表达出来。如文章最后一部分说："是以地无四方，民无异国，四时充美，鬼神降福，此五帝三王之所以无敌也。今乃弃黔首以资敌国，却宾客以业诸侯，使天下之士退而不敢西向，裹足不入秦，此所谓'借寇兵而赍盗粮'者也。"将五帝三王不论异国他邦对所有百姓一视同仁的做法与如今抛弃百姓、拒绝宾客的做法相对比，从而强调逐客却贤的错误和愚蠢。

其二，理足词胜，雄浑奔放。李斯此文，夸张铺陈，宏放雄伟，大有纵横家风格，而骈语偶句，比纵横家文更有词采。严密的逻辑，有力的论辩，使文章气势充沛，排比句和对偶句的多次运用，又增添了韵律之美，更显出雄放不羁的文气和不容置辩的说服力。文章辞藻丰富，其中写秦惠王用张仪之计而在军事外交上取得了成功，就用了"拨、并、收、取、包、制、据、割、散、使、施"等动词，无一重复，可见李斯语言能力之高。

其三，设喻举例，生动形象。最突出的例子是用秦王取物的态度为喻，来说明秦王对取人应该具有的态度。如文中写道："夫击瓮叩缶弹筝搏髀，而歌呼呜呜快耳者，真秦之声也；《郑》《卫》《桑间》《韶》《虞》《武》《象者》，异国之乐也。今弃击瓮叩缶而就《郑》《卫》，退弹筝而取《韶》《虞》，若是者何也？快意当前，适观而已矣。"①这形象地说明了秦王想一统天下，在取人方面应该择适当有才之人，就如同听歌时懂得选择动人美妙之曲，舍去了秦国原有的乐曲，任人也要退秦国平庸之辈，而取用异国的贤能之人。该文设喻丰富多样，灵活多变，前人对此极为赞誉。如宋代李涂说："中间论物不出于秦而秦用之，独人才不出于秦而秦不用，反复议论，痛快，深得作文之法。"（《文章精义》）

《谏逐客书》思路清晰，雄辩滔滔，挟战国纵横说辞之风，兼具汉代辞赋之丽，历来评价甚高。林云铭《古文新义》评曰："细玩行文，落笔时必有一段无因见逐不能自平之气。故不禁其拉杂错综，忽而正说，忽而倒说，忽而复说，莫可端倪，如此所以为佳。"鲁迅《汉文学史纲要》言："法家大抵少文采，惟李斯奏议，

---

① 李斯.谏逐客书[M].天津：天津人民出版社，1975.

尚有华辞。"[①] 林纾《选评古文辞类纂》又说："李斯富于才，此篇为切己之事，故言之精切。实则仍是策士之词锋，不能不如此炫其神通以骇人也。"[②]

李斯任丞相权盛一时后，其文风为之一变，《议废封建》《议烧诗书百家语》《上书言治骊山陵》等文章，语言简洁，不假雕饰，运用典型的刑名法术语，与秦尊法重刑的统治思想同步。胡亥诈立，乃李斯政治生涯的一大转折，其地位再次发生变化，文风亦随之有所变。此时代表文章为《论督责书》，内容是李斯为免祸而极力取悦秦二世，怂恿他实行严刑峻法。

与《谏逐客书》相比，文中提出为了捍卫君主的地位和权威，即使牺牲众人生命也在所不惜，君主要行督察之术，臣民在严刑峻法之下自保还来不及呢，整日担心惧怕，也就不会再有造反和叛逆的心思了。虽于文中表现了法家的峻刻文风，但也展示出李斯尴尬的处境与卑劣的人格。

《狱中上书》是李斯狱中自明冤屈之作，以自陈己过的方式历数自己相秦之功。全文以反语谋篇，看似自我悔罪实则自表功绩，铺陈己罪更为发泄满腔悲愤。风格深峭，语言精练，因关涉个人生死更显激切情感。但李斯作此文时的心态与境遇已和作《谏逐客书》时大不相同，没有了彼时的壮志豪情和深切思考，言功表绩不过忍辱偷生，更显可悲可叹。

三、秦刻石

秦刻石一般是指《史记·秦始皇本纪》中记载的，秦始皇二十六年（前221年）统一六国后，数次出巡各地，为歌颂其功德而所刻之石。共有七处，故又称"秦七刻石""秦七碑"。分别为：公元前219年"峄山刻石""泰山刻石""琅邪刻石"；公元前218年"之罘刻石""东观刻石"；公元前215年"碣石刻石"；公元前211年"会稽刻石"。《史记》记载了峄山刻石以外六种的全文，现存实物有两件：一是琅邪刻石（存八十四字），二是泰山刻石（存九字）。秦刻石的内容主要是颂扬秦始皇统一中国的功绩，以及统一后推行的各项改革措施的效果，多溢美之词。这些铭文的撰、书，后世都系于丞相李斯名下。秦始皇石刻铭文在文字与书法上的价值较早被认可，但其铭文内容向来遭受冷遇。一些观点认为它们只不过是自

---

① 鲁迅. 汉文学史纲要[M]. 厦门：厦门大学出版社，2020.
② 林纾. 林纾选评古文辞类纂[M]. 杭州：浙江古籍出版社，1986.

吹自擂的歌功颂德之文，既缺乏史实的价值，也没有文学的意味。但实际上秦刻石在历史、文化、文学、文字、书法等方面均有值得仔细研究之处。

先秦"诗"以颂德，"铭"以计功，其辞大抵为四言韵语。秦刻石之文兼蓄两体，称颂功德，告祭天地。除此之外，它们还有更深刻的意义，就是确立宇宙秩序，强调自身统治的合理合法。秦始皇在帝国东部新版图内竖立兼具纪念意义与威慑性质的石刻，就是以新的统治秩序象征和影响新的宇宙秩序，并向被征服地区的民众及其神灵宣示征服。

石刻铭文追忆往昔的混乱时世，颂扬始皇帝澄清'天下'的成就，迎合了秦的开国神话。而且，石刻铭文还是唯一存留下来的历史精华，毕竟，秦以外的各国史书均遭焚毁。然而我们不能完全依靠秦刻石上的铭文去追考历史，毕竟它是构建出来的理想化叙事，只提供了经过筛选的、有限的信息，但我们可以通过秦刻石与汉代史书的对照，去除前者过于美化与后者过于丑化的部分，进而更接近地还原秦代历史与思想的面貌来。

刻石之文对统一事业的颂赞言出由衷，不遗余力。如"之罘刻石"的铭文气魄雄伟、铺张壮大，把秦帝国之文治武功，天下一统的精神充分表现出来。

秦刻石具有法家文辞的特点，虽缺乏宏大润泽的风格，又有刻板滞重、重叠堆砌的弊病，但文章整体疏阔有力，浑朴古质，用语考究，可算是秦代佳作。秦刻石又为记诵久远，用四字句，三句一韵，韵律严整。鲁迅《汉文学史纲要》评价秦刻石说："今尚有流传，质而能壮，实汉晋碑铭所从出也。班固《封燕然山铭》、张载《剑阁铭》等皆汉晋碑铭莫不受其影响。后世文章，如唐代岑参的《走马川行》、元结的《大唐中兴颂》等都为三句一韵，在用韵上亦承其绪。"[①] 范文澜《文心雕龙·颂赞》注云："秦刻石文多三句用韵。其后唐元结作《大唐中兴颂》每句用韵，而三句辄易，清音渊渊，如出金石。说者以为创体，而不知远效秦文也。"[②]

此外，秦刻石所用字体为秦统一全国后通行的小篆。《史记正义·秦始皇本纪》即言："其文及书皆李斯，其字四寸，画如小指，圆镌。今文字整顿，是小篆字。"从今天残存的碑文和摹本中可以看出，刻石字体雍容典雅，线条圆润，结构匀称，是书法篆刻艺术的瑰宝。

---

① 鲁迅.汉文学史纲要[M].厦门：厦门大学出版社，2020.
② 文心雕龙讲疏[M]//范文澜.范文澜全集.石家庄：河北教育出版社，2002.

第二节 汉代散文概述

一、汉代散文内容与风格的演变

汉代文人将先秦散文的优良传统与时代精神相结合,形成了独特的散文发展路径和风格。

汉初文人鉴于春秋以来的战乱割据和秦以暴政亡国的教训,对国家的统一倍感珍惜,十分关注汉王朝大一统政权的巩固。故汉初文章功利色彩极浓,在内容上多为总结亡秦经验、反思历史,探讨本朝的统治之术、指陈时弊,为新的统一提供思想与策略。如《容斋续笔》所言:"自三代讫于五季,为天下君而得罪于民,为万世所麾斥者,莫若秦与隋,岂二氏之恶浮于桀、纣哉?盖秦之后即为汉,隋之后即为唐,皆享国久长。一时议论之臣,指引前世,必首及之,信而有征,是以其事暴白于方来,弥远弥彰而不可盖也。"[1]汉初思想环境相对自由,战国纵横遗风尚存,所以汉初散文能够畅所欲言,情感激切,理气充足,具有充沛的情感力量。陆贾、贾山、贾谊、晁错、严助、邹阳、枚乘等人文章,是这一时期的代表。

汉武以后,国力强盛,文化繁荣,包举万物囊括古今的文化心理和大汉气象影响到文学领域,散文创作进入鼎盛时期。天子独尊,藩王受制,藩国文学人才向中央流动,中央宫廷文学集团逐渐壮大。这时期散文的内容与空前强盛的国势相称,着意歌颂和表现国家的繁荣强盛,其气度可以司马迁的"究天人之际,通古今之变、成一家之言"来概括。刘安主持编撰的《淮南子》是对诸子百家之学的融会贯通和继承发展;董仲舒的《春秋繁露》则以天人合一思想为宗旨,构筑起一个以儒为主、兼纳阴阳、道、法各家思想的新儒学体系;司马迁完成了空前伟大的史学巨著《史记》,将三千年历史浓缩在体系井然的篇章中;桓宽的《盐铁论》反映了儒法学说的意见分歧,将当时诸多社会问题通过论辩一一列举。以上作品内容丰富,气度恢宏,真挚直切,充分体现了时代风貌和时人气魄。此外,自董仲舒始,讲论天人感应成为西汉散文的重要内容,迂曲谏诤或献媚逢迎常以阴阳灾异之说为途径和手段。文风由此一变,雍容典重,博奥清峻,引经据典,

---

[1] 洪迈.容斋随笔[M].贵阳:贵州大学出版社,2021.

与汉初所承先秦文风已大为不同。刘熙载《艺概·文概》评价说:"贾长沙、太史公、《淮南子》三家文,皆有先秦遗意;若董江都,刘中垒,乃汉文本色也。"①

元帝以后,随着大一统统治出现危机,散文创作也陷入低谷。阿谀歌颂之文增多,散文创作的路子越来越狭窄,创作思想越来越僵化,大小作家模拟成风,落入呆板守旧的窠臼。唯有刘向等少数人的奏疏还有一些直言切谏。从成、哀之世到两汉易代,政治危机日深,古文学派崛起。以古文反今文,不仅有恢复儒学典籍本来面目的意义,也包含有对"天人感应"思想体系的怀疑与否定。学术的复古必然导致文章的复古,产生了一些不傍经典、不谈谶纬、明白晓畅的作品,汉代文风又为之一变。活动于两汉之际的扬雄在此方面贡献巨大,其散文作品横扫当时散文创作中笼罩着的陈腐之气,开创了东汉文学的新气象。

东汉散文风格与西汉有明显的区别:西汉散文多为功利性强的实用文章,而东汉则出现了纯文学的散文作品,且文体愈细,"无体不备";西汉散文文风雄健质朴,东汉散文文辞典雅富丽,描述细腻周密。明人冯时可在《雨航杂录·西汉文章》中说:"西汉文章简质而醇,东京新艳而薄,时之变也。"

东汉前期,因光武帝刘秀因图谶起家,谶纬迷信学说成为统治阶级的统治思想。这一方面造成了思想领域的虚浮与狭隘,另一方面则推动了反对虚妄伪饰的论说文的大量出现。桓谭《新论》开其端绪,一方面反对谶纬迷信,一方面倡导"丽文新声",既重视文章的内容,又重视文章的文采。王充继桓谭而起,《论衡》更鲜明地举起了反对迷信、痛疾"虚妄"的旗帜,代表了两汉朴素唯物主义思想的最高成就,其散文也"始若诡异,终有理实"(《后汉书·王充传》),创造了自己独有的风格。桓谭和王充的文章扬弃了扬雄的艰深古奥,行文力求晓畅达意,表现了由文转质的新趋势。此外,传记散文出现了班固《汉书》这样伟大的作家和作品,与《史记》前后辉映,形成两汉一代传记文学的两座高峰。

东汉后期,外戚宦官交替把持朝政,党祸频仍,社会危机日益深重。儒学思想的逐渐僵化和治世作用的弱化,使其日趋衰落,而追求人格独立和思想自由的道家思想开始复兴。文学创作便在儒道二家思想的影响下,出现了既想针砭时政又游离现实,既想积极致用又保身逃避的矛盾。面对无法改变的黑暗的社会现实,文人的社会理想与人格理想全面崩溃,进而陷入极度的绝望和愤懑。大量"清议"

---

① 刘熙载. 中华传统文化经典全注译情精讲丛书 艺概 [M]. 南京:江苏人民出版社,2019.

文章由此出现，危言切论，感情愤慨，犀利尖锐。王符的《潜夫论》、崔寔的《政论》和仲长统《昌言》承桓君山、王仲任之勋业，切抒己见，指摘当世，摒弃浮华，都是批判思潮的代表之作。特别是东汉末期，皇室在思想领域失去了控制力和约束力，文章已鲜少顾忌，政治的腐败现象被无情地揭露，封建王朝的兴衰规律也得到了深刻的剖析。经过时代的风刀霜剑后，文人们时有避世存身之意，道家思想继而复兴。一些文章创作也脱离了儒家的"经世致用"而渐向讲究文学审美、抒情方向发展，文学的自觉被唤醒。

大体说来，两汉散文在风格上有比较明显的区别：西汉散文多为功利性强的实用文章，而东汉则出现了纯文学的散文作品；西汉散文文风雄健质朴，情挚理实，东汉散文文辞典雅流丽，描述细密。

二、汉代散文的创作特征

汉代散文，文质得中，文体俱备，具有鲜明的时代特点和创作特征。

（一）崇尚功利，针砭时弊

崇尚功利，针砭时弊，是两汉散文的一个突出的特征。相较之下，西汉散文更为务实，东汉散文则更重视批判，两汉各自前期又多功利之文，而后期则皆多针砭时弊之文。

两汉散文之所以崇尚功利、针砭时弊，原因大约有四点。首先，两汉散文继承了先秦散文的务实精神与功利追求。春秋战国时期，诸子驰说，针锋相对，哪家学说的实用效果最显著，哪家的学说就最受推崇。这种重功利的文章传统影响了继之而起的汉代散文，使这一阶段出现了一大批意在总结历史经验、鉴戒政权统治、完善社会制度的文章。其次，统治者的积极提倡。两汉上升阶段，多数统治者具有开疆拓土、建功立业的抱负。这些统治者希望通过政论文章学习经验、考察得失并获得启迪，因此他们十分关注比较务实的、有建设性作用的文章。他们这种思想倾向自然会引导文人积极写作，以文章传达思想，用文字干预时政。特别在西汉中期以前，以汉高祖、汉武帝为代表的帝王多次直接征求文章意见，他们征问贤良文学的问题本身就具有功利性。再次，两汉文人自身具有积极参与时政、以天下为己任的精神。一统帝国的建立、大汉气象的彰显与时代精神的奋进感染着汉代文人，他们以敏锐的眼光、卓越的智慧去观察去思考，将强烈的历史责任感、经纬天地的自信心融入散文创作中。在两汉的文章中既可以看到他们建功报国、开拓进取的责任意识，也可以看到他们指陈时政、痛心疾首的时代呐喊。最后，东汉后期以前的文学创作的自觉性尚未被唤醒，文章著述之目的在于议论时政、学术研究和笔墨交际，因此时人为文，并不注重抒情言志、写人状景。散文自然就强调实用价值和批判作用，而缺乏审美性的文学追求。

（二）风格转变，文学自觉

汉代散文风格呈现出由学术实用向审美抒情演进的趋势。西汉前期，文章情感激切、重质轻文，散文内容基本上都是论列治国安民之术。西汉后期，文章雍容典雅，宏博深奥，文人由秉受百家转为以儒为宗，散文常用阴阳灾异、天人感应、曲意谏诤和逢迎邀宠。东汉重归一统，文风转变，古文经学的崛起打破了今文经学陈陈相因的固守局面，给散文创作带来了生机。与西汉比较，东汉更注重文治，散文创作也开始转向文质并重，甚至文渐过质。文章讲究华美形式与引用典故，一些散文刻意藻饰，字斟句酌，多使用对仗排偶，逐渐向骈俪化的方向发展。正如刘师培《论文杂记》中说："若贾生作论，史迁报书，刘向、匡衡之献疏，虽记事记言，昭书简册，不欲操觚率尔，或加润饰之功，然大抵皆单行之语，不杂骈俪之词；或出语雄奇，或行文平实，咸能抑扬顿挫，以期语意之简明。东京以降，论辩诸作，往往以单行之语，运排偶之词，而奇偶相生，致文体迥殊于西汉。"① 同时，也有一些散文通俗明快、浅显易懂，一扫浮华之风，很有清新之气。汉代文风的改变，体现了汉人审美观念的变化，展现了他们在文学创作实践中的尝试与突破，预示了文学自觉时代的到来。

（三）题材广泛，诸体赅备

两汉散文包罗广泛，大大突破了先秦散文的题材范围。史传散文，不仅包括了帝王世系和各类军事政治事件，还增添了货殖食货、河渠地理、医者龟卜、法令刑罚等内容，表现范围更加广阔。政论散文，除政治、军事、文化、经济等重要的传统题材外，还包括典礼工程、阴阳灾异、祭祀封禅等许多细事。书信散文，佳作纷出，如司马迁《报任安书》、杨恽《报孙会宗书》、朱穆《与刘伯宗绝交书》、

---

① 刘师培. 刘师培经典文存[M]. 上海：上海大学出版社，2004.

秦嘉《与妻徐淑书》等,都是历代传诵的名篇。书信之中直抒胸臆,与友言、与妻语、与侄诫、与敌绝,琐屑小事絮言不烦,个人情怀尽情倾吐。还有一些文章,纯记一些日常事务,完全脱离了政教范围,如崔寔《四民月令》实乃百姓一年的日常生活生产安排表,通俗易懂语言浅近。王褒《僮约》《责须髯奴辞》,夹嘲夹谑,幽默风趣,令人耳目一新。另外,还出现了写景状物的文章,如马第伯的《封禅仪记》,可谓游记之祖。与散文题材的广泛相对应的是文体的完备,丰富的内容宜用多样的形式来表达。传记、史论、书信、序录、碑志等后世常用文体此时均已产生。刘熙载《艺概·文概》说:"西汉文无体不备,言大道则董仲舒,该百家则《淮南子》,叙事则司马迁,论事则贾谊,辞章则司马相如。人知数子之文纯粹、磅礴、窈眇、昭晰、雍容各有所至。"东汉文体尤细,既有宏伟的长篇,也有寥寥数语的短制,适应了思想表达的需要,也体现了汉人的创造力。故刘师培《中国中古文学史》断言:"文章各体,至东汉而大备。"

汉代散文,名家名著不断涌现,文体形式空前繁盛,叙事抒情手法多样,创造了又一个文章盛世,泽被后世。唐宋至明清古文家对汉代散文极为推崇,以至有"文必秦汉"之说。

第三节 汉代的散文分类

一、西汉子书与论说散文

(一)汉初论说散文

从刘邦称帝到武帝即位,汉初数十年间为了休养生息以清静无为的黄老学说为主导思想,对各家学说也保持包容的态度。统治者又先后废除挟书律及诽谤、妖言之法,采取贤良对策和下诏求言的方式,鼓励士人指陈朝政弊端。因而,此时思想领域比较活跃,言论也较为自由。同时,汉初政论家承续先秦诸子纵横余韵,在历史责任感与时代使命感的双重刺激下,积极著书立说,出谋划策,畅所欲言,使被暴秦风雨浇灭的文学之火复燃,令思想的光华重新闪耀。

《汉书·艺文志》列汉初论说文有"高祖传十三篇""陆贾二十三篇""刘敬

三篇""孝文传十一篇""贾山八篇""孔臧十篇""贾谊五十八篇"等。这一时期的论说散文不同程度地带有战国散文的风格，但也生成了不同于战国的特点：既冷静客观，又热情洋溢；既企慕前贤而表现出恪守传统的色彩，又面对现实而倡导因世权行的变革；既注意总结亡秦的历史经验教训，又关注汉时社会与政治的弊病。汉初论说文感情丰沛，纵横捭阖；理气充足，论证充分；铺陈递进，逻辑严密；具有强烈的历史感与真切的现实感。

1. 陆贾

陆贾，楚人，为汉高祖刘邦身边辩士，西汉初年（前202年）著名的政论家和辞赋家。《史记》卷九十七、《汉书》卷四十三有传。《汉书·艺文志》著录辞赋四个流派，其中之一就有"陆贾赋，二十一家，二百七十四篇（入扬雄赋八篇）"。陆贾本人创作辞赋凡三篇，可惜今已无存。作为一个政论家，他最重要的著作就是《新语》。《文心雕龙·才略》："汉室陆贾，首发奇采，赋《孟春》而进《新语》，其辨之富矣。"

汉高祖起于微贱，以匹夫而得天下，在立国之初于统治策略与指导思想等方面尚未系统深入地思考论证。戎马倥偬、腔德之际，无暇染翰，甚侮《诗》《书》，并对陆贾妄言："乃公居马上而得之，安事诗书！"陆贾驳斥曰："居马上得之，宁可以马上治之乎？且汤、武逆取而以顺守之；文武并用，长久之术也。昔者吴王夫差、智伯、秦始皇，皆以极武而亡。乡使秦已并天下，行仁义，法先圣，陛下安得而有之！"刘邦听闻此语，顿觉总结历史经验教训及建立统治理论体系的重要性，于是对陆贾提出："试为我著秦所以失天下、吾所以得之者何，及古成败之国。"于是，陆贾为解刘邦之惑，"乃祖述存亡之征，凡著十二篇。每奏一篇，帝未尝不称善，左右呼万岁。号其书曰《新语》。"（《汉书·郦陆朱刘叔孙传》）

《新语》可谓最早为巩固汉代政权而立论的政论文章，体现了陆贾的政治学说。书分十二章，第一章是论点概述，统摄全书，提出"行仁义，法先圣"的主导思想。其余诸章是第一章的拓展和延伸，针对治国方法、施政根据、政治决断力等方面进行详细论述。如在强调政治理论要针对社会政治现实方面，《术事》篇说，"善言古者合之于今，能述远者考之于近"，批评世俗"尚古而非近"的浅薄。并以"书不必起仲尼之门，药不必出扁鹊之方"为喻，主张"因世权行"。又如在选择政治指导思想方面，《新语》提倡"执一"，即综考诸家学说而提炼出一种以为主导。《怀虑》篇说,"故物之所可,非道之所宜;道之所宜,非物之所可……执一统物,虽寡必众"。在诸子各派所宣扬的学说中,必有一种根本的道可以起到统领与规范的作用。倡导"无为而无不为",崇俭尚静,兼儒、道、墨、法、阴阳五家之长而极具包容性的黄老学说就非常适合在国力恢复时期的统治需要,遂成为陆贾主张的"执一"之道。在以黄老学说为"执一"之道的同时,陆贾还主张将儒家的"仁义"之说作为治国的重要原则,肯定儒家政治理想和价值追求,将是否符合儒家道德准则要求作为判断统治方式、手段正确有效与否的重要标准。

《新语》质而不俚,论述简洁,常用贴近的比喻使所述之理深入浅出,与踵武其后的贾谊那种汪洋恣肆的雄辩文风形成鲜明对照。《论衡·案书篇》曾说:"《新语》,陆贾所造,盖董仲舒相被服焉,皆言君臣政治得失,言可采行,事美足观。鸿知所言,参贰经传,虽古圣之言,不能过增。陆贾之言,未见遗阙,而仲舒之言雩祭可以应天,土龙可以致雨,颇难晓也。"陆贾陈说有理有据,分析利弊从容有序,历数兴衰旁征博引,语句铿锵而简短凝练,不辱辩才之名,不负忠义之命。

2. 贾山

贾山,颍川(今河南禹州市一带)人。受学于祖父贾祛,博览群书。为人忠正直率,主张兴礼义。初为颍阴侯灌婴给事。能审时度势,善谏时政。鲁迅《汉文学史纲要》说:"文帝时则有颍川贾山,尝借秦为喻,言治乱之道,名曰《至言》。其后每上书,言多激切,善指事意,然不见用。所言今多亡失,惟《至言》见于《汉书》本传。"

贾山《至言》长达两千五百余字,敢于放言高论,借秦为喻,以秦亡之教训规劝汉文帝应修先王之道,任贤纳谏,轻役减赋,是西汉初期详言治乱之道的单篇宏文。"至言",意犹直言、极言,即直谏之言。其文开篇云:"臣闻为人臣者,尽忠竭愚,以直谏主,不避死亡之诛者,臣山是也。臣不敢以久远谕,愿借秦以为谕,唯陛下少加意焉。"首先表白了自己敢于冒死直谏的决心,以及以秦谏汉的精神。然后总结了秦王朝灭亡的教训:一在于横征暴敛,奢靡无度,为适己欲,穷困万民;二在于盗行天下,淫娱暴虐,恶闻其过,弃贤拒谏。秦帝奢侈无节,又不肯敬士礼贤、听从劝谏,以致"劳罢者不得休息,饥寒者不得衣食,亡罪而死刑者无所告诉,人与之为怨,家与之为仇,故天下坏也"而不自知,最终落得盛极忽败的下场。

贾山进而借秦为喻,劝诫文帝要行帝王之道,举贤任能,虚心纳谏:"开道而求谏,和颜色而受之,用其言而显其身","闻其过失而改之,见义而从之"。也不要耽于游猎,而要尊儒崇礼。

从思想倾向来看,《至言》无疑是一篇儒者之文,贾山所论,已经预示了汉代以儒术治国的历史趋势。在论述方式上,《至言》杂儒、法及纵横三家特色,一方面常引《诗》为据,循循诱导地讲述正面道理,承续自孟子以来形成的儒家文理;另一方面言辞峻切,长于铺陈排比,情绪慷慨激昂,又类韩非或纵横家之说。文章雄健疏放,醇厚博大,句式长短杂用,气势跌宕起伏,与贾谊之文相似。姚鼐《古文辞类纂》称赞《至言》:"雄肆之气,喷薄横出,汉初至文如此。昭宣以后,盖希有矣。况东京而降乎!"① 南宋真德秀《文章正宗》又评价道:"汉自高祖以来,未有以书疏言事者,山实始之。"

3. 贾谊

汉初政论文成就最高的是与贾山同时代的贾谊。贾谊(前201年—前168年),洛阳(今河南洛阳)人,世称贾生。西汉初期政治家、政论家、文学家。其人才华出众,少年时期就"颇通诸子百家之书",二十岁左右即被文帝召为博士,表现出非凡的政治才能,获得文帝赏识,破格提拔,"一岁中至太中大夫"。贾谊认为汉兴已经二十余年,应当改正朔,变易服色制度,振兴礼乐。于是草拟仪法,奏请颁行。因年少气盛,敢于直言,为权贵所妒,尔后当文帝想提拔贾谊为公卿时,周勃、灌婴、张相如等元老大臣向文帝进谗言,说贾谊"年少初学,专欲擅权,纷乱诸事"。文帝听信,遂出其为长沙王太傅。在长沙滞留四年多,文帝七年(前173年),贾谊被调回京城长安,拜梁怀王太傅。数年之中,多次上疏谏言。作《上疏请封建子弟》《上疏谏王淮南诸子》,建议内削诸侯,夺藩国势力;作《论积贮疏》,针对不重农业生产的趋末背本现象进行批判;文帝五年(前175年)废盗铸钱令,又上《谏铸钱疏》建议禁止私人铸钱。汉文帝十一年(前169年),梁怀王骑马摔死,贾谊"自伤为傅无状,哭泣岁余,亦死",终年三十三岁。其生

---

① 姚鼐. 古文辞类纂[M]. 武汉:崇文书局,2017.

平事迹，可见《史记·屈原贾生列传》以及《汉书·贾谊传》《郊祀志》《儒林传》。

《汉书·贾谊传》载，贾谊散文共五十八篇（今存五十六篇），刘向辑为《新书》，其主要内容是总结历史经验归纳规律，探究治国之"道"，剖析社会矛盾议论时政，阐释统治之"术"。如《大政》《过秦论》主张以民为本，实行仁政；《势卑》《解悬》《匈奴》等篇是对抵御外侮，安定边境问题的论述；《论积贮疏》力主重农抑商，大力发展农业生产而抑制富商大贾的奢侈僭越；《等齐》篇言封建等级秩序，服饰用度不得僭越等。汉初统治阶层需要面对的棘手问题很多，贾谊既善于经验总结，归纳出富有指导意义的统治思想，也善于对症下药，针对某一问题提出具体的解决办法。其政论文中最著名者，非《过秦论》与《论积贮疏》莫属。

《过秦论》的核心内容是总结秦代兴亡的历史经验，批判秦之过失，以为汉之借鉴。在《史记》和《汉书》中，该文本为一篇，《昭明文选》离析为上、中、下三篇，依时代先后分论秦始皇、秦二世、孺子婴三代之过。三篇中，尤以上篇为佳。此篇由秦孝公时写起，铺叙了秦国如何一步步走向强盛，终于至秦始皇时打败六国军队，霸临天下。然后写秦始皇以雷霆之势实现集权统治，在他的铁腕强权下"天下已定，始皇之心，自以为关中之固，金城千里，子孙帝王万世之业也"。之后笔锋急转，描述秦始皇死后农民起义的巨大声势和秦朝的迅速灭亡。最后，经过层层对比、设问，提出结论："仁义不施，而攻守之势异也。"

在文学表现手法方面，此篇最值得称道的是贾谊巧妙灵活地运用了对比，以巨大的情感落差和明显的反衬作用深化了意欲表达的思想主题。贾谊先把秦步步为营的发展实力进而势臻鼎盛和拉枯摧朽不期转瞬灭亡作对比。"秦孝公据崤函之固，拥雍州之地，君臣固守以窥周室，有席卷天下，包举宇内，囊括四海之意，并吞八荒之心。"已现咄咄逼人之势。及至惠王、武王，"秦有余力而制其弊，追亡逐北，伏尸百万，流血漂橹。因利乘便，宰割天下，分裂山河。强国请服，弱国入朝。延及孝文王、庄襄王，享国之日浅，国家无事"。秦之威力已不可阻挡。"及至始皇，奋六世之余烈，振长策而御宇内，吞二周而亡诸侯，履至尊而制六合，执敲扑而鞭笞天下，威震四海。"秦王称帝，一统天下，再无敌手。然后文势陡转，写弱小的陈胜揭竿而起："斩木为兵，揭竿为旗，天下云集响应，赢粮而景从。山东豪俊遂并起而亡秦族矣。"强盛的帝国迅速灭亡。强大的帝国与羸弱的草民，百年的积累与旬月的灭亡，雷霆万钧的吞并之势与无法挽回的土崩瓦解，在鲜明的对比中形成起伏跌宕之文势。贾谊又将陈胜朽戈钝甲毫无经验的起义军和六国精兵强将士饱马腾的军队进行对比，引起人们对秦灭亡之必然性的深刻思考。两者实力相差如此悬殊，但偏偏前者亡于秦而后者亡秦，问题出在哪里？答案就是秦自身的变化。与六国争锋时它是充满活力的，与起义军搏杀时它是破败朽坏的。贾谊通过强烈的对比，引起统治者对强者为秦所亡而弱者亡秦的深思与自警。最后，还用秦始皇子孙万代帝业永续的愿望和秦朝三主而亡的历史事实的对比，讽刺了秦帝看似美好实则愚不可及的愿望，也为汉初帝王敲响了警钟。

中篇申说秦始皇统一之后，百姓向往和平安定，"冀得安其性命，莫不虚心而仰止"，他却推行苛政，失去民心。秦二世不"正先帝之过"，反而更加暴虐，"繁刑严诛，吏治刻深；赏罚不当，赋敛无度。天下多事，吏弗能纪；百姓困穷，而主弗收恤。然后奸伪并起，而上下相遁；蒙罪者众，刑戮相望于道，而天下苦之。"于是在农民起义的大潮中秦王朝迅速瓦解。

下篇进一步指出子婴不才，不懂得"案土息民以待其弊，收弱扶罢以令大国之君，不患不得意于海内"的道理，无法力挽狂澜，君臣离德，士民不附，最后只能束手就擒。三篇文章层层剖析，环环相扣。最后借鄙谚曰，"前事之不忘，后事之师也"，警诫汉王朝，指出汉承秦制必然导致灭亡。

《过秦论》构思巧妙，章法精心，贾谊的文章组织能力前所罕见。近人高步瀛说："此篇前半极力形容秦国累代之强，非诸国所能敌；及始皇益强，遂灭六国而统一天下。其势力益雄，防卫益固，真可谓若万世不亡者，而陈涉以一无势力之人一出，而遂亡秦。此段更就前文所述，两两比较，几同卵石之异，而卵竟碎石，是真奇怪不可测度。其千回百折，止为激出末句，故正意一经揭出，格外警悚出奇，可谓极谋篇之能事矣。"[①]在语言运用上，《过秦论》有明显的赋化倾向，文章极力铺陈排比，夸张渲染，文辞生动，气势壮大，具有极大的艺术感染力。

《陈政事疏》，亦题名曰《治安策》。《汉书·贾谊传》云："是时，匈奴强，侵边。天下初定，制度疏阔。诸侯王僭拟，地过古制，淮南、济北王皆为逆诛。谊数上疏陈政事，多所欲匡建。其大略曰：臣窃惟事势，可为痛哭者一，可为流涕者二，可为长太息者六，若其它背理而伤道者，难遍以疏举。"《陈政事疏》犀利恳切地剖析文帝时的社会及政治状况，主张施行仁政，消除诸侯割据、抗击匈

---

① 高步瀛. 高步瀛著作辑刊 [M]. 保定：河北大学出版社，2019.

奴、发展生产等，是贾谊政治观点的全面阐述，激荡着忧国忧民之情。

汉初面临的社会问题非常复杂严峻，贾谊没有被时代上升期的歌舞升平麻痹，而是敏锐地洞察到弊端和危机，他以"可为痛哭者一，可为流涕者二，可为长太息者六"加以归纳，个中问题涉及中央政权与诸侯藩国、汉廷与北方异族，以及社会各阶层之间的诸多矛盾，展现其内心忧急和深刻思考。其所谓"可为痛哭者"，即诸侯王异心和藩国之害。汉初，汉高祖刘邦曾经分封的异姓王逐步被消除，为了藩屏汉室，效仿周初之封建制，又分封了一些同姓诸侯王。日益脱离掌控的藩国成为汉初政治的一大难题。

贾谊针对诸侯危国的现实，提出要采取具体措施逐步削弱藩国实力，如割地定制，裂分若干国，子孙毕以次各受祖之分地使地尽而止等。中央政权一方面要施恩以笼络诸侯，另一方面则要运用权术法制来逐步剪除诸侯之患，软硬兼施。

所谓"可为流涕者"，为匈奴侵扰汉地而不能制之事。《新书》中《解悬》《威不信》《势卑》《匈奴》可以作《治安策》之补充。汉初匈奴屡次寇边，杀虏人民，汉初统治者采取和亲与开关市的方式与之通好，又有"岁致金絮彩缯"及守边备胡之举。贾谊明确反对对匈奴实行妥协政策，力主抵御外侮。

《陈政事疏》凝聚了贾谊多年来对汉初政治统治现实与社会矛盾的观察和认识。对问题逐层剖析，抽丝剥茧，指陈利弊，切中肯綮，表现出强烈的入世精神和批判现实的勇气。文章笔力劲练，语言朴茂，直率热诚，文势跌宕。金圣叹曾赞誉说："幼闻人说：韩昌黎如海，苏东坡如潮。便寻二公文章反复再读，深信海之与潮，果有如此也。既而忽见《贾生列传》，读其治安全策，乃始咋舌怪叹。夫此则真谓之海矣：千奇万怪，千状万态，无般不有，无般不起。则真谓之潮矣：来，不知其如何忽来；去，不知其如何忽去。总之韩苏二公文章，纵极汪洋排荡时，还有墙壁可依，路径可觅。至于此文，更无墙壁可依，路径可觅。"①《陈政事疏》浩瀚闳肆，气势磅礴，实乃罕见奇文。

贾谊的散文究其思想大要，实以儒学为核心，兼采名法各家，代表了汉初学术思想不拘一格的特征，也显示了由文帝而武帝以儒学为基础构建封建社会思想体系的历史趋势。贾谊文章在内容上针对现实、关涉国计民生，在情感上热烈真挚、情绪激昂，在文风上迂慨苍莽、浑朴纵横，在语言上明洁清峻、渲染夸张，

---

① 金圣叹，陆林.金圣叹全集.南京：凤凰出版社，2018.

具有很强的艺术感染力。贾谊的散文当时就已被人称道，后世人们更把它当作西汉文章的佳品。刘向在《汉书·贾谊传》评论中说："贾谊言三代与秦治乱之意，其论甚美，通达国体，虽古之伊、管未能远过也"。刘熙载《艺概·文概》说："贾生谋虑之文，非策士所能道；经制之文，非经生所能道。汉臣后起者，得其一支一节，皆足以建议朝廷，擅名当世。然孰若其笼罩群有而精之哉！"晋左思更在《咏史》一诗中写道："弱冠弄柔翰，卓荦观群书。著论准《过秦》，作赋拟《子虚》。"把贾谊的政论散文当作自己作文的标准。刘宋范晔亦在《狱中与诸甥侄书》称："循吏以下及六夷序论，笔势纵放，实天下之奇作。其中合者，往往不减《过秦》篇"。唐宋古文运动以汉文相标榜，贾谊的散文更被推崇备至。由此可见贾谊的散文在文学史上的重要地位。

4. 晁错

晁错（前200年—前154年），颍川（今河南禹州市）人，西汉杰出政治家、政论家。据《史记》本传言"错为人陗直刻深"，为人刚直而苛刻。年轻时曾学习申商刑名之学，汉文帝时以文学为太常掌故。

《论贵粟疏》乃晁错所作最为著名者。汉初，统治者采用与民休息的方针恢复农业生产，人民衣食渐得滋殖。但长期减免赋税，得益更多的是地主，农民仍遭受侵并土地之害；放松山泽之禁又促进商业繁荣，难免谷贱伤农；厚赠布帛以安匈奴，更是耗费了汉廷积聚的财富，宽纵其侵边掠财。面对这样的局势，晁错遂"复言守边备塞，劝农力本当世急务二事"，向汉文帝积极上疏。班固在《汉书》中将此疏分为两部分，本传载"守边备塞"之说，《食货志》载"劝农力本"之说，后人将《食货志》中的这部分抽出题为《论贵粟疏》。此篇与贾谊的《论积贮疏》有相似之处，但更加具体深入，句句切实。晁错针对汉初背本趋末、赋敛不时、仓廪空虚，以至百姓大批饿死的现实，提出重农抑商、纳粟拜爵除罪的政策，以达劝农耕、实国力、备边用等目的。

晁错此篇奏疏旨在直陈时弊，找出方法以解决粮食危机，本无意为文，然而《论贵粟疏》却表现出很高的艺术性。文章立论精辟，结构严整而不呆板，论辩有力而不拘泥一事，在层层深入与古今比况中，文质兼备，气盛理足。清人过珙说《论贵粟书》："是一篇布帛菽文字。不蹈奇险，不立格局，自有照应起伏，而绝无照应起伏之迹。意思详尽，气势优畅，是汉文字中不可多得者。"

在《举贤良对策》中,晁错列举古代圣王的功绩和秦朝失败的教训来对答诏策所问,提出人臣应该"察身而不敢诈,奉法令不容私"。但他也清醒认识到严刑酷罚的弊端,指责秦王朝说:"及其末涂之衰也,任不肖而信谗贼;宫室过度,耆欲亡极,民力罢尽,赋敛不节;矜奋自贤,群臣恐谀,骄溢纵恣,不顾患祸;妄赏以随喜意,妄诛以快怒心,法令烦憯,刑罚暴酷,轻绝人命,身自射杀;天下寒心,莫安其处。"并称扬汉文帝道纯德厚,"绝秦之迹,除去乱法""除苛解娆,宽大爱人"。所以在《举贤良对策》中,可以看到晁错既讲严明刑法,也讲仁政爱民;既讲人君御人之术,也讲礼贤纳谏。其是儒、法思想的综合与灵活运用,带有自觉地为汉王朝总结历史教训的时代特征。

晁错十分关注边患问题,作《言兵事疏》论述守边安塞抵御匈奴诸事。汉初匈奴强大,屡次寇边,杀虏人民,"小入则小利,大入则大利",针对这一问题,晁错先对敌我情况进行分析,指出"匈奴之长技三,中国之长技五",在此基础上主张以汉之长制匈奴之短,坚决抵御匈奴,并且提出择良将、练士卒、利甲兵、以夷制夷等战略、战术思想。

晁错是文景时期卓越的政治家。为维护汉朝的长治久安,他针对统一帝国所面临的各种社会问题,提出许多建设性的意见。晁错散文疏直激切,畅所欲言,语言朴实苍劲又不乏激切的感情和恣肆的气势,文采虽不及贾谊,但所提问题和建议更为具体深刻而切于实用,带有法家的文风特点。

(二)西汉中期子书与论说散文

武帝至元帝初,为西汉的中期。大汉帝国于此时达到了强盛的顶点:王朝声威日赫,削藩国抗匈奴,巩固了政权的统一;开通河西走廊,加强与西域诸国的商贸及文化交流,加强了汉廷的威慑力;罢黜百家、独尊儒术,实现了思想领域的大变革。凡此种种,影响了西汉中期的散文创作,论说文空前繁荣:既有批评朝政阙失的作品,也有歌功颂德的褒美之文;既有兼容并包的总结类的著作,也有推阐儒家思想的理论文章。如桓宽《盐铁论》系统记录了融入辩论过程中的汉中期儒法思想,也表现出对武帝朝政治利弊的反思和批评;司马相如《谕巴蜀檄》《难蜀父老》及《封禅文》称扬大汉帝国、唱赞汉武德功,充满盛世情怀与自豪之心;刘安《淮南子》表现出探寻自然和社会发展总体规律的意图,反映了大一统之后思想家的总结意识；董仲舒散文则依经立义，杂糅天人之说，表现出浓厚的儒学气息，汉代散文风格也由承战国余续之迂慨纵横转为典雅醇厚、从容稳重。

1. 融汇兼采之文

汉大一统的政治格局基本稳定后，总结社会发展规律与统治方式的意识十分强烈，《淮南子》《盐铁论》应运而生。《淮南子》内容广博丰富，以"道"来解释、融通天地自然与社会人事，为君主提供治术。《盐铁论》采用对话体，将盐铁会议辩论双方的观点客观地记述和呈现出来，兼采二家之说，展现了儒法之间的论争及其作为统治思想的长短优劣，在某种程度上亦是一部总结性的著作。

《淮南子》，原称《淮南鸿烈》，"鸿"是广大之意，"烈"是光明之意。刘安自认为此书包含广大光明的道理，可出于诸子百家之上，为汉代治国法典。

《淮南子》的文章，兼具秦汉诸子风格。又受楚辞影响，语言上大量运用排比对偶句式，且随处押韵，辞藻华美。为论证理论还辑纳历史古实、神话传说、寓言故事，开阔了文学描写的视野，颇具审美意味。《淮南子》语言生动，词采赡丽，富有哲理性，行文中大量运用排比对偶，连类譬喻，表现出大一统确立时期散文开始辞赋化的倾向，俨然是赋与散文的结合，极大地增强了文章的艺术性。

《盐铁论》记录了桑弘羊之属与贤良文学的辩论，双方论辩的方式展现出了不同的治国思想，也突出了自身的文章特色。《盐铁论》的创作特征主要有以下几方面：

其一，全书各篇都采用一驳一辩的对话方式，一贯到底。具有鲜明的对话体议论散文的特点。

其二，比较客观、公允地记录了双方的观点和论据，以兼容并包的态度肯定他们的"意指殊路，各有所出"。《盐铁论》兼收丞相、御史大夫和贤良文学两方面的辩论文字，虽有剪裁，但基本上保存了双方诘难辩驳的实际情况，各自是非曲直跃然纸上，令读者自行判断。

其三，文章多引史鉴以言时事，又不妄言灾异，不滥引经典。双方都擅长援用比喻或引古证今来说明道理，使得论证充实有据，所以虽然是长篇大论，却并不显得枯燥。

其四，语言浅近畅达，是经过提炼的口语，能够生动地展现争辩中人物的情态和形象；同时词锋犀利，说理周密，多排比对偶句式，气韵流畅，其形式和风格都带有辞赋化的特点。

《盐铁论》是一部别具一格的论说散文。它承续了先秦时期简单的对话体作品，但篇幅增加，内容更丰富，既有作者的主观倾向，又能准确生动地展现论辩人物的见解和风格。文辞犀利明快，语言浅近朴实，行文整齐而有变化，堪称汉代政论珍品。

2. 儒者典雅之文

汉经过一番休养生息和对内斗争，至武帝之时国力初盛。统治者很快觉察到汉初盛行的黄老思想不再适应中央集权的政治需要，对新的主导思想和统治理论的需要迫在眉睫。汉武帝遂采纳了董仲舒提出的罢黜百家、独尊儒术的建议，由此，儒学被推至独尊的地位。儒者的地位也随之抬升，他们迅速进入统治阶层内部，依经立论，以天人感应学说阐论王权合理性和儒学思想正统性。自此以后，论说文章具有了一定的经学作风，一些政论杂文更为典雅醇厚。

董仲舒是西汉大儒，班固称其为"群儒之首"，所著"皆明经术之意"（《汉书·董仲舒传》）。原有奏疏一百二十三篇，《闻举》《玉杯》《蕃露》《清明》《竹林》等数十篇，《公羊治狱》十六篇。今董仲舒之文，有《汉书·董仲舒传》所载《举贤良对策》三篇以及《春秋繁露》一书。此外，还有保存在《汉书·食货志》《匈奴传》《五行志》中论经济、议匈奴、讲灾异的文字。

《举贤良对策》，为武帝即位以后，召贤良文学对策时所作策论。汉武帝即位，雄心勃勃，不满足于文、景时期已取得的成就，希望有一番更大的作为，于是他于公元前134年下诏，征求治国方略。在制诰中，汉武帝说出了他考察三代以来的社会变迁和政权更迭所感受到的困惑：为何数百年来大乱不止、政权不稳？为何"守文之君、当涂之士"不能挽救世道的衰微？仅仅依靠总结历史教训能不能适应现实政治的需要？人类的行为如何与天道相协调？董仲舒《举贤良对策》三篇便是针对汉武帝所提出问题做出的回答，它所应对的都是汉朝所面临的关键问题，对武帝时代的思想文化和政治举措影响很大。

《春秋繁露》十七卷，八十二篇，系后人辑录董仲舒遗文而成书，书名为辑录者所加。《春秋繁露》是汉代今文经学的奠基之作，它以公羊学派的观点解释

《春秋》,借《春秋》行事而多所发明,即"托古改制""代圣立言"。阐述"春秋大一统"之旨,大发"天人合一""天人感应"之论,为"王权神授"制造理论根据。具体说来,《春秋繁露》中所表达的董氏思想主要有以下几个方面:

第一,提出"更化"主张,以儒家纲常为基本原则进行伦理道德的规范,改变和废除暴秦以刑法立国治国的传统,整饬社会风尚。这种"更化"实际上是实现由秦代法治社会、汉初黄老政治向礼乐文明的回归。在恢复儒家传统、重新倡导"仁义礼智信"的基础上又做出创造性的阐释,以完成儒家学说的现实使命。

第二,发挥了"天人合一""天人感应"的哲学思想。"天人合一""天人感应"的思想并不始于董仲舒。孔子的"畏天命"及孟子的"尽性如天"都将天人和谐作为自己的哲学追求。董仲舒的贡献在于继承儒家的天人观的同时,又融合阴阳五行学说,发展了先秦的将自然灾异联系现实政治得失的解释方式。《春秋繁露》把自然现象和社会现象进行神秘化的比附,提出人类的一切都是天的复制品,天的意愿可以通过人类的活动演示,人的行为可以找到天道的根据,这就是"天人合一"。《春秋繁露》还认为天与人之间存在着互动交感的关系,天密切关注人类活动,监督着人世秩序的正常实现,一旦君主失德出现了违背天道的情况,天便会降下灾异警告,而如果君主顺应天命,天下太平,天就会降下福瑞,这就是"天人感应"。如《春秋繁露·尧舜不擅移汤武不专杀》所说:"天之生民,非为王也;而天立王,以为民也。故其德足以安乐民者,天予之,其恶足以贼害民者,天夺之。"董仲舒对天人关系的论述是为了巩固汉王朝统治,为封建君权披上一层神秘的面纱,同时,也为现实政治找出自然、历史的根据,并对现实政治起到一定的约束和限制作用。

第三,提出"大一统"理论。"大一统"说最早始于《春秋公羊传》。董仲舒强调的大一统,不仅是政治上的中央集权与领土的统一完整,更是思想领域中的"大一统"。

董仲舒大讲天人关系和阴阳灾异,为统治者提供了一套统治哲学。同时,董仲舒的文章还对汉代散文的发展有重要影响。其文章不像先秦和汉初的文章那样铺张扬厉,辩锋犀利,而是典雅博奥,醇厚沉稳,博引经说,引导了汉代散文文风的一大变革，西汉中后期以至东汉散文多有承效者，在汉代散文发展史中占有重要地位。

（三）西汉后期论说散文

西汉后期，朝政日非，社会矛盾加剧，抨击时弊的奏议成为论说散文的主流。再加上这时经学大盛，儒生势力空前膨胀，好高谈阔论干预时政，引经据典以立义，论说文无不染上经学色彩。而至西汉晚期，古文经学在与今文经学的斗争中逐渐取得优势地位，文章也有复古的趋势。刘向、谷永、匡衡、刘歆、扬雄等人是此时较著名的作家。

1. 经学浸润的政论散文

刘向（约前77年—前6年），初名更生，字子政，成帝时更为向。汉宗室，为汉高祖异母少弟楚元王交四世孙。"为人简易无威仪，廉靖乐道，不交接世俗，专积思于经术，昼诵书传，夜观星宿，或不寐达旦。"（《汉书·楚元王传》）宣帝时，因"行修饬"被任为谏议大夫。他年轻时便"通达能属文辞"，当时初立《穀梁春秋》，诏他授《穀梁》，曾于石渠阁讲论五经。

据《汉书·艺文志》载，刘向有辞赋三十三篇，今仅存《九叹》一篇，收录于《楚辞》。刘向的散文主要有奏议、叙录、杂著三类。奏议都是针对宦官专权、外戚把持朝政、皇帝奢靡等现实问题而作的，能够仗义执言，大胆批评朝政，具有勇于为文论事的精神。同时，奏议中又往往杂以阴阳灾异之说，并好援引经义，很能代表此阶段论说散文的特色。《谏营昌陵疏》《极谏用外戚封事》为此类作品的典范。叙录则是刘向经过长期校雠工作的积累而完成的对古代典籍的评述，叙述了古代学术的变迁，反映了刘向的学术观点和思想态度。《战国策·叙录》为个中代表。此外，刘向还编著了《新序》《说苑》《列女传》等杂传小说集。意在通过这些故事宣扬儒家的政治理想和伦理道德，为现实中的帝王贵族和后妃树立榜样。其中有些故事不乏寓意，在后代流传很广，详见汉代小说部分。明代张溥辑有《刘中垒集》，收入《汉魏六朝百三家集》中。

《谏营昌陵疏》久负盛名。汉成帝最初为自己修建延陵，后来又改修昌陵，因昌陵地势低洼，劳民伤财而数年不成，于是又重新大修延陵，耗资甚巨。刘向因此上疏批评汉成帝靡费厚葬，奢侈无度，大胆直率，简直是对皇帝的讨伐檄文。

文章开宗明义提出"天命"说,认为"天命所授者博,非独一姓也""自古及今,未有不亡之国也",反映了其要求统治者守明德行仁政的观点,以有德代失德的思想贯穿全篇。

此文对营建昌陵的危害作了大胆的揭露,对汉成帝也进行了严肃的批评。论说层次清晰,理直气壮,言辞尖锐如警钟长鸣,劝谏真诚如长者叮嘱,倾吐肝胆,诚挚热烈。明代茅坤称此书为"西京第一书疏"。

2. 复古求实的政论散文

刘歆,字子骏,后改名秀,字颖叔,刘向少子。汉代经学家,目录学家,古文经学的开宗人物。以能通经学、善属文为汉成帝召见,待诏宦者署,为黄门郎。后受诏与父刘向领校秘书,讲六艺传记,诸子、诗赋、术数无所不通。哀帝时,刘歆升骑都尉光禄大夫,深受荣宠,继父前业,负责总校群书。在刘向所撰《别录》基础上,完成了中国历史上第一部图书分类目录《七略》。刘歆博通经典,尤好古文经学,他主张将古文经典《左传》《毛诗》《逸礼》《古文尚书》立于学官,哀帝令歆与五经博士讲议其事。因诸博士强烈反对刘歆的建议,歆遂作《移让太常博士书》一文,批判今文博士抱门户之见排斥古文经学的态度。在朝廷大臣坚决抵制下,刘歆为避祸而求外任,出为河内太守,又以宗室不宜典三河,徙守五原,转守绚郡,以病免。王莽代汉,刘歆附莽为国师,凡王莽所欲,辄"承其旨意而显奏之"。地皇末,卫将军王涉联合刘歆,欲起兵劫持王莽投降刘秀,事泄,王涉和刘歆皆自杀。刘歆的文章大都散佚,今存者有《移让太常博士书》《上〈山海经〉表》《孝武庙不毁议》等文及《遂初赋》《甘泉宫赋》《灯赋》等赋。

《移让太常博士书》是刘歆文章中最有代表性的。它不仅仅是一篇论说散文,更是一部中国古代学术史。文章首先回顾了自先秦至汉的学术兴废变迁,讲述了古文经书发现的过程,数百年经学演变清晰呈现。之后揭示出今文经学的弊病和陋习,并强烈抨击今文博士"党同门,妒道真"为学派私利而排斥异己、拒绝真理的态度。

刘歆以古抗今的激辩之词乃是冒诸儒之大不韪,需要极大的勇气和独立的见解。此文是汉代第一篇反"今学"、复"古学"的文章,具有重要的史料价值及思想价值,它暴露了由于儒术一尊而引起的儒学僵化、师说迷信和士风堕落,表达了作者恢复先秦儒家正道的执着追求。刘歆虽自幼接受今文经学教育,但在接触了古文经典后积极主张信古、存古,立古文经学博士,这在充满神学迷信的西汉末年(8年)来说可谓超尘脱俗。文章没有受到时代风气的浸染,没有将古代学术变迁与阴阳灾异联系起来,而以人事论之,内含托古改制的意义。刘歆此文叙事详审,文简意赅,典雅凝重,开散文复古之风。

二、东汉子书与论说散文

(一)东汉前期子书与论说散文

从东汉建立到汉章帝时期,政局比较稳定,统治者鼓励知识分子写歌功颂德之文。汉明帝曾在班固面前批评司马迁作《史记》"微文刺讥,贬损当世,非谊士也";称赞司马相如于病中"述颂功德"作《封禅文》,堪称"忠臣"(班固《典引序》)。在思想领域,经学又被进一步神秘化,谶纬迷信盛行。在这样的社会风潮与思想导向的影响下,充斥着图谶符命的述颂功德的文章应运而生。此类文章在思想上和文学上具有先天的局限性,虽然数量较多,但文学价值并不大。真正有价值的,是那些解放思想、独抒己见不拘于儒家正统的文章。它们对社会风气、政治思想的批判十分激烈,矛头直指谶纬神学和政治腐败现象。代表作家有桓谭和王充。

1. 桓谭

桓谭,字君山,沛国相(今安徽宿县)人。东汉哲学家、经学家。《后汉书》有传。桓谭父成帝时为太乐令,桓谭因父亲恩荫而被任为郎。由于他好"非毁俗儒",因此受到当时人的排斥和打压,位不过郎。王莽代汉,桓谭任掌乐大夫,不曾称引符命以媚权者,殊异于当世儒者。光武帝时,任议郎给事中。最能代表桓谭文章思想和风格的,非《新论》莫属。可惜此书已亡佚,清人严可均《全上古三代秦汉三国六朝文》辑校成卷。除此之外,另有赋、谋、书、奏凡二十六篇,今仅存《仙赋》《陈时政疏》《抑谶重赏疏》。

《新论》观点多出己见,写法叙议相间,既引历史故事,又谈切身经历,颇似随笔札记。桓谭的文章都是针对当时鄙陋虚妄的学术思想而阐发,他反对神学迷信,批判神仙方士,提倡尊贤爱民,还具有朴素的唯物思想,肯定了精神依赖于形体。《新论》行文通俗浅显而内容充实，辞采丰腴而无过分藻饰，见解高妙而笔调简洁，别成一种自然从容质朴的风格。

桓谭的单篇文章比较重要的是《抑谶重赏疏》。刘秀以图谶起家，他即位之后用人执政亦以谶书决断。桓谭就针对光武帝的此种做法而上奏疏，揭露了图谶的虚伪性，批判了以图谶干时政、误人君的俗儒伎数之士。文章极言图谶之害，要求重人事而弃鬼神。展现了桓谭反对图谶的决心和敢于坚持真理的勇气。

桓谭的文章，不同于已日趋繁缛丽密的东汉文风，而是纵意而谈毫不滞重，又始终贯穿着正虚妄、去矫饰之精神，以遗世独立的姿态反对神学迷信观念。他的文章不但反映了东汉文人在思想上的反叛，也展现了散文创作由文转质的新趋势。

2. 王充

王充，字仲任，会稽上虞（今属浙江）人。东汉著名思想家、文学家。出身庶族，少孤家贫，后到京师洛阳，受业太学，师事班彪。曾教授生徒，做过掾功曹、扬州治中等小官。后罢职居家，教授生徒，专心著述，以三十年的精力写成《论衡》。王充著有《论衡》《讥俗》《政务》《养性》等书，今仅存《论衡》一书。

王充撰著《论衡》的主要目的在于辨伪存真、劝善惩恶，将批判的矛头指向当朝政治、思想和文化等各领域的败坏现象和迷信风气。

《论衡》"疾虚妄"的范围很广泛，归纳来说，可分为三个方面：

其一，批判儒家尊崇的经典圣传，反对对圣人的迷信，抨击今文经学抱残守缺的态度和拘执师法的作风。东汉为经学极盛的时代，但王充并没有被尊经风气完全桎梏住，而是针对汉儒的一些问题写下一系列批驳的文章。如，王充敢于质疑被奉为圣人的孔子，认为他并非完人，也不是能够知来测往的神。《问孔》篇从《论语》记载的孔子的言行中找出许多不合理的地方，有力地打击了神话孔子的风潮。

其二，肯定"天"的自然属性，认为它不能决定或影响人的生活和命运，因而反对天人感应之说，批判谶纬迷信与灾异谴告。

其三，反对神仙鬼怪迷信。王充的文章批判各种虚妄之论时，总是紧紧抓住对方矛盾与谬误，反复辩驳。王充说理深刻，批驳有力，思想独立，言辞犀利。

在文学理论方面，王充也有自己的主张。首先，他强调文章要表达作者的真实思想和情感。王充反对"华而不实,伪而失真"的文风,主张"文从胸中而生,心以文为表"。其次,主张文质相称,华实相辅。不可重文轻质,也不可重质轻文,而要做到内容和形式的统一。再次,文字表达更要通信易晓,不应该把文章做得晦涩难懂,以示博学。要摒斥虚华,崇尚淳朴。

(二)东汉后期子书与论说散文

和帝、安帝两朝,东汉的政治已开始走下坡路,顺帝以后,外戚、宦官交相把持朝政的局面逐渐形成,到了桓、灵之世,已是国将不国。此时帝王昏庸,奸佞擅权,外敌侵扰,灾害连年,整个社会弥漫着一种哀世的悲愤情绪。文人们对现实政治进行猛烈的抨击,词气激烈、无所顾忌的批判作品频频出现,有些还提出了疗救时弊的设想。而当干预时政、积极作为的努力宣告失败时,政治危机的加剧与社会理想的破灭,使文人士子们产生了远离尘世、纵情山水的想法。于是,老庄的思想复又流行,一些作品中展现出对逍遥自适的追求。在心灵与身体的矛盾中,理想与现实的冲突中,文人们创作出了十分深刻的政论文章。如王符的《潜夫论》、崔寔的《政论》、仲长统的《昌言》等。

1. 王符

王符,字节信,安定临泾(今甘肃镇原)人。东汉政论家、文学家。王符出身寒微,为人耿介,不同流俗,终生不仕,隐居著书,因不欲显其名,故名《潜夫论》。

王符《潜夫论》与王充《论衡》在思想上前后相承,是一部指斥时弊,发奋议论的著作。其批判范围很广,涉及天命谶纬、政治腐败、边防守备、吏治改革、听取谏言、社会风气等很多方面,抨击有力,不遗余力。

《潜夫论》每篇皆独立成章,内容切实,论旨突出。语言精审,句式整饬,笔锋犀利,善于论辩。《潜夫论》又崇尚排偶,文意激荡处往往用韵。

2. 崔寔

崔寔(103年—170年),字子真,又名台,字元始,深郡安平(今河北安平)人,东汉后期政论家。《后汉书·崔寔传》称其为人"沉静,好典籍"。崔寔以其所作《政论》闻名,其文指切时弊,分析治乱之道,颇为时人所重。

《政论》针对朝廷统治策略的得失、吏治的清浊与民生疾苦等现实问题进行论述。文章批评了贵古贱今、不注重当务之急的错误做法,主张因时制宜,根据时代的不同需要而及时改变统治思想和策略。《政论》旨在疗救末世积弊，故思想发人深省，语言质朴无华，雄辩有力，笔挟感愤，风格略近法家，字里行间透露出作者的忧患意识与悲叹之情。

3. 荀悦

荀悦（148年—209年），字仲豫。颍川颍阴（河南许昌）人。东汉后期著名史学家和政论家。

荀悦《汉纪》三十篇，是为史学著作。唐代刘知几《史通·六家》列《汉纪》为"左传家"之首。

《后汉书》又载："悦志在献替，而谋无所用，乃作《申鉴》五篇。其所论辩，通见政体。"这五卷是：政体、时事、俗嫌、杂言上、杂言下。其所讨论的内容涉及诸多方面，包括对谶纬符瑞的抨击，对为政者舍本逐末的批评，对宣文教化、武备守边的强调等，展现了荀悦的治国理念和政治思想。

4. 仲长统

仲长统（180年—220年）字公理，山阳高平（今山东微山县西北）人。其行事与王充、王符有相似处，因而三人在《后汉书》中归入一卷。仲长统"每论说古今及时俗行事，恒发愤叹息。因著论名曰《昌言》，凡三十四篇，十余万言"。《昌言》原编为十二卷，后散佚，其佚文，严可均《全后汉文》辑为两卷，《理乱》《损益》《法诫》三篇辑自《后汉书》，又从《群书治要》节录九段文字，《齐民要术》《抱朴子》另有若干佚文。

仲长统《昌言》是具有异端的色彩的政论著作，在思想上反对天命天道之说，摈斥图谶迷信，揭露黑暗现实，也抨击政治腐朽，以反叛的精神完成了对汉代统治思想的最后清算。就目前所存资料来看，《昌言》讨论的核心问题有以下几个方面：

其一，关注人事，否定天道，批判天命观和谶纬迷信。仲长统明确提出"人事为本，天道为末"，认为人的活动才是决定事情发展走向的根本，天道之说不过是自欺欺人的障眼法而已。在《理乱篇》中指出历代开国之君能够取得天下，完全依靠勇力和才智，和天命无关。

其二，通过对自周末至东汉献帝政权演变的分析，总结历史治乱规律。仲长统打破了传统的循环论的观点，以由春秋到汉末的治乱过程为依据，提出"变而弥猜，下而加酷"的结论。他认为"乱世长而化世短"，实际上化世也不是绝对的，而是相对的，从本质上讲仍然是乱世。他对于历史形势的分析虽然不免悲观偏激，但十分深刻且富于逻辑性。

其三，批评统治者贪图安逸、追求享受，认为正是他们的昏庸无能催化了乱世愈乱的局面。

其四，审视日下世风，提出治国的主张。在乱世之中，"奸人"就永远得"福利"，而"善士"则永远得"罪辜"，社会道德败坏，不可救药。

三、汉代其他题材散文

（一）书信之文

1. 司马迁《报任安书》

《报任安书》是我国古典文学史上第一篇具有抒情色彩的长篇书信。任安乃司马迁之友，坐戾太子案下狱，恐诛死而写信求助于司马迁。司马迁经李陵之祸，深知自己于此事无能为力，遂回信告知自己的无可奈何，也倾吐遭受腐刑的痛苦心情，表达对当时是非不分的政治黑暗的愤懑与不平。文长一千三百余字，引证古今，抒发愤懑对当时的社会现实和自身遭遇均有深刻的认识和反映。

此封书信的内容，主要有以下几个方面：

其一，反映了西汉时期统治者的残暴与封建刑狱制度的黑暗。

其二，抒发了悲愤怨怒之情。司马迁感慨自己的地位本就低下，是"流俗之所轻也"，腐刑更是令他感到耻辱之极。悲愤怨怒之情充斥全篇，令人感受到司马迁的气愤、羞辱乃至于绝望。

其三，提出了发愤著书说，介绍了自己写作《史记》的情况。司马迁在信中说明自己之所以忍辱负重，苟活于世，只因为写作《史记》的理想尚未实现。他又以周文王、孔子、屈原、左丘明、孙膑、吕不韦、韩非等人郁结于胸而诉诸笔端为例，提出"退而论书策，以舒其愤"的发愤著书说。

司马迁还介绍了他写作《史记》的方法、体例、思想及期望等。

《报任安书》用重叠、排比的句式造成倾泻而下、气势强盛的效果，御笔行文流水；司马迁将起伏盘旋的情感贯注于书信全篇，诚挚深沉，文句催人泪下。

2. 杨恽《报孙会宗书》

杨恽（？—前54年），字子幼，华阴（今陕西华阴市）人。外祖父司马迁为西汉著名史学家，父亲杨敞曾任昭帝丞相。杨恽初为郎官，宣帝时上告霍光子孙谋反有功而被封为平通侯，迁中郎将，直至郎中令。他在职期间任用贤能，廉洁有为。杨恽以才能称，个性刻急，秉性傲岸，颇好发人阴私，故受人嫉恨。后遭皇帝近臣太仆戴长乐诬告，被免为庶人。杨恽胸怀不平，回家大治产业，以财自娱，交通宾客。朋友安定郡太守孙会宗作书谏诫，提醒杨恽应谨慎行事，不露张狂，方为废退大臣保身之法。杨恽却因少年显达，未曾受辱，一朝见废而心怀不满，他作《报孙会宗书》，利用回信大发牢骚。此信被人告发，陷其"骄奢不悔过"，宣帝遣人查办，搜得此书。宣帝读后十分生气，以大逆不道罪处杨恽以腰斩重刑，杨恽的妻子儿女被流配酒泉。杨恽因一封书信而殒命，令人可叹可悲。清人吴楚材说："宣帝处恽，不以戴长乐所告事，而以报会宗一书，异哉帝之失刑也。"（《古文观止》）可见《报孙会宗书》的特殊性，此封信也因此传为文字狱史上的名篇。

杨恽在信的开篇言明致孙会宗书的缘由：自己遭遇横祸，不幸被贬为庶人，困顿无助之时，得友人"蒙赐书教督以所不及"，内心十分感激。但读过来信后发现孙会宗并不理解自己，而是"猥随俗之毁誉"，失望、愤慨和委屈的情绪奔涌而来，杨恽只能通过回信来剖白自己的心迹了。

杨恽在信中说自己："曾不能以此时有所建明，以宣德化，又不能与群僚同心并力，陪辅朝廷之遗忘，已负窃位素餐之责久矣。"之后"遂遭变故，横被口语，身幽北阙，妻子满狱"，于是"身率妻子，戮力耕桑，灌园治产，以给公上"。未曾料想，即便这样仍遭到世人的讥议，这令他深感愤懑和不解。实际上杨恽是很明白为何世人对他罢官后的行为颇有微词，他用看似堕落的姿态饮酒作乐、追逐钱财，曲折地宣泄自己的不满和表达内心的痛苦，他并不隐藏或避讳，而是有意让世人看到他不同流俗的情态。这是沉重幽怨之气的抒发，也是反抗精神的表达。杨恽称自己为"下人之流"，却表现出蔑视皇权与封建礼法的上流风骨。

文章采用正话反说的写法，表面上自责，而实际上自我肯定；表面上承认错误，而实际上满腔委屈；表面上轻松自得，而实际上坚持己见，俨然与朝廷持对抗态度。

3. 马援《诫兄子书》

马援（前14年—公元49年），字文渊，扶风茂陵（今陕西兴平东北）人，东汉初年名将。马援是东汉开国功臣之一，为刘秀统一天下立下赫赫战功，年迈之时仍东征西讨，西破羌人，南征交趾，官至伏波将军，因功封新息侯，被人尊称为"马伏波"。少有大志，曾誓言："男儿当死于边野，以马革裹尸还葬。"晚年又云："穷且益坚，老当益壮。"后于讨伐五溪蛮时病死疆场。汉章帝时遣使追谥忠成侯。

马援的侄子马严、马敦平时喜讥评时政、结交侠客。马援平生最厌恶妄议别人的过失短长，他不希望后辈染此习气，而结交侠客容易受他们思想行为的影响，流于轻率粗莽，这令马援十分担忧。所以他在交趾前线写了这封情真意切的信。告诫二侄，处世要谨慎敦厚，不要议论别人是非短长，不要学"豪侠好义"之人，"画虎不成反类犬"。

此信语浅情切，谆谆之意溢于言表，饱含长辈对晚辈的深切关怀和殷切期待，在后世甚受推重。而一封短信之所以能够产生这样的效果，主要原因有以下两点：

其一，用词亲切准确，令阅读者自然地接受长辈的教导，不因僵硬的话语和过于严肃的态度而心生抵触。在一般情况下，古人长辈称晚辈唤名，同辈相称用字，以"尔""汝"相称，或是不甚尊敬礼貌的叫法，或是比较亲近随和的称呼。马援此信中，指称子侄的"汝曹"一词反复出现，使子侄们在阅读时倍感亲切，起到了耳提面命的效果。

其二，苦口相劝，现身说法。以自己的生活经验为例向晚辈讲道理，传达思想，更容易被年轻人接受。如首段说："好议论人长短，妄是非正法，此吾所大恶也，宁死不愿闻子孙有此行也。"从自己的态度谈起，非命令之语，但感情浓烈，感染力强。

此信篇幅不长，但精练的语言道出了深刻的主题，在反复的申诫之中，可以感受到长辈对晚辈的关爱及马援的远见卓识、英明睿智。书信语气平和恳切，感情深沉入微，和蔼可亲的长者风范自然显现。

（二）赞颂碑铭之文

这类作品源自西周青铜器铭文和秦刻石，最初的功能主要是记事。到了汉代，增加了明志、自警、颂赞和叙述等新内容。

1. 扬雄《赵充国颂》

赵充国（前137年—前52年），字翁孙，西汉上邦人（今甘肃省天水市清水县人），西汉著名军事家。武帝时抗击匈奴有功，拜中郎，迁车骑将军长史。昭帝时又和匈奴作战，生擒西祁王，升为护羌校尉、后将军。宣帝即位，因辅政有功，封为营平侯。是时西羌反叛，赵氏以七十六岁高龄，率师退敌。甘露二年（257年）赵充国去世，终年八十六岁，谥曰壮侯。功德"与霍光等列，画未央宫"。汉成帝时边疆不宁，成帝思将帅之臣，追美充国，而此时充国已经去世多年，乃召扬雄就赵氏画像而作颂。

宣帝之时，西戎侵犯大汉边疆，赵充国领兵征讨，克敌制胜。他威震敌军，维护汉廷尊严，恩施蛮荒，威服西戎人民。赵充国的功绩彪炳千古，百世流芳。

颂，为中国古代文体之一，是以颂扬为目的的诗文。《赵充国颂》是一篇四言有韵的颂体文辞，将赵充国抗敌报国、屯田守边的光辉事迹浓缩于百余字中。此文夹叙夹议，且赞且颂，以古类今，引典述事，以精练的语言叙事，展现出典雅庄重之特色，又以短促的音节调整行文节奏，表现出激昂跌宕之情绪。

2. 蔡邕《郭有道碑》

为人物立传的碑文，体制成熟于东汉。碑文刻写在墓碑上，篇幅不能过长，不可语焉不详，亦不应面面俱到，需以简练的语言叙述碑主的生平事迹，扬善隐恶。较早的碑文以颂扬死者为主，例如东汉中期，崔瑗作《河间相张平子碑》，其中即称颂张衡："道德漫流，文章云浮；数术穷天地，制作侔造化。瑰辞丽说，奇技伟艺；磊落焕炳，与神合契。然而体性温良，声气芬芳，仁爱笃密，与世无伤，可谓淑人君子者矣。"这篇碑文虽也叙述了张衡的履历生平，但概括性极强。东汉后期的碑文开始比较详细地介绍人物事迹，有了人物传记的性质。蔡邕的碑文最能代表这一变化。

蔡邕是东汉后期的文坛领袖，也是碑传大家，碑文为时人所重。

郭泰（128年—169年），为东汉末年太学生领袖，与宗慈、巴肃、夏馥、范滂、尹勋蔡衍、羊陟等人并称"八顾"（顾：能以德行引导他人）。"有道"非郭泰之名，而是汉代察举科目之一，与秀才、孝廉类似。郭泰博通群书，处事谨慎，几次受召不应，潜心传道解惑，又善于引导士人向善，因之负有很高声望。蔡邕《郭有道碑》一文不到五百字，却把郭泰的生平事迹和巨大影响全面加以概括，尤其突出其聪睿明哲，孝友温恭，志趣高洁等品格。

全文由序传和颂辞两部分组成。序传以骈散间出的形式全面叙述了郭泰的生平事迹，包括他的祖先籍贯、天赋品性、才气学识、美德声望等。之后点明其去世时间及立碑作文的过程。序传时用排比偶句，时用比喻象征，平铺列叙间尽显胸中沟壑，波谲云诡间可见灵动生气。颂辞部分由整齐的四言句式组成，通篇用韵，韵脚变化与内容变化和谐统一，颂扬了郭泰的善行美德、志趣节操及深远影响。颂辞善用典，如"栖迟泌丘"就语出《诗经》，典故的灵活运用既增加了文辞的内容含量，又显出典重文雅的风格特征。

蔡邕《郭有道碑》在碑文诸多方面树立了典范：全面介绍碑主的基本情况；注重人物行事的社会影响，并以此衬托其品德声望；行文融入作者的主观情感；叙事颂赞韵散结合；化用典故增加内蕴。此文叙事精要，文辞清雅，气韵流动，体现了汉代醇厚文风向魏晋通脱清丽文风的过渡。

（三）游记体散文

游记体散文属于叙事散文的一种，主要叙述人在游览过程中的所见所闻、所为所感，重在山川里道、气候物产、行旅感悟。最早出现的游记体散文是叙述周穆王远游经历的《穆天子传》。此篇对周穆王出游情况、各地风物、景观遗迹都有介绍，不过仅具游记雏形，用语简略，更带有历史传说的性质。至东汉时期才出现成熟的游记体作品，就是马第伯的《封禅仪记》。

马第伯，生平不详。东汉建武三十二年（56年）随光武帝到泰山封禅，作为先遣官登山检查道路。随之记录了沿途的见闻感受，以成《封禅仪记》。原文散佚不全，清人严可均辑得四十九条，合成一篇收录于《全后汉文》中。此文主旨虽在记述礼仪，但有较多的文字描写了泰山山势之陡峭雄峻、顶峰境界之宏阔远大，及登山者的心理等，十分具体生动。

《封禅仪记》虽已经残缺，但综合所存片段来看，此文对登山经过及沿途所见作了细致描绘，对泰山景物的刻画相当生动逼真，为人们展示了一幅壮丽多姿的山水画卷。此文被看作古代山水游记的滥觞。

第五章　秦汉诗歌的发展

秦汉诗歌，上承中国上古诗歌，蓄积丰厚的先秦文化为它的发展奠定了基础；下启中古诗歌，统一繁盛的大汉帝国与文学自身的演变为其新变创造了条件。在《诗经》《楚辞》激起的余波中，在山水玄言、宫体声韵卷起的浪潮里，秦汉诗歌搭起一座中国诗歌史上继往开来的桥梁。在乐府民歌的多彩世界里，在文人五言的言志抒情中，秦汉诗歌创造了新的审美典范，书写了中国诗歌史上的壮美华章。本章内容为秦汉诗歌的发展，分别对秦汉诗歌概况、汉代乐府文学发展、汉代文人诗歌发展等方面内容进行了介绍。

第一节　秦汉诗歌概述

先秦时期，中国诗歌曾有过《诗经》和《楚辞》的辉煌，但自楚辞之后到秦代的几十年间，诗歌创作似乎进入了一个低谷，历史上几乎没有留下多少作品。秦享国日短，环境严酷，文学不昌，文士不振，自然没有创作出大量的诗歌作品。因此，要总结中国诗歌的新特征，探析其在历史新阶段的发展历程，就只有从汉代开始。在两汉四百年的历史中，不但创作了无数优秀的作品，而且开创一代新诗风，树立了新的诗歌典范。尤其是"感于哀乐，缘事而发"的汉乐府民歌，以其深刻的思想内容、高超的写作技艺和卓越的艺术成就成为我国诗苑盛开的一朵奇葩。汉诗，在中国诗歌发展史上具有革故鼎新的重要意义。

一、秦汉诗歌著录及创作概况

（一）秦汉诗歌的著录

《汉书·艺文志》名家类有《黄公》四篇，注："名疵，为秦博士，作歌诗，在秦时歌诗中。"这是仅见《汉志》著录的秦代歌诗，惜已不传。现在仍存的题为秦代的诗歌只有杨泉《物理论》所记《秦时长城谣》,《三秦记》所记《甘泉歌》,《异苑》所记《秦世谣》等几首而已。寥寥数诗,不仅悉为民间歌谣,而且引诗著作都是汉以后的人所写。

两汉诗歌,我们今天尚无法知晓确切的数量,或可据班固的《汉书·艺文志·诗赋略》而察西汉诗歌的大体情况,是书载始于汉代的歌诗二十八家,三百一十四篇。

东汉时期的诗歌,应不会少于西汉。据范晔《后汉书·文苑列传》所记,杜笃、王隆、夏恭、夏牙、傅毅、黄香、李尤等二十六人,皆曾有诗赋创作。其中仅王逸一人,就"作汉诗百二十三篇"。另有一些东汉有主名的文人诗很有文学价值,如班固的《咏史诗》、张衡的《同声歌》《四愁诗》、秦嘉的《赠妇诗》、郦炎的《见志诗》、赵壹的《刺世嫉邪诗》等。由此可见东汉诗歌创作之盛。

历经时代变迁的自然淘汰和王朝更迭的浩劫祸乱,两汉诗作许多都已散佚不存。时至今日,据逯钦立《先秦汉魏晋南北朝诗》所辑,残存的两汉诗歌作品数量如下:两汉有主名诗四十九首;西汉杂歌谣辞七十一首;西汉郊庙歌辞三十六首。鼓吹铙歌十八首;东汉有主名诗九十三首;东汉杂歌谣辞一百五十七首;乐府古辞一百三十九首;古诗七十五首。总计六百三十八首。两汉四百年的历史,今天只留下六百多首诗歌,而且其中还有许多属于断编残简,痛惜之余更觉沧海遗珠价值巨大。

值得注意的是现存数量有限并不能掩盖汉代诗歌创作繁荣的历史实际。毕竟《汉志》和《后汉书》所载显然远非当时创作成果的全部,有幸流传下来的,在全部民间口头流传及文献记录中所占比例又很小。即便如此,它比西周到春秋中叶的三百又五篇的篇目仍然要多,比春秋中叶至秦始皇统一中国之前的诗歌创作更要多得多。正如赵敏俐《两汉诗歌研究》所说:"判断一个时代诗歌创作是否繁荣,应该同它的前代去比较,而不应该同它的后代去比较。汉代没有像《诗经》那样有意编辑的完整诗集,并且经过了几百年的流传和逐步经典化的过程,所以至秦焚而不能泯灭。光靠口头流传相对就要困难得多。而且,汉末的浩劫又是那么严重与突然,使人们来不及对汉诗进行系统的搜集整理与保管。可是,现存的汉诗各类诗歌尚有几百首之多,由此可以与历史记载互相印证,说明两汉诗歌创作的繁荣程度。"① 因此,两汉时期,不是中国诗歌的沉寂期而是繁盛期。

---

① 赵敏俐. 两汉诗歌研究 [M]. 北京:商务印书馆,2011.

（二）汉代诗歌创作特征

通过稽考汉代诗歌的著录，可见汉诗创作的繁荣，并从中发掘其创作特点。具体说来，汉诗的创作特点主要表现在以下几个方面：

1. 创作地域的广阔和民族文化的融合

《汉书·艺文志》载西汉诗一百三十八首，产诗地域包括吴、楚、汝南、燕、代、雁门、云中、陇西、邯郸等地，几乎遍及全国。其中"吴楚汝南歌诗""燕代讴雁门云中陇西歌诗""淮南歌诗""南郡歌诗"等，都在先秦诗歌总集《诗经》采诗地域以外。《汉书·礼乐志》又载哀帝时罢乐府员，有邯郸鼓员、江南鼓员、淮南鼓员、巴渝鼓员、楚严鼓员、梁皇鼓员、临淮鼓员等，可见乐府演奏人员的来源地域也非常之广。通过产诗地域及演奏人员所属区域的考察，可以想见汉代诗歌创作几乎遍布汉土所及。

汉帝国建立以后，以其开阔的胸襟、积极的接触及壮烈的威势促进了民族间的交往：伐匈奴、通西域、平两越、击朝鲜等重大的政治、军事举动，拓开了地理屏障；遣使节、和姻亲、播诗书、纳宗教，令文化的融合频繁而深入。在这种文化的接触、感染与融合中，汉诗远播四方，同时又受异族文化的影响，出现了新形态新内容的作品，最明显的是横吹、鼓吹曲的输入。

汉乐府横吹、鼓吹曲，一则来自西域，一则来自北胡，吸取了其他民族的音乐精髓，呈现出与中原地区以丝竹演奏为主的乐曲截然不同的面貌。汉诗不仅借鉴了异域和诗之乐，更在此基础上有所创造，形成了既具独特美感、形式新奇，同时又符合汉人审美趣味的配诗之乐，并将之应用到各种场合。

同时，从现存乐府《汉鼓吹铙歌十八曲》中可以看到异域文化还丰富了汉诗的表现形式和表达内容。它们"无异于中国五言、七言和杂言诗歌体式诞生的催化剂，也是开创汉乐府精神的先导。因为《汉鼓吹铙歌十八曲》是在西域和北狄音乐影响下产生的新的诗歌艺术，本身就不受传统诗歌体式的束缚，在探索新的诗歌语言艺术形式方面有更大的开放性和创造性"[①]。这十八曲作品，展现了帝王游猎、军中朝会、贵族宴飨、婚姻爱情、远征思乡等诸多方面，内容庞杂，大大充实了汉诗的表现领域。在异族文艺与异域文化的影响下两汉诗歌呈现出繁荣的创作面貌。

[①] 赵敏俐.中国诗歌通史：汉代卷[M].北京：人民文学出版社，2012.

2. 创作队伍的扩大

经过楚汉之争后的休养生息，随着新兴地主阶级政权的建立与逐步稳固，两汉社会经济迅速发展，繁华都市大量涌现。据《盐铁论》所记："自京师东西南北，历山川，经郡国，诸殷富大都，无非街衢五通，商贾之所凑，万物之所殖者。"（《力耕》）繁荣的商业、安定的生活、物质的充足，使富贵者醉心享乐，诗歌艺术就在城市环境的刺激下与权贵富贾的强烈需求中迅速发展起来。同时，一些下层劳动人民为生活所迫，纷纷涌向城市，成为以卖艺为生的专业艺人。这类人中，以中山、赵地之人最有代表性。由于地少人多、环境恶劣，中山、赵地之人生活艰难，不得不以倡优身份外出谋生，鼓瑟吹笙，游媚贵富。汉著名音乐家李延年就是"中山人也，父母及身兄弟及女皆故倡也"。（《史记·佞幸列传》）除活动于民间的专业艺人外，两汉时期聚集宫廷的专业艺人数量也很多。据《汉书·礼乐制》记载，汉哀帝在罢乐府时，当时共有专业艺人八百二十九人。他罢去了四百四十一人，归于大乐丞的还有三百八十八人。桓谭在《新论》中也说："昔余在孝成帝时为乐府令，所典领倡优伎乐盖有千人之多也。"可见艺人数量是比较多的。这些或活跃于民间或服务于宫廷的专业艺人，为了谋生和获得青睐，不断提高技艺，积极进行艺术创造，这令他们在汉诗创作中做出了重要贡献。后者还为诗歌文化的发扬和传承尽心竭力，汉武帝立乐府而采歌谣，最后均由活动于宫廷的专业艺人制谱配乐、谐比音律，他们的工作对完善和保存汉代诗歌具有极大作用。

汉代进行诗歌创作的，还有歌舞以自娱的宫廷贵族。至武帝，则有自作《瓠子歌》《秋风辞》《李夫人歌》。贵族女子亦通过诗歌表达自己的情感心绪，如乌孙公主细君，作《悲秋》感伤自己远嫁外邦的命运。

另外，文人士大夫也是汉诗创作的中坚力量，他们作诗不为谋生娱人，只为遣性抒怀，通过自己的亲身经历，多方面地表现社会生活，所以更能表现诗之精髓，创作出文学成就巨大、艺术影响深远的优秀诗歌作品。以《古诗十九首》为代表的东汉文人五言诗标志我国早期五言抒情诗的完全成熟，沾溉百代，彪炳千古。其他如四言诗、骚体诗、七言诗等诗体在文人的创作实践中也有不同程度的发展变化。正是文人诗的兴起，使汉诗创作呈现出不同于先秦的重要特征，标志着中国诗歌从上古到中古的转变。

3. 文学体裁的创造

先秦诗歌代表体式的四言"诗"体、楚辞"骚"体在汉代逐渐降为次要形式，异军突起的是不同于先秦的新体裁——乐府诗、五言诗和七言诗。这些新体诗歌形式新颖、表达灵活、情感声韵完美融合，成为汉代诗歌创作的主要形式，并为魏晋六朝乃至唐诗创作确定了基本体式。

乐府诗起源于汉代，主要盛行于汉魏六朝。它代表了这一时期的诗歌的主要成就，表现出汉代诗歌的典型风貌。随着乐府机构的完善和功能的加强，乐府诗大量涌现，其发展来自三个方面：一者采集民间歌谣，二者令文人作诗颂，三者音乐家自作歌词。这三者都由音乐家为之弦歌制谱，如此则徒歌变为合乐之歌，诗颂变为合乐之诗，自作歌词变为音乐文学。这当然是乐府诗产生初期之情况，当时诗歌都是入乐的。其后便有效仿之作，乐府之范围也因之扩大，乃有入乐与不入乐之分。

受乐府五言诗的影响，汉代文人五言诗零星出现。至东汉，以《古诗十九首》为代表，用五言形式抒写个人情感、展现文学思想变迁的文人诗歌走向成熟，成为与乐府诗并立的汉代诗歌的另一座高峰。五言诗在诗歌形式、题材内容及语言风格等方面均有所开拓，亦对后世诗歌创作产生了巨大影响。建安时期随之出现了"五言腾涌"的繁荣局面，整个六朝更是进入五言诗作的繁盛期，隋唐乃至晚清，五言诗始终占据文坛的半壁江山。

先秦时期，七言诗的形式就已萌芽，出现了非典型的七言诗句。《诗经》《楚辞》间有七言句式，《荀子·成相》则是以七言为主的杂言体韵文。至汉代，诗歌中的七言句增多，并产生了早期的七言诗，但此时七言诗在句式和用韵上仍不完善，数量也很少。较有代表性的，如《郊祀歌》中《天地》《天门》《景星》三章出现了较多的七言句，又如汉武帝刘彻君臣联句《伯梁诗》、张衡《四愁诗》、汉灵帝刘宏《招商歌》等则是更具规模的七言诗。汉代七言诗的创作尝试，为魏曹丕《燕歌行》这首现存最完整的文人七言诗的出现奠定了基础。从梁至隋七言体诗歌逐渐增多，唐代七言近体诗形成后，七言诗的发展到达顶峰。七言诗的出现，为诗歌提供了一个更新颖、更具容量的体式，丰富了中国古典诗歌的艺术表现力。

4. 诗歌内容的变化

汉代诗歌内容更为丰富，人物神态、情志心理、山川风物、宗庙祭祀及社会面貌都囊括其中，拓宽了诗歌的表现范围，进一步繁荣诗坛、提升了诗的文学文化价值。

大汉新立，战后疮痍、侯王叛乱、农民贫苦、豪强兼并等问题纷出，这迫使统治者一方面持黄老之说休养生息以恢复和发展经济，另一方面制礼乐以立威正名巩固和强调政权合法性。于是，汉初出现以宗教艺术为外壳，歌颂一统局面与汉之祖先帝王功绩的宗庙郊祀诗歌，《安世房中歌》与《郊祀歌》为其代表。《安世房中歌》由唐山夫人所作，因袭周代乐歌，称颂统治者顺应天意，以德承命，以孝治天下。《郊祀歌》由祭祀天地诸神和歌颂祥瑞两部分组成，中心是对汉帝国强盛之势和一统局面的赞颂。以赋笔写颂诗，气势踔厉、辞采纷呈而又深奥典重。

两汉诗歌内容的又一大变化是立体地展现了社会转型后的平民生活。两汉社会在政治上打破贵族专制，除了王公贵胄以外，文人士子、地主商贾、农民手工业者等，都以独立的政治面貌出现在历史舞台上。这令两汉社会的诗歌创作突破了先秦时期以贵族人物和宗法社会生活为主要描写内容的局限，拓宽了抒写视野，社会各阶层的各种类型的人物都可以成为描写中心，百姓的日常点滴、生平遭际、喜怒哀乐都得以在诗中展现。两汉诗歌的表现主题也因之发生变化，政治伦理色彩淡化，生活情感内容加深，诗歌更为贴近现实，更为世俗化。例如，同是以燕飨为主题的诗歌，周代强调的是宴饮在维系宗族情感、明确等级差别方面的意义，所重不在宴饮形式本身，而在表现宾主关系及和谐气氛，最终着眼点还是在对宗法制的维护和对德的赞美。《诗经·小雅·鹿鸣》《南有嘉鱼》《蓼萧》《湛露》《彤弓》等，皆是如此。而两汉燕飨诗，或写酒肴丰盛，或写歌舞惊艳，或写盛情款待，或写觥筹交错，对燕飨环境和场景极力渲染，周时亲亲宗宗的思想已经隐而近没，帝国的繁盛气象、世俗的享乐精神才是兴起赋诗的激发点。《汉鼓吹铙歌十八曲》中的《上陵》，着重表达的就是宴会中的乐神与娱人。

汉代诗歌呈现出的创作特征不但向我们展示了汉诗不同于先秦诗歌的诸多特点，而且也证实了汉诗创作的繁荣。自此，中国诗歌自《诗经》《楚辞》后迎来了又一个繁盛时代。

二、汉代诗歌发展演变

论及汉代诗歌的发展流变首先要面临一个大问题，即汉诗的断代问题。汉代诗歌大部分属于无主名的创作，其搜集编次又多为出于后人之手以类相从，因此，除了其中的一小部分有主名的诗可以根据作者的生年比较清楚地划分年代界限，或可以根据相关记载做一个大概的年代估计外，还有很大一部分作品不易明确创作时间。正是这种不确定性，让我们在谈及汉诗歌演变过程时，只能对一些诗歌的归属时段做一个大概的划界，并在此基础上根据相关史料和风格特征描绘汉诗的整体轮廓。所以，不纠结于细节的考证判定，从整体上理顺汉诗发展的基本脉络是说清这一问题的前提。

两汉诗歌的发展大体分为如下几个阶段：

（一）萌芽期

第一阶段，从汉立国到武帝初年（前140年），为"诗""骚"流衍余绪期和新诗体萌芽期。这一阶段的汉诗主要有以下特点：其一，上承先秦时期的"诗""骚"余韵，创作了一些四言体诗及骚体诗。汉初楚歌盛行，出现了项羽《垓下歌》、刘邦《大风歌》、刘彻《瓠子歌》等优秀作品。但随着汉武帝设乐府采集社会各阶层诗作，一些更为鲜活生动的民间诗歌汇集宫廷撼动了楚歌的地位，再加上诗人表达情感和表现手法、社会审美风格的变化，诗骚体逐渐衰落。其二，新诗体酝酿萌发，五言诗略具雏形。经过先秦杂言诗歌的长期准备，至此时出现了不甚完善的五言诗。如戚夫人所作《春歌》，虽不能算是完整的五言作品，但大体上属于五言形式。这种诗歌体式上的突破，在中国古代诗歌史上具有极为重要的意义。与此同时，产生于北方游牧民族的横吹曲，也在这一时期传入内地并开始对汉诗的创作产生影响。其三，诗学观念产生变化。汉代诗歌创作注重在继承前代的基础上创造革新，因势变化，因时变换，因事变革。汉高祖初定天下，叔孙通根据汉初的实际情况，"采古礼和秦仪杂就之"，创设出一套符合汉代情况的新的礼乐。这种在继承的基础上又有新变的做法绝不局限于制礼作乐，实际上也喻示着汉代诗学观念的一个重要变化—继承与革新。如高祖唐山夫人作《安世房中歌》虽然在名义上继承了周代房中乐传统，延续宗庙乐的典雅庄重，但实质上又以楚声为调，专为颂扬汉高祖的功绩德行，实为一种新的创设。汉初诗学观念的另一种变化就是淡化诗歌的政教功能，转而重视诗歌的娱乐抒情作用。在汉代，诗歌曾肩负的伦理教化、政治讽喻的作用被散文和辞赋分担，诗歌的功能更为简单直接，它被视作遣兴娱乐的工具、抒情兴怀的手段。汉人写诗的动机就是为了表达自己心中的喜怒哀乐。因此，诗歌的艺术风格也发生变化，从先秦时期的庄严文雅变为直率显露。其四，展现了特殊历史时期统治阶层的内部斗争。汉初，是大一统中央集权专制政体的确立与完善时期，此时，皇帝、诸侯王、开国功臣这上层统治阶层三大主体间矛盾丛生，即便在皇权中心为争夺继承身份和确保既得政势亦是硝烟弥漫、残酷厮杀。此阶段身处政治漩涡之中的皇室贵族所作诗歌就生动地再现了统治阶层内部的激烈斗争。刘邦的《鸿鹄歌》作于易太子之事未果之后，是宣告戚夫人争权失败的哀歌，是担心幼子被累的愁绪；戚夫人的《舂歌》作于被吕后囚禁之时，是对命运的无奈悲叹，是对生路阻断的绝望哭诉；赵王刘友的《幽歌》为幽禁京中所作，怒斥吕后擅权，抒发怨怒愤恨；城阳王刘章的《耕田歌》以苗喻人，暗申诛除吕氏家族之意。统治阶层创作的诸多诗歌都围绕着政治事件及其结果而作，王室贵族内部斗争的残忍激烈从中可见一斑。

汉初诗坛虽然没有为我们留下多少作品，但这七八十年却是诗歌史上十分重要的阶段。由此开始，中国诗歌从《诗经》《楚辞》为代表的先秦诗体逐渐变为乐府诗和五言、七言诗，宣告了中国诗歌新时代的到来。

（二）发展期

第二阶段为发展期，从汉武帝时代开始到西汉末年（前202年），新的诗歌形式经过汉初的酝酿之后，逐步完善，为东汉诗歌创作的繁荣奠定了基础。乐府的正式设立、职能的具化明确，使其在诗歌搜集、整理、创作、保存等方面起到了至关重要的作用。随着乐府机构的完善与活动的系统化，一种以杂言和五、七言诗体为主的新的诗歌形式——乐府诗应运而生。乐府诗这种以"诗"为内容，以"乐"为形式的诗体，继承了先秦诗乐合一的传统，同时在表现主题及音乐编排上又有新时代的气息。"诗"与"乐"作为初期乐府诗密不可分的两部分，彼此交融互相影响，共同展示着这种诗体的风格和特色。与此同时，形式较以往更为完整的五言诗出现，如产生于武帝时期的《北方有佳人》和成帝时的《长安为尹赏歌》等，无论在句式还是在音韵节奏上，都更加接近于标准的、成熟的五言诗。这一阶段，完成了中国诗体的一大变革，在诗歌发展史上具有极为重要的意义。

（三）兴盛期

第三阶段，从东汉初年（25年）到桓灵之世，为汉代诗歌的兴盛期。此阶段的诗歌创作主要有以下特点：

其一，乐府诗创作异彩纷呈，源于民间的"俗乐府"备受瞩目。汉初立乐府，原为制礼作乐，现所见西汉乐府诗多宗庙祭祀乐歌，如《安世房中歌》《郊祀歌》等，属于源于贵族、用之庙堂的"雅乐府"。至东汉时，随着民间诗歌大量采入乐府，更能体现诗歌精神及价值的"俗乐府"迅速发展起来，它们"感于哀乐，缘事而发"，感情真挚，形象生动，开创了古代诗歌发展的新局面。至东汉后期，文人学习乐府民歌而创作的乐府诗已摆脱了模仿痕迹，他们在诗歌表现技巧、审美观念、意境创造及情感表达方面的追求和突破，标志着诗歌精神的觉醒。

其二，文人诗歌创作比例大增。其中，有马援、班固、杜笃、傅毅、张衡、秦嘉、宋子侯、辛延年等人的创作，亦有大量如乐府之《君子行》《满歌行》，五言之《古诗十九首》等佚名文人作品。

其三，文人五言诗已十分完善，逐渐形成了其特有的审美风格及内容特色。以《古诗十九首》、秦嘉《赠妇诗》和"苏、李诗"为代表的文人五言诗，内涵丰富，感情真挚，风格清新，语言纯熟，集中表现了两汉文士阶层的共同心理、细腻情感和普遍遭际，展现了卓越的艺术成就。

其四，七言诗崭露头角。西汉时期就有间杂较多七言句的杂言诗出现，至东汉张衡创作《四愁诗》，才产生了通篇都是完整的七言句式的七言诗。虽在韵律、用词等方面与后世十分标准的七言诗尚有差距，但此诗却开启后世七言诗先河。

两汉诗歌的发展势头虽无法与辞赋创作那种名家辈出的情况相比，但亦硕果累累，成就非凡。乐府民歌及文人五言诗作真实而立体地反映了平民百姓和下层知识分子的生存状态、思想感情，丰富了中国古代诗歌的表现内容。五言诗、七言诗等诗歌体式的开创，为后世诗歌树立了体制范式，中古以降大体不出其范围。汉代诗歌风格自然清晰、语言朴素、情感真挚、笔法灵动，与铺张扬厉、华丽典雅的辞赋大异其趣，具有鲜明的时代风格和文学特色。

第二节　汉代乐府文学发展

一、汉代乐府制度与乐府诗

汉乐府诗以"乐府"冠名，说明此种歌诗与汉代的礼乐机关乐府有着密切的关系，因此，若要了解汉代乐府诗，就必须了解汉代的礼乐制度和礼乐机关乐府。

中国古代的礼乐制度产生很早，究其渊源，可以追溯到舜的时代。《尚书·舜典》记载："夔！命汝典乐，教胄子。"此后于夏、商两朝相关记载更多。殷汤即位，乃命伊尹作《大濩》，歌《晨露》，修《九招》《六列》，以见其善。虞舜以乐教国子，夏禹以乐表功绩，商汤以乐扬善行，均以国家行为制乐，且有"典乐"之官负责，说明当时礼乐制度已具雏形。

时至周代，礼乐制度得以完善，《周礼·春官宗伯》记载，国家礼乐机关由礼官掌管，大宗伯是主管官员，其属官大司乐具体职掌其职，是乐官之长，下辖乐师、大师、小师等各级乐官以及乐工，所辖人员达一千四百六十三人之多。周代的礼乐制度，组织庞大而严密，职能具体而详细，乐教目的突出而明确。

春秋战国，礼崩乐坏，方国诸侯的礼乐机构或各有增减，礼乐运用或时有僭越，礼乐表演或多取俗乐，但礼乐制度则在文化的蜕变中传承延续。秦统一后，国家礼乐机关的设立就是很好的证明。《汉书·百官公卿表》记载，奉常，秦官，掌宗庙礼仪，有丞，属官有太乐，六令丞。少府，秦官，掌山海池泽之税，以给供养。属官有乐府，十六官乐丞。可见，秦代以"太乐"代替了周代的"大司乐"，职事宗庙礼仪；又另设"乐府"，将"大司乐"的一部分职能分离出来，大概是掌管宫廷中娱乐性的礼乐。"乐府"之设立即肇始于此。1977年秦始皇陵附近出土了一件秦代错金甬钟，上镌"乐府"二字，是秦代已有乐府机关的文物实证。

汉承秦制。前引《汉书·百官公卿表》已说明汉代礼乐机关有奉常所属之"太乐"和少府所属之"乐府"。乐府机关在汉初就已存在。1983年广州象岗西汉前期墓出土的八件编乐镌刻有"文帝九年乐府工造"八字，传世的山东出土的西汉齐懿王时期的"齐乐府印"封泥，也证明了汉初乐府的实在。

时至汉武帝时期，乐府机关则有了重大的变革和空前的发展，史称"立乐府"。其主要表现为：

第一，扩大了乐府的职能范围。乐府的传统职能是职掌《安世乐》和新乐以供宫廷之用，前引乐府令夏侯宽为唐山夫人所作配乐，是职掌《安世乐》的佐证，《汉书·礼乐志》记载："内有掖庭材人，外有上林乐府，皆以郑声施于朝廷。"是职掌新乐的证明。汉武帝"立乐府"则赋予其为郊祀之礼配乐的新职能，《汉书·礼乐志》记载中"采诗""协律""造为诗赋"的根本目的就是为郊祀之礼来配乐。乐府职能的扩大，标志着乐府权重的提升与职事的重要性。

第二，用"新声变曲"为郊祀之礼配乐。关于这一点，汉武帝以李延年担任乐府的要职"协律都尉"最能说明问题，《史记·佞幸列传》说："延年善歌，为变新声，而上方兴天地祠，欲造乐诗歌弦之。延年善承意，弦次初诗。"这证实了李延年为郊祀之礼配乐的确采用了"新声变曲"。武帝前祭祀均用雅乐，被斥为"俗乐""郑声"的新乐绝不能登大雅之堂。武帝以新乐为郊祀之礼配乐，其意义在于"新声变曲"得到了朝廷的重视，使之取得了与"雅乐"同等的合法地位。

第三，扩大了乐府的规模。据《汉书·礼乐志》所载哀帝朝宰相孔光和大司空何武之奏疏，当时乐府仅演奏郊祀用乐、古兵法武乐，朝贺酒之乐的乐工，"大凡八百二十九人"。由此可推知武帝时乐府职能扩大后的机构规模。乐府规模的扩大，促成了乐府新乐社会影响的扩大。自武帝"立乐府"而后，这种乐府新乐普及于朝野，流行于西汉。

以上三点说明，汉武帝"立乐府"是一次礼乐制度的重大变革，从文化发展的角度说：一是适应了时代对新乐的审美需求；二是顺应了文学艺术自身的发展规律；三是促进了汉代歌诗的发展与繁荣。正因为这种变革对于汉代歌诗发展意义重大，汉代乐府所收集的歌诗才以"乐府"冠名，称之为乐府诗；正因为这种变革对于此前的礼乐制度有着大幅度的革新，班固的《汉书》才特意用创立的"立"字强调汉武帝的变革之功。

西汉末年（前202年），哀帝见国势衰微，又因其"性不好音"，曾下诏"罢乐府"，力图恢复传统的雅乐以扭转朝野的纵情享乐之风，重振朝纲。然而这一举措既没阻止西汉的衰亡，也未能阻止新声俗乐的发展。事实上哀帝罢废乐府之时，将武帝时以"新声变曲"配制的"郊祭乐"与"古兵法武乐"划归太乐掌管，则在相当程度上保留了武帝"立乐府"所配制的新乐。至于朝廷之外，"新声变曲"则并没有受到太大的影响。

东汉之世，关于乐府官制，史无明文。大概受哀帝罢乐府的影响，东汉没有再专门设立乐府机关，然而一些西汉旧有的"新乐"、东汉新生的俗乐，则分散于太常之属与少府之属中，据《后汉书》记载，其职官有太予乐、承华令等，其新声俗乐有"汉乐四品"中的"黄门鼓吹"与"短箫铙歌"等。此外，汉武帝时的"采诗"制度，在东汉仍然袭用。据《后汉书》记载，光武帝曾"广求民瘼，观纳风谣"，和帝曾"分遣使者，皆微服单行，各至州县，观采风谣"，灵帝曾"诏公卿以谣言举刺史二千石为民蠹害者"。这说明，东汉虽失乐府之名，但存乐府之实。正因为如此，东西两汉乐府诗才得以持续发展并流传后世。

二、汉代乐府诗的收集与整理

（一）汉代乐府诗的收录

在传世的古代文献中，著录汉代乐府诗歌的著作主要有《汉书》《琴操》《乐书》《乐府诗集》。

班固《汉书·礼乐志》是最早著录西汉乐府诗的著作，但由于其恪守儒家的史学观，重庙堂音乐而轻世俗歌诗，因而其修史仅著录了《安世房中乐》十七章和《郊祀歌》十九章，总计三十六章。

蔡邕的《琴操》著录曲、操、引、杂歌五十三曲，其中有本事而无词者十八曲；存目者四曲；本事与词俱存者三十一曲。蔡邕是东汉末兼通哲学、文学与艺术的大家，于音乐尤以善琴著名。仅从《琴操》曲目来看，他是出于儒家乐教的目的记述琴曲的。

沈约《宋书·乐志》著录汉乐府诗有相和五曲，清调一曲，瑟调一曲，大曲九曲；汉鞞舞歌五篇，然仅存目；铎舞歌诗一篇；巾舞歌诗一篇；汉鼓吹铙歌十八曲。另有四曲"古曲"，亡。总计存词者凡三十六篇。《宋书·乐志》的著录，是汉乐府诗收集与整理历史中的一件大事，因为其不同于《汉书》与《琴操》，第一次以文学的标准选录汉乐府诗中的"新声变曲"，汉乐府诗中的精华多在其中。

宋郭茂倩的《乐府诗集》是著录宋以前乐府诗的总集，其中著录的汉乐府诗有郊庙歌辞：汉《郊祀歌》二十章；汉《安世房中歌》十七章；鼓吹曲辞：《汉铙歌》十八曲；相和歌辞：相和曲八曲，吟叹曲一曲，平调曲四曲，清调曲五曲，瑟调曲十五曲，楚调曲三曲，大曲一曲；舞曲歌辞：雅舞一曲，铎舞歌辞一曲，巾舞歌诗一首，晋拂舞歌诗《淮南王篇》一首，散乐附《俳歌辞》一曲；琴曲歌辞三十一曲；杂曲歌辞十曲。郭氏编辑《乐府诗集》旨在求全，是为汉乐府诗之集大成者，至此汉乐府诗之辑佚形成了规模。《四库全书总目》称其书"征引浩博，援据精审，宋以来考乐府者，无能出其范围"。《乐府诗集》而后，元有左克明《古乐府》，明有刘濂《九代乐章》、吴讷《文章辨体》、冯定远《钝吟新录》，清有朱乾《乐府正义》等，即《总目》所称"宋以来考乐府者"。据《乐府诗集》，汉乐府诗完整传世者有一百三十余首。然而，这个数字远非汉乐府诗之全部，据《汉书·艺文志》记载，仅西汉歌诗就有"二十八家，三百一十四篇"，若加上东汉歌诗来计算，传世且完整的汉乐府诗已不足当时歌诗的十之二三。尽管如此，郭氏所辑当尽其当时之所见，从汉乐府诗的收集与整理而言，无疑具有里程碑的意义。

不过，对汉乐府诗收集最多、校勘最精者，则是近人逯钦立辑校的《先秦汉魏晋南北朝诗》。逯著在明冯惟讷《诗纪》、近人丁福保《全汉三国晋南北朝诗》的基础上，爬罗剔抉，网罗放佚，删汰繁芜，后出转精。其《汉诗》于卷三杂歌谣辞，卷四郊庙歌辞、鼓吹曲辞，卷八杂歌谣辞，卷九相和歌辞、舞曲歌辞，卷十杂曲歌辞，卷十一琴曲歌辞，卷十二古诗中，收集歌诗近五百篇，有主名者尚未计算在内，虽其中多有残篇残句，但比之《乐府诗集》要多三百余篇，可谓辑集汉乐府诗之大成者。

汉乐府诗中，由于初辑时"以声记辞"而词多通假，又因"声辞杂写"而难于辨识，其中颇有不可解者，这类歌诗集中表现在汉鼓吹铙歌与舞曲歌辞中。清以来学者皆勤力诠释，但可确解者不多，唯杨公骥所解《巾舞歌辞》得到学界认同，然而各家诠释也不乏新见，亦有启迪后学之功。

关于汉乐府诗的收集与整理，其意义除歌辞的辑佚、文字的校勘、篇什的诠释而外，更为值得注意的是对汉乐府诗乐制的考辨。因为汉乐府诗具有区别于汉代一般诗歌的与音乐共生的特殊属性，所以考究其乐制是阐述汉乐府诗不可或缺的要素，《汉书·礼乐志》《宋书·乐志》特别是《乐府诗集》整理汉乐府诗，也着力做了这个方面的工作。

（二）汉代乐府诗的分类

汉乐府的分类是一个比较复杂的问题。一方面，因乐府诗歌本身的演变及不同时代人在认识上的差异，乐府的分类标准时有变化；另一方面，由于汉乐府散佚情况严重，目前仅存四五十首，原始资料的不甚充分，会使据之而行的分类工作本身及相应的判别容易出现偏差。尽管如此，对类别的划分仍旧是辑集、研究汉乐府时不可减省的一项工作，唯有清楚有效地分类，才能突出乐府的类别特征，更易于翻检查找，并明晰其发展变化过程。

1. 乐府类别

乐府诗分类标准不一：有的从作者身份分，有民间艺人作品、贵族文人作品和专业音乐家作品之别；有的从体制上分，有首创者和摹拟者之别；还有的从声辞上分，有因声而作歌者及因歌而造声者之别。但这些划分标准或因作者佚名、身份复杂，或因发凡沿袭难以界定，抑或因声辞之辨随世而迁无法确析，都很难达到恰当分类的目的。

经过多番尝试和时代检验，人们发现按乐曲的性质及用途进行分类是最为有效合理。汉时便有眼光独到者，汉末蔡邕论叙汉乐曰："一曰郊庙神灵，二曰天子享宴，三曰大射辟雍，四曰短箫铙歌。"（《宋书·乐志》）当然，这种分类还太过粗简。唐吴兢《乐府古题要解》分乐府为八类：相和歌、拂舞歌、白纻歌、铙歌、横吹曲、清商曲、杂题、琴曲。分类亦不完备。宋郑樵《通志·乐略》则将古今乐府分为五十三小类，以时代和类别为经纬组织成一个细密的分类网格，又太过繁琐。

宋郭茂倩《乐府诗集》①编辑了从陶唐氏直到五代的作品，将乐府共分为十二大类，最为完备、确当，后世学者研究乐府诗歌，大多依此分类方法：

一是郊庙歌辞是祭祀用的，祀天地、太庙、明堂、藉田、社稷。

二是燕射歌辞是宴会用的，以饮食之礼亲宗族，以宾射之礼亲故旧，以乡宴之礼亲四方宾客，是辟雍飨射所用。

三是鼓吹曲辞是用短箫铙鼓的军乐。

四是横吹曲辞是用鼓角在马上吹奏的军乐。

五是相和歌辞是用丝竹相和，都是汉时的街陌讴谣。

六是清商曲辞源出于相和三调（平调、清调、瑟调），皆古调及魏曹操、曹丕、曹叡所作。

七是舞曲歌辞分雅舞、杂舞。雅舞用于郊庙、朝飨，杂舞用于宴会。

八是琴曲歌辞有五曲、九引、十二操。

九是杂曲歌辞的内容，有写心志，抒情思，叙宴游，发怨愤，言征战行役，

---

① 郭茂倩. 乐府诗集[M]. 北京：中华书局，2017.

或缘于佛老,或出于夷虏。并收并载,故称杂曲。

十是近代辞曲也是杂曲,因是隋唐的杂曲,故称近代。

十一是杂歌谣辞是徒歌、谣、谚语。

十二是新乐府辞是唐代新歌,辞拟乐府而未配乐,或寓意古题,刺美人事,或即事名篇,无复依傍。

元左克明的《古乐府》是继郭茂倩之后另一部重要的乐府总集,因省览较便,亦为后人所重视。此书只录唐以前古乐府,分八类:古歌谣、鼓吹曲、横吹曲、相和曲、清商曲、舞曲、琴曲、杂曲。而于郊庙、燕射歌辞则摒而不录。自序言:"首以古歌谣辞者,贵其发乎自然也。终以杂曲者,著其渐流于新声也。"说明其文学旨趣重在俗乐新声,对庙堂的雅乐不感兴趣。

明人所编乐府诗集,其资料、编排大体不出郭、左二家范围,偶有拾遗补阙。如梅鼎祚《古乐苑》即因循郭书,略有增补。清人所编乐府诗集,则多重注释考证。朱嘉征《乐府广序》三十卷,以《诗经》体例分乐府为"风、雅、颂"三大类,以相和歌辞、杂曲歌辞为"风";鼓吹、横吹、汉雅舞为"雅",魏雅舞、汉魏杂舞为"变雅";郊庙歌辞为"颂",最后附以歌诗(即杂歌谣辞)、琴曲两类。类别清晰,但削足适履,未免拘泥。朱乾《乐府正义》,分郊庙、燕射、鼓吹、横吹、相和、清商、舞曲、杂曲、歌谣等九类,选汉魏六朝乐府详为注释,尤注重诗之背景及作者身世的考订,材料丰富,言而有据。

总的看来,宋元时期乐府诗集的收录分类最为精详,特别是郭茂倩《乐府诗集》所分十二类,详明而不烦琐,比较清晰地反映出乐府诗的全貌。

2. 雅俗之分

郭茂倩对乐府诗的划分比较简省合理,基本符合古代乐府诗的实际情况。但因其中涉及了后世乐府诗的收集和分类,所以不易凸显汉代乐府诗的类别特征及内容特色。所以,我们以郭茂倩所划十二类为基础,从社会功能角度将汉乐府诗宏观地分为"雅""俗"两大类。"雅乐府",即继承前代雅乐传统,主要用于祭祀燕飨的宗庙宫廷歌诗;"俗乐府",即社会各阶层为抒发情感、满足娱乐需要而创作的歌诗,其主体为汉代乐府民歌。

(1) 雅乐府歌诗

雅乐是自周代以来所制定的用于朝廷各种礼仪场所的音乐歌诗艺术。它包括宗庙祭祀、朝廷燕飨、出征庆功等应用性音乐和公卿士大夫为朝廷所献的颂美讽谏之类的音乐。在汉代，则主要指沿袭周代雅乐传统，尤其是宗庙祭祀和朝廷燕飨音乐传统而创作或改编的音乐歌诗。严肃的宗教教义，隆重的祭祀场面，以及它在国家政治文化中的特殊作用，这一切都规定了雅乐歌诗艺术表现方式的独特性。典雅、整齐、凝重、舒缓是其基本的特点。在汉代，用于帝王陵庙的舞乐就属于雅乐。

而汉时最为重要的两组雅乐歌诗为《安世房中歌》与《郊祀歌》，二者代表了汉乐府中的"雅乐府"系列。

西汉雅乐歌诗，词句保存比较完整，但没有留下多少乐曲演奏方面的记载，《安世房中歌》与《郊祀歌》便是如此。东汉没有保存下来雅乐歌诗的具体内容，但却留下了雅乐演唱礼仪的记录。将二者结合，互相参照，可以考寻两汉雅乐歌诗的继承与发展。雅乐歌诗在汉代自成传统，在宗庙祭祀、燕飨朝贺、出征庆功等各种场合得到了广泛的应用。

（2）汉俗乐府

汉乐府歌诗中最生机勃勃、鲜活可爱，富于生活气息和时代特色的作品，是与宗庙乐章相对的世俗歌唱，即"感于哀乐，缘事而发"的"俗乐府"。俗乐府歌诗不但包含民间作品，而且包含表达个人世俗情感心理的贵族及文人创作，从不同角度反映了社会各阶层的生活和思想。因具有很高艺术水平的民歌在汉俗乐府中占据比例很大，一些学者称此类乐府为"乐府民歌"。先秦时期，郑卫地区的俗曲最有代表性，《楚辞·大招》云"代秦郑卫，鸣竽张只"，《汉书·礼乐志》云"桑间濮上，郑卫赵宋之音并出"。这些街陌谣讴多为叙事诗，真实地反映出广大民众的喜怒哀乐和各类社会矛盾。乐府诗能够取得如此高的文学地位和令人瞩目的艺术成就，首先要归功于俗乐府的动人歌诗。

汉俗乐府以《鼓吹曲辞》《相和歌辞》《杂曲歌辞》中保存的作品最有代表性，《舞曲歌辞》及《琴曲歌辞》等分类中亦稍有存留。《鼓吹曲辞》中的《鼓吹铙歌十八曲》是西汉作品，《相和曲辞》中的作品大部分产生于东汉。《杂曲歌辞》出现较晚，里面有一些文人的作品。

汉代俗乐府歌诗还有舞曲歌辞、琴曲歌辞与杂曲歌辞三类。

其一，舞曲歌辞。

诗、乐、舞三者结合本是中国古代文学艺术的最初形式，加之"自汉以后，乐舞浸盛"(《乐府诗集》),因此,以舞为主的歌诗在汉乐府中也占有重要地位,郭茂倩将它们辑录为"舞曲歌辞"。

汉舞分为雅舞和杂舞两种,雅舞用之郊庙,杂舞用之于宴会。杂舞的舞曲歌辞中最为兴盛。

其二,琴曲歌辞。

琴曲歌辞,主要出于署名蔡邕的《琴操》一书,其次是《乐府诗集》。汉代琴曲歌辞继承《诗经》《楚辞》的传统,在句式上大部分属于诗骚体,杂言的比例较少。内容上或抒感伤时政之情,或发怀才不遇之怨,或寄怀乡念亲之思,或含隐避世事之愿。这些琴曲,多是托名古人,且模拟所托古人的口吻所作,歌辞是借助古人古事抒怀,并不注重事件的完整性与真实性。

其三,杂曲歌辞

杂曲,就是收录不进相和歌辞、舞曲歌辞、琴曲歌辞等类别的其他歌辞。杂曲歌辞的曲调性质、歌辞内容都比较复杂。这类歌辞,在《乐府诗集》中共辑存十八卷,但是属于汉代的不多。仅《驱车上东门行》《悲歌行》《羽林郎》《前缓声歌》《董娇饶》《焦仲卿妻》等十一首。其中《驱车上东门》《冉冉孤生竹》两首《文选》列为《古诗十九首》,《董娇饶》《羽林郎》《定情诗》亦属汉代有主名文人诗。逯钦立《先秦汉魏晋南北朝诗》除收录余下六首外,复从《乐府诗集》等书中辑录出《离歌》《箜篌谣》《猛虎行》等五十一首,共得五十七首。

杂曲歌辞的数量虽然不是很多,内容却是十分丰富的。其中有寓言说理,有场景描述,有情感抒发,还有人物塑造。反映了汉代的社会风貌,展现了当时的诗歌艺术水平。

三、汉代乐府诗的内容

汉乐府诗,由于礼仪需求,时代背景、文化思潮及作者身份、音乐形式有着较大的不同,其内容相当复杂,其主题各具表现。下面依据《乐府诗集》的分类,并参考各类歌诗创作时代的先后,依次作以分析:

(一)《安世房中歌》

《安世房中歌》十七章为高祖唐山夫人所作,是汉初的作品,其各章内容连贯,可以分作三个部分:

开篇部分，一章言以乐迎神，二章言以乐娱神送神，两章祭祀意味浓重，然而以"大孝备矣"领起，既说明汉皇以"孝德"赢得了天帝的护佑，也奠定了全篇的基调。

中心部分，三章言人臣忠心，四章言王侯秉德，五章言以德抚边，六章言以德怀民，七章言以德乐民，八章言汉皇大德，九章言以德约民，十章言以孝敬天，十一章言承继天道，慈惠四极，十二章言推广孝道，安抚戎国，十三章言唯德为美，十四章言以民为本，十五章言以德生民，各章均在凸显"皇帝孝德"的歌颂要点。

结篇部分，十六章言下民感戴，天德昭彰，十七章言承蒙天德，万民安乐，从而回扣祭祀的本题，表现了汉皇顺应天道的命意。全篇在颂美之中，反复强调"孝德"，反映了汉初统治者汲取了亡秦的教训，放大了儒家的"孝""德"理念，并将其视为治国之本的新治世理念。

（二）《郊祀歌》

《郊祀歌》19章为司马相如等宫廷文人所作，是武帝时期的作品。根据歌诗内容大致可归纳为三组：

一是《练时日》《帝临》《青阳》《朱明》等十章，是祭祀以太一为中心的天地诸神的乐歌，表现了独尊太一的神祇信仰的新变。

二是《景星》《齐房》《后皇》等六章，是歌颂诸种祥瑞应兆国泰民安的乐歌，表现了瑞兆天赐、天人感应的祭祀心理。

三是《日出入》《天马》（二首），《赤蛟》等三章，是借神龙可"延寿命"和天马乃"龙之媒"为帝王祈祷仙寿的乐歌，表现了统治者追求长生的生命意识。

（三）《汉铙歌》

《汉铙歌》十八曲，有武帝时的诗，也有宣帝时的诗，有文人制作，也有民间歌谣。由于"《铙歌曲》句读多讹，意义难绎"（胡应麟《诗薮》），古今诠释有颇多歧义，兹据可资采信者为说，其意义可寻者可归为四类：一如《上之回》《上陵》《圣人出》《远如期》《临高台》五曲，当为颂美帝王之作；二如《朱鹭》《艾如张》《雉子班》三曲，当为讽怨时世之作；三如《有所思》《上邪》二曲，当为倾吐情爱之作；而最引人瞩目的是属于人生杂感的第四类，《思悲翁》感伤家庭不幸,《战城南》哀悼阵亡将士,《巫山高》抒写游子思乡,《将进酒》描写饮酒放歌,《君马黄》悲叹朋友弃捐。另外《拥离》乃残篇,《芳树》旧解难通,《石留》难断句读,三曲不可强解。以意义可寻者分析,除颂美帝王之作外,绝大多数表达的是世俗情怀,从社会生活的不同角度,反映了西汉中期的民生百态。

(四)汉相与歌辞

汉相和歌辞,发端于西汉而兴盛于东汉,是汉代歌诗中最为重要的部分。依其内容可分为两大类:

1. 从不同的社会层次描摹不同的社会生活

《东门行》《病妇行》等描写下层民众的生活不幸,《鸡鸣》《相逢行》等描写上层贵族的生活享乐,《江南》《白头吟》《陇西行》《怨歌行》描写妇女阶层的生活苦乐,《雁门太守行》《平陵东》描写清明官吏的施政业绩。

2. 从不同的人生感受抒写不同的人生体悟

《箜篌引》《薤露》《蒿里》悲叹生命短促,《乌生八九子》《豫章行》咏叹福祸无常,《王子乔》《长歌行》《董逃行》幻想仙游长寿,《西门行》《满歌行》《怨诗行》追求及时行乐,《长歌行》《君子行》讲述修身治世的箴言。

汉相和歌辞比之汉铙歌,涉及的时间跨度更长,触及的社会层面更广,描写的民生百态更为丰富,抒写的人生感悟更能体现汉代的人文精神,如果与汉铙歌抒写的世俗情怀相结合看,从中可以看出汉代世人享乐人生的生命意识,即力求摆脱生活的苦难,幻想超越生命的时限,从而最大化地享受人生的美好。

汉舞曲歌辞,今存四篇。雅舞中《后汉武德歌诗》,是祭奠东汉光武帝的庙乐,内容是歌颂"光武皇帝受命中兴"之功。杂舞中铎舞歌辞《圣人制礼乐篇》,其意当与"制礼乐"有关;巾舞歌诗《公莫舞》,演唱母子别离的故事;拂舞歌诗《淮南王篇》,演唱淮南王"仙去"的传说。另有散乐《俳歌辞》,演唱的当是俳优滑稽表演中解说表演内容的歌词。其中杂舞、散乐歌辞具体的创作时间很难判定,其内容也不外乎上述歌诗的内容范围,值得注意的是,杂舞歌诗具有"以声记辞""声辞杂写"的特点,既记述了主唱、复唱的歌词及其演唱形式,又保留了角色,科白,情节等表演提示,不仅记载了汉代歌舞的历史原貌,而且反映了古代戏剧的初始形态。

汉琴曲歌辞，均记有本事，说明其曲是依托历史故事或传说创作的。从诸曲本事分析，每一曲都含有教化、训诫的意义：有的以圣贤节操示范德行，如《将归操》《猗兰操》《龟山操》《越裳操》《列女引》《贞女引》《仪凤歌》等；有的以英雄豪气激励情志，如《渡易水》《力拔山操》《大风起》；有的以罹难暴政解说政治得失，如《拘幽操》《岐山操》等；有的以亲情变故昭示家庭伦理，如《履霜操》《雉朝飞操》等；有的以怨而不怒喻示人臣之道，如《龙蛇歌》《信立退怨歌》《怨旷思惟歌》等；有的以附会谶纬宣扬顺天知命，如《辟历引》《文王受命》等。琴曲的教化与训诫特点，体现了汉人"琴者，先王所以修身理性禁邪防淫也"的时代认知。琴曲与铙歌、相和、杂曲不同，其一是多托名古之圣贤所作，其实是出自汉代文人之手；其二是在相当大的程度上反映了汉代儒学"诗教"的影响。

汉杂曲歌辞，抒写婚恋艳情的内容最为突出：《伤歌行》写思妇月夜睹物怀人；《羽林郎》写冯子都调戏酒家胡姬；《董娇饶》写女子思春珍爱春光；《定情诗》写女子所爱非人；《焦仲卿妻》写爱情悲剧。其次是感叹无辜罹祸：《枯鱼过河泣》写枯鱼出入不慎而死亡，《前缓声歌》写隐语申诉冤情。此外《悲歌》写游子思乡，《乐府·行胡从何方》写行胡所带的异域特产。从杂曲歌辞婚恋艳情内容来看，它与铙歌、相和歌辞中同类内容一样，表现出了对"诗教"伦理的疏离甚或逆反。

总的说来，汉乐府诗的主题，随着礼乐需求、时代背景、文化思潮的不同而表现出不同的侧重：在祭祀中，表现的是统治者的"孝德"思想和尊崇太一的新宗教观念；在修身乐教中，表现的是汉儒倡导的"诗教"思想；在宴飨特别是娱乐中，前两种主题则被有意识地淡化，而突出表现的是与时俱进的享乐人生的生命意识。而在这三类主题之中，享乐人生的生命意识代表着汉代的人文精神与各个阶层人们的普遍追求，是汉乐府诗的主流主题。

四、汉代乐府诗的叙事特征

汉乐府诗，由抒情诗与叙事诗两类构成。从诗歌发展的角度说，抒情诗在《诗经》时代就表现得相当成熟了，到了《楚辞》时代又有了高度的发展，而叙事诗在汉代乐府诗中才走向了成熟，因而汉乐府叙事诗代表着诗歌发展进程中新的成就。

汉乐府叙事诗共同的基本特征是，在"感于哀乐，缘事而发"的创作中，寓情于叙事之中，以事件描写寄寓哀乐、传达心声、感染受众、引发共鸣。如《东门行》：

> 出东门，不顾归。来入门，怅欲悲。盎中无斗米储，还视架上无悬衣。拔剑东门去，舍中儿母牵衣啼："他家但愿富贵，贱妾与君共铺糜。上用仓浪天故，下当用此黄口儿。今非！""咄！行！吾去为迟，白发时下难久居。"

诗中叙述一位男子因家中无衣无食，欲"拔剑东门去"行劫，而妻子苦苦相劝的故事。作者客观叙事，全无主观议论，将创作主旨完全寄寓于事件描写之中，并通过人物出情入理的对话展现故事反映的贫民心理与社会问题。此诗即为汉乐府叙事诗共性特征的典型代表。

汉乐府叙事诗的具体叙事方法表现为：

摄取生活的某个片段，聚焦事件的焦点，以事件的主要矛盾冲突叙述故事。如《羽林郎》，截取冯子都当众调戏胡姬的场景，"就我求清酒，丝绳提玉壶。就我求珍肴，金盘脍鲤鱼。贻我青铜镜，结我红罗裾，不惜红罗裂，何论轻贱躯"。歌诗抓住矛盾冲突直接讲述，以画龙点睛之笔激活了全诗。

剪截去事件的过程，只辑取事件的前因与后果，以时空跳跃的方式叙述故事。如《妇病行》，正曲讲述妻子希望丈夫善待"两三孤子"的临终嘱托，"乱曰"交代妻子死后丈夫牢记遗嘱抚养孤子的艰辛。全诗要言不烦，让读者通过联想去补充省略的情节。

选取生活中的几个片段，并列几个场景，以不同事例共同叙述故事。如《孤儿行》，重点攫取孤儿"行贾""行汲""收瓜"三个事例，讲述兄嫂对他的虐待。运用形式逻辑的例证法，以几个实例证明了孤儿的不幸。

全程讲述事件的始末，强调矛盾冲突的起伏跌宕，以事件的发生、发展与高潮完整地叙述故事。如《十五从军征》，描写一位老来归家的士兵，寻家、入门、做饭做羹、无亲人同餐、出门怅望和潸然泪下的全过程。故事完整，描写细腻，以一个个递进层深的细节使故事感人至深。

汉乐府叙事诗的叙事，还有两种特殊的方式：一是讲述历史故事，以古喻今；二是虚构寓言故事，借物说人。

汉乐府叙事诗在汉乐府诗中所占的比例非常大，而且方法纯熟，多有精品，篇幅最长的《焦仲卿妻》竟达353句，这些都是叙事诗走向成熟的重要标志。又由于叙事诗的影响，汉乐府抒情诗中也常常穿插着叙事，以作为抒情的一个重要手段。这说明，汉乐府叙事诗不仅创造了新的诗歌体裁，而且丰富了诗歌的表现手法，在诗歌发展史上具有里程碑的意义。

五、《陌上桑》与《孔雀东南飞》

（一）《陌上桑》

《陌上桑》最早著录于《宋书·乐志》，题为《艳歌罗敷行》。《玉台新咏》收录时，题为《日出东南隅行》。《乐府诗集》收在相和歌辞之相和曲中，题名《陌上桑》。这是一首摄取生活的某个片段、聚焦事件的焦点、以事件的主要矛盾冲突叙述故事的叙事诗，然而与其他此类叙事诗不同，在叙事中运用了汉赋中常用的铺陈手法，并着力凸显乐府诗的娱乐特质，以含婉的笔墨、奇特的构思、喜剧的色彩表现出不同凡响的艺术魅力。

关于采桑女的故事，本是自先秦以来中国文学故事中的一个重要母题。这一母题包括三方面基本内容：第一是赞美采桑女子之美，如宋玉的《登徒子好色赋》和枚乘的《梁王菟园赋》；第二是写采桑女子拒绝士大夫的调戏，如《列女传》中所载《秋胡戏妻》故事和《陈辨女》故事；第三是歌颂女子的贞静专一，如《列女传》中的《齐宿瘤女》故事。《陌上桑》也用了"采桑女"这个原型，但她的形象更为丰富饱满，而且在她身上体现出了上述三种采桑女的所有优点，是个完美的形象。罗敷在外貌上，俊俏可人，穿着美丽得体；在性格上，不畏权势，勇敢地拒绝使君的调戏；在才智上，机警应对，聪明智慧；在情感上，罗敷坚持操守、忠于爱情，拒绝了"宁可共载不"的邀请，是贞静专一的典范。

在艺术表现技巧上，《陌上桑》有两大特点：一是善用对比展现女主人公罗敷的聪明漂亮和美好品德。罗敷很美，"头上倭堕髻，耳中明月珠。湘绮为下裙，紫绮为上襦"。这样的美丝毫不亚于任何大家闺秀、名门淑女，而她仿佛美而不自知，从不炫耀张扬，更没有凭借自身的美貌依附权贵，而是辛苦劳作，自力更生，"罗敷善蚕桑，采桑城南隅"。再看旁人的态度："行者见罗敷，下担捋髭须；

少年见罗敷,脱帽着帩头。耕者忘其犁,锄者忘其锄。来归相怨怒,但坐观罗敷。"成年的男子行路间遇见娇媚的罗敷,卸担而立,手捻胡须,坦然欣赏着她的美丽;青葱的少年看见可爱的罗敷,赶忙脱下帽子,摆弄头巾,害羞地站在一边,偷眼觑看;劳作的农夫在田间看见采桑的罗敷,举手投足间的风情令之炫目,竟然忘了手中的工作,以致回到家中被妻子责怪。在罗敷与众人的态度行为的对比中,罗敷的淡然自处、美丽勤劳就被凸显了出来。使君一见罗敷就被她的美貌吸引,"五马立踟蹰"徘徊不去,即使家有夫人仍旧垂涎美人,发出了"宁可共载不"的邀请。罗敷却丝毫不为所动,直接拒绝道:"使君一何愚!使君自有妇,罗敷自有夫。"并且大谈自己夫婿之美,"为人洁白晳,鬑鬑颇有须。盈盈公府步,冉冉府中趋。坐中数千人,皆言夫婿殊"。在两人言行的对比中,赞扬了罗敷忠于爱情、坚持操守、聪明机智,批判了使君的无耻贪婪、色欲熏心、愚蠢猥琐。或善或恶,或美或丑,对比突出,昭然自见。

二是运用虚实相交的描写。罗敷本是古代美女,汉代女子喜以此命名,诗人借其名而咏其人,本身便含美好意向和虚实相证的意义。虚写精彩处不止于此,如"东方千余骑"一段就是罗敷构想的虚像。通过罗敷的形容,一个被美化的夫婿形象郎,"四十专城居",不过是一城之长,身份如州牧、太守,地位与使君仿佛。但在虚写中,其夫君的形象变得十分的伟岸高大,是个再优秀不过的人了。《陌上桑》不仅善于虚写,而且善于实写,其中对罗敷采桑、服饰描写、使君南来、邀约共载等都是实写。生动地描绘了事情的发展过程,让人感觉身临其境。由此可见,《陌上桑》是一首浪漫的情歌,借虚拟来刻画人物形象性格;它又是一首现实的叙事诗,再现了社会的生活面。

(二)《孔雀东南飞》

《孔雀东南飞》是汉乐府第一长诗,最早见于南朝陈徐陵的《玉台新咏》,题名《古诗为焦仲卿妻作》。《乐府诗集》收录时编入杂曲歌辞,题作《焦仲卿妻》。后人习惯以其首句名篇,称《孔雀东南飞》。歌诗原本有序:"汉末建安中,庐江府小吏焦仲卿妻刘氏,为仲卿母所遣,自誓不嫁。其家逼之,乃投水而死。仲卿闻之,亦自缢于庭树。时人伤之,为诗云尔。"[①] 可见,此诗是根据真人真事创作的,

---

① (宋)郭茂倩.乐府诗集[M].北京:中华书局,2017.

属于那种全程讲述事件的始末,强调矛盾冲突的起伏跌宕,以事件的发生、发展与结束完整地叙述故事的叙事诗。然而,此诗成为汉乐府诗中的名篇,并不仅在于诗的写实性,而更重要的因素是作者对于这个爱情悲剧的深刻剖析与艺术再现。

诗歌以焦仲卿妻刘兰芝为叙事中心,通过刘兰芝与焦仲卿的夫妻矛盾、刘兰芝与焦母的婆媳矛盾、刘兰芝与刘母刘兄的改嫁矛盾等三条线索穿插叙说,有条不紊地展开了故事情节。夫妻矛盾是故事的主线,诗中有五段描写:一是刘兰芝嗔怨焦仲卿以"不堪驱使"自请"遣归";二是刘兰芝迁怒焦仲卿以预言"于今无会因"无奈话别;三是刘兰芝有感于焦仲卿"誓天不相负",明知"相迎"无望,仍然盟誓追求希望;四是刘兰芝理解焦仲卿"闻变"后以言语相讥的激动,以死相约;五是夫妻双双殉情。然而,这条以夫妻矛盾贯穿于故事始终、讲述了悲剧始末的主线,却不是造成悲剧的主要矛盾,因为刘、焦二人在心底是真心相爱的,之所以发生矛盾是由于双方家长的外力挤压,刘兰芝对焦仲卿的不满是因为他对母亲的逆来顺受,焦仲卿对刘兰芝的怨恨是由于她未能信守诺言,积极抗婚,而真正造成悲剧的是焦母的偏执和刘母刘兄软硬兼施的逼迫。

正因为如此,故事在叙事中插入了引发主线矛盾的外因,即婆媳矛盾和改嫁矛盾。婆媳矛盾是造成悲剧的始作俑者,共有三段描写:一是焦仲卿为刘兰芝求情,而焦母"不相从许";二是刘兰芝谢别焦母,而焦母"听去不止";三是焦仲卿决心以死殉情,焦母仍无悔意。焦母的刁蛮拆散了刘、焦的恩爱婚姻,焦母的偏执将儿子逼上了绝路。

改嫁矛盾是造成悲剧的推波助澜者,也有三段描写:一是县令求婚,刘母规劝刘兰芝改嫁;二是太守求婚,刘兄逼迫刘兰芝改嫁;三是迎娶前,刘母敦促刘兰芝裁制嫁衣。刘母刘兄一软一硬的逼迫毁灭了刘兰芝找回爱情的希望,刘母刘兄共有的世俗理念迫使刘兰芝只有用死履行自己的承诺。这三种矛盾、三条线索,你为前因,我为后果;我来铺垫,你来承接。尽管矛盾交织,但自然合理;尽管时空转换,但脉络清晰,从而将故事演绎得波澜起伏,环环相扣,有声有色,感人至深。

《孔雀东南飞》叙事的另一特色是将传统的铺排手法创造性地运用于叙事之中,为叙事服务。这种方法权且可以称之为铺叙,其在《孔雀东南飞》中有着非常充分的表现。在开篇刘兰芝自述无辜中,铺叙说:

"十三能织素,十四学裁衣;十五弹箜篌,十六诵诗书;十七为君妇,心中常苦悲。"

这是以序数序列的方式展开的铺叙,铺叙回避了平铺直叙的通常句式,运用了转折的句法,按着前四句刘兰芝既会女红、又通诗琴的铺叙顺着说,刘兰芝婚后应该得到焦母的喜爱,而后两句却逆着说出了"心中常苦悲"的心境,转折中凸显了刘兰芝遭遇婆婆嫌弃的冤屈。

在刘兰芝与焦仲卿无奈话别中,铺叙说:

"妾有绣腰襦,葳蕤自生光。红罗复斗帐,四角垂香囊。箱帘六七十,绿碧青丝绳。物物各自异,种种在其中。人贱物亦鄙,不足迎后人。"

这是以述说闺中物件的方式展开的铺叙,这种方法通常只是用以夸饰,而此处除夸饰外,还用作下文的铺垫。有了这个铺垫,刘兰芝对焦仲卿的带有矫情意味的讥讽才显得既合于情又合于理。

在刘兰芝谢别焦母前,铺叙说:

"鸡鸣外欲曙,新妇起严妆。著我绣夹裙,事事四五通。足下蹑丝履,头上玳瑁光。腰若流纨素,耳著明月珰。指如削葱根,口如含朱丹。纤纤作细步,精妙世无双。"

这是以述说体位装束的方式展开的铺叙,铺叙不仅仅是通过人物的精心打扮夸说人物的美丽,更深层的寓意在于表现了刘兰芝虽然惨遭"遣归",但既无愧于焦母,更无愧于自己的傲然心态。

在太守备办婚礼的描写中,铺叙说:

"交语速装束,络绎如浮云。青雀白鹄舫,四角龙子幡,婀娜随风转。金车玉作轮,踯躅青骢马,流苏金镂鞍。赍钱三百万,皆用青丝穿。杂彩三百匹,交广市鲑珍。从人四五百,郁郁登郡门。"

这是以述说排场的方式展开的铺叙,这一方法虽与通常的用法并无不同,但其铺叙的用意,不只是单纯地铺陈,而在于:一方面回应上文刘兄所说的"先嫁得府吏,后嫁得郎君。否泰如天地,足以荣汝身"的一番话;另一方面映衬出刘兰芝重情感而轻富贵的生死抉择。

在描述刘兰芝在母亲敦促下不情愿地缝制嫁衣时,铺叙说:

"移我琉璃榻,出置前窗下。左手持刀尺,右手执绫罗。朝成绣夹裙,晚成单罗衫。晻晻日欲暝,愁思出门啼。"

这是以方位、时间对举的方式展开的铺叙,"左""右"两句,写裁衣的动作。"朝""晚"两句,写做成了嫁衣,表面上是凸显裁衣动作的利落与缝制嫁衣的速成,而隐层次表现的是刘兰芝下定了以死抗婚、以死殉情的决心后义无反顾的坚决与刚毅。

在故事结尾,刘兰芝、焦仲卿双双殉情后,铺叙说:

"两家求合葬,合葬华山傍。东西植松柏,左右种梧桐。枝枝相覆盖,叶叶相交通。中有双飞鸟,自名为鸳鸯。仰头相向鸣,夜夜达五更。"

这是以含有寓意的景物与动物关联出现的方式展开的铺叙,松柏、梧桐的枝叶"交通",象征着一对殉情者在死后实现了生前无法实现的心愿;枝叶中鸳鸯的夜夜鸣叫,象征着一对殉情者鸣冤警世的心声。

总结以上分析,歌诗关于铺叙的运用表现出了三个方面的特点:一是改变了以往铺排雷同呆板的单一形式,以多样化的铺叙表述显示出新鲜的活力;二是恰当地将铺叙运用在关键的情节叙述之中,对于情节的发展、人物的刻画和寓意的提示都起到了通过细节铺叙画龙点睛的作用;三是表现出不同于以往叙事方法的创新,使铺叙成为古代民歌叙事的重要方法之一。

《孔雀东南飞》叙述的是悲剧,与《陌上桑》讲述喜剧不同,这说明汉代的审美情趣除了欣赏喜剧、寻求享乐外,还有着以悲为美的审美取向。纵观汉代乐府歌诗就会发现,抒写悲情的歌诗远远多于抒写乐观情绪的歌诗,这又说明以悲为美的审美取向是有汉一代主要的审美主潮。

六、汉乐府诗的艺术特色

在广泛的社会现实、深沉的人生思考、丰富的情感体验的表现中,汉乐府展示了其独特的艺术特色和非凡的文学成就。

(一)杰出多变的叙事手法

在艺术上,汉乐府最突出的特点就是叙事性,即《汉书·艺文志》所谓的"缘事而发"。明代徐祯卿在《谈艺录》中说:"乐府往往叙事,故与诗殊。"抒情诗在我国早期诗歌中占有绝对优势,作为诗歌的两大源头,《诗经》与《楚辞》都很少带有故事情节,均以抒发情感为主。这种情况因汉乐府诗的出现而有所改变,今存汉乐府诗歌,叙事性作品不仅数量多,而且成就十分突出。汉乐府叙事诗的成功主要依赖其不同以往的杰出的叙事手法。

第一,并不刻意追求对有关事件的完整叙述,而截取所叙事的中心,作精当的剪裁。选择生活中真切动人而又富于典型特征的片段着重描写,从某个侧面,某个场景集中描绘,正是乐府诗篇幅短小而情节动人的重要原因。如《孤儿行》仅取孤儿遭受奴役的场面;《妇病行》集中描述病妇临终嘱托与外出乞讨的情景;《东门行》以拔剑出门的场景作为中心和高潮。突出矛盾冲突,压缩因果叙述,使诗篇具有高度的概括力和表现力。

第二,善用渲染性的描绘和铺陈性的描写。乐府诗在叙事手法上学习汉赋,善用渲染性的描绘和铺陈性的描写。如《陌上桑》中形容罗敷的美貌,并未作正面刻画,而是用铺陈的方式侧面烘托:"行者见罗敷,下担捋髭须;少年见罗敷,脱帽着帩头。耕者忘其犁,锄者忘其锄。来归相怒怨,但坐观罗敷。"通过陈说列举旁观者的反映来渲染罗敷之美,从虚处着笔,尽情夸饰,既具有说服力,又预留了想象的空间,让读者回味无穷。

第三,选取多种叙事角度。在叙述角度方面,作者或以第三人称的方式铺叙故事,或通过主人公的自诉表现生活场面和细节。第一人称的使用,使叙述富有感情色彩,剖白人物心理,能够清晰地展现主人公的思想变化,直接而透彻。第三人称的使用,则可以从更宏观的视角描述事件、反映问题,令描绘更为具体。根据表达情感、叙述内容的不同而选取不同的叙事角度,令叙述的情节更为生动,人物塑造更为鲜活。

第四,巧妙地运用对话刻画人物、推动情节,是汉乐府叙事诗的又一个重要特色。通过人物本身的语言,可以展示人物的心理活动和精神世界。如《东门行》中丈夫执意出门冒险,妻子尽力劝阻,丈夫说,"咄!行!吾去为迟,白发时下难久居",简短的夫妻对话,展现了一个悲愤难抑、铤而走险的莽撞汉子的形象。《上山采蘼芜》则全篇几乎用对话构成。休妻再娶,故人相遇,男子的负心与后悔,女子的温柔与无辜,都在对话中表现出来。对话成为推动情节发展,刻画人物内心世界的重要手段。

（二）质朴自然的语言风格

汉乐府民歌作者具有深切的生活体验，叙事抒情不假文饰，歌辞不露斧凿痕迹，质朴自然，语浅意深，浑然天成。明代胡应麟《诗薮》赞曰："惟汉乐府歌谣，采摭闾阎，非由润色，然质而不俚，浅而能深，近而能远，天下至文，靡以过之。""矢口成言，绝无文饰，故浑朴真挚，独擅古今"。如《江南可采莲》：

"江南可采莲，莲叶何田田。鱼戏莲叶间，鱼戏莲叶东，鱼戏莲叶西，鱼戏莲叶南，鱼戏莲叶北。"

短短六句，没有奇词惊语，看似语出平淡不事雕琢，但却描绘出多彩的画面，创造出生动的形象。吟咏之际，一群活泼的采莲少女边劳作边歌唱的热闹情景就展现在读者面前。语言皆日常习用，质朴无华，生动逼真。

（三）灵活多样的篇章句式

汉代乐府诗的形式灵活自由，篇章句式变化多样。

从句式上讲，从二言、三言直至七言、八言各类句式都有，或是形式规整的齐言诗，或是随意成句的杂言诗，多样的句式与多变的内容完美结合。汉乐府四言体与文人诗仿雅颂截然不同，它是在口语的基础上提炼而成，如《箜篌引》《善战行》，朴素明快，生动活泼。汉乐府中最常用的艺术形式的杂言和五言诗体。杂言诗句式、字数不一，有整有散，错综多变，代表性的乐府杂言诗有《平陵东》。虽然之前在《诗经》中个别诗篇采用的是杂言体，但比例很小且句式变化简单。汉乐府则体现了杂言体的全面繁荣，不仅数量多，而且句式变化灵活，已大大地超越了《诗经》的杂言体，促进了我国杂言诗的成熟。周代以来，五言诗由五言句而独立成体发展缓慢，最终由汉乐府民歌真正实现了此种新诗歌形式的流行。今存相和歌辞中的《江南》《陌上桑》《鸡鸣》《白头吟》等均为五言体，与杂言体并为乐府诗主要形式。五言诗这种崭新的诗体，在变化句式、选择词语、协调音律等方面比四言诗更为灵活，给了创作者更大的自由，逐渐引起文人拟作的兴趣，大量文人五言诗的创作实践，推动了五言诗体的发展和成熟。可以说汉魏之际五言诗的繁荣，与乐府诗在篇章句式上的创新与变化有着十分紧密的联系。一般说来，前期汉俗乐府多用杂言，打破传统的四言诗的整齐形式，由整趋散；后期的则多用五言，由散趋整，显示出诗体的发展。

从篇幅上讲，汉乐府长短不拘，随意为文，随文成篇，没有固定的篇章限制。

最长的《孔雀东南飞》多达三百五十余句,短的仅有四句。从韵律上讲,押韵也很灵活,或句句押韵,或隔句押韵,或隔多句押韵。虽无格律可寻,但在词句的参差错落间,仍能感受到音节与节奏,抑扬顿挫和谐而不呆板。

(四)丰富多彩的联想想象

汉乐府善用比兴,通过联想,将抒发的感情、描写的内容与具体事物联系在一起,使之更为深刻和细腻。如《怨歌行》,从扇子的盛夏受宠到秋冬的深藏箱底联想到女子青春得宠而衰老被弃,以纨扇比喻女子,揭示出封建社会女子无法取得独立的地位,依附于丈夫,随时可能被抛弃的可悲命运。《艳歌何尝行》通过双白鹄的生死离别,比喻人间夫妇因贫病交加、恶势力压迫而无法相守到老的悲剧。《白头吟》用"竹竿何袅袅,鱼尾何簁簁"来比喻恋人间的幸福和谐。多种物象均可令诗人联想到世人的情感与生活。

汉乐府诸诗还展现了丰富奇特的想象。如《战城南》中,阵亡士卒的灵魂可以与乌鸦对话,使之为自己招魂;《枯鱼过河泣》中的枯鱼有人的情感,可写信叮咛,还能揭示出谨慎处世的道理;《上邪》则设想出了山岳倾塌、江水枯竭、冬天下雨、夏天飘雪、天地合并五种根本不可能发生的情况作为断绝恋情的条件。

汉代乐府诗继承了《诗经》"饥者歌其食,劳者歌其事"的优良传统,全面而大胆地反映社会现实。后代诗人在创作表现民生疾苦、暴露黑暗现实的诗作时继承这一传统,也往往采用乐府的形式,乐府精神千载流芳。汉乐府还推动了诗歌形式的进步,于《诗》《骚》之外,别开生面,创新体裁,五言诗、七言诗和杂言歌行等,无不是借乐府之力发展起来的。五言诗体在乐府中的迅速成熟,直接影响了文人五言诗的产生,进而出现"暨自建安,五言腾涌"的盛况。汉乐府诗歌显示出汉代人民无比丰富的创造力,是我国文学史上最宝贵的诗歌遗产之一。

第三节 汉代文人诗歌发展

一、汉代文人四言诗的写作

汉代文人四言诗,据逯钦立《先秦汉魏晋南北朝诗》辑录,除被乐府所采录乃至为《乐府诗集》所收录者,大约尚有30首,亦足可观。

西汉文人四言诗的作品较少，存世的仅有韦孟的《讽谏诗》《在邹诗》与韦玄成的《自劾诗》《戒子孙诗》四首。这四首诗或讽谏，或自责，或训诫，本于诗教，追求雅正，与汉乐府诗中以教化、训诫为主旨的"琴曲歌辞"比较接近。东汉文人四言诗的作品相对较多，内容也比较丰富，大致可以划分为五类：

一是歌颂功德。如据少数民族语言译成汉语的白狼王唐敢的《远夷乐德歌》《远夷慕德歌》《远夷怀德歌》三首诗，皆为感戴东汉王朝德惠边鄙的颂美之作；辑自班固《东都赋》的《明堂诗》《辟雍诗》《灵台诗》三首诗，均是赞美东汉初年盛礼兴乐的文治之功的颂歌；辑自张衡《东巡诰》的赞歌"皇皇者凤"《歌》，是歌唱汉皇东巡遇凤凰来集，预兆祥瑞的赞歌。这类诗与汉乐府诗中旨在颂美的"郊庙歌辞"内容一致。

二是赞美时贤。如刘珍的《赞贾逵诗》，颂赞东汉大儒贾逵解诂《春秋国语》的经学贡献；应季先的《美严王思诗》，歌咏扬州刺史严王思爱民、惠民的清明吏治。这类诗也近于"琴曲歌辞"，不过与琴曲吟咏历史人物或前贤不同，其礼赞的是与作者同时的当代人物。

三是抒写情志。如傅毅的《迪志诗》，述说其弱冠之际学习章句时立下的儒家济世的志向；仲长统的《见志诗二首》，抒写其不入帝王之门、逍遥一世，仙游宇宙之外的道学出世的理想。在东汉抒写情志的四言诗中，孔融的《离合作郡姓名字诗》是特殊的一首，其诗用如同谜语拆字，拼字的"离合"法，在诗中隐含了六字谜底"鲁国孔融文举"，并且于如同谜面的诗句中寄寓了达者兼济、穷者独善的人生心路。这类诗与汉乐府抒情诗所表现的享乐人生的世俗情怀不同，表现出文士们出于不同学术信仰理性的人生思考。

四是表述爱恋。如辑自张衡《思玄赋》的《天地烟煴》，是虚构了宓妃、玉女对作者倾诉爱慕的恋歌；而其《怨诗》原序说："秋兰，咏嘉美人也。嘉而不获，用故作是诗也。"则是其真实恋爱经历的写照。

"猗猗秋兰，植彼中阿。有馥其芳，有黄其葩。虽曰幽深，厥美弥嘉。之子云远，我劳如何。"

诗用比兴，在对秋兰之香气、艳色、幽然而处的赞美与嘉许中，表述了由衷的欣赏与爱慕，然而结句陡转，说出了对"之子"可望而不可即的伤感与无奈。又如秦嘉的《述婚诗二首》，其一写婚姻合于"六礼"，喜庆而庄严；其二写担心自己匹配不上新娘，以真心之爱求上天保佑夫妻和美。其爱弥深，其情弥切。其

《赠妇诗》写作者游宦京都、思念妻子之情,以景衬情,由景出情,"尔不是居,帷帐何施;尔不是照,华烛何为"之结语,至朴至纯,其爱也深,其情也真。这类诗表现的是文人的恋爱理念,与汉乐府爱情诗表现的世俗爱情相比,当是各领风骚。

五是对答酬唱。如桓麟的《答客诗》是酬答佚名者的《客示桓麟诗》,蔡邕的《答对元式诗》《答卜元嗣诗》是就友人"贻我以文"的"答对"之作。这一诗歌创作现象,是《诗经风楚辞》时代,以及汉代乐府诗中从未发生过的,实开后世文人以诗唱和的风气之先。在对答酬唱诗中,朱穆的《与刘伯宗绝交诗》堪称独特,不是叙说友情,而是断绝交情。诗歌缘出庄子寓言而演绎为说,借鸱鸮之不洁、不正、不定、贪污、嗜欲和对象征高洁的凤凰以小人之心的忖度,以形象思维历数了绝交的充分理由,然而"各自努力"的结句,还是给对方留下了些许颜面,但是也表现出"道不同不相为谋"的决绝态度。诗歌语言含婉,而表意明确,既要从此永诀,又希望旧友"努力"改邪归正,全然是继承了《诗经》温柔敦厚的讽喻精神。

汉代文人四言诗是《诗经》体的延续,成就虽不及《诗经》,但对于四言体的传承有着承前启后的作用。四言诗尽管在诗歌发展中,遭遇骚体诗、五言诗、七言诗的猛烈冲击,失去了以往独尊的地位,但作为一种诗体仍然流行于世。从这个意义上说,在四言诗低迷衰落之际,汉代文人四言诗的创作拯救了这一诗体的艺术生命。

二、汉代文人骚体诗的写作

《楚辞》中收录的汉人作品有贾谊的《惜誓》、淮南小山的《招隐士》、东方朔的《七谏》、严忌的《哀时命》、王褒的《九怀》、刘向的《九叹》与王逸的《九思》。

贾谊是汉代用"楚辞体"进行写作的第一人。《惜誓》是贾谊赋体文学的代表作,关于它的含义,王夫之的《楚辞通释》解释说:"惜屈原之誓死,而不知变计也。"贾谊痛惜屈原舍弃隐逸生活的自在快乐,却始终心系故乡,为此宁愿忍受世俗的责难和小人的迫害,乃至最终自沉汨罗。他认为屈原的这种选择太过偏执,因为即使牺牲了自己的生命,也不可能改变黑暗的现实。"非重躯以虑难,惜伤身之无功"两句为本篇的主旨。

《招隐士》是西汉初年的一篇优秀楚辞作品,关于此篇作者,东汉王逸在《楚辞章句》说其作者为淮南小山。关于《招隐士》的主题,主要有两种看法:一是认为其是"闵伤屈原"的作品,二是认为《招隐士》是为淮南王刘安"召致山谷潜伏之士"的作品。后人在艺术上给了《招隐士》极高评价,朱熹《楚辞集注》说"此篇视汉著作,最为高古"。

《楚辞》中收录的汉人作品有着共同的特点:一是全都以屈原为第一人称抒怀;二是从主旨方面看,无不对屈原生不逢时、自沉身死的悲剧命运给予深切同情,对忠奸不辨、黑白不分的世俗社会进行揭露和抨击;三是从整体结构上看,大都采用多章节的形式。

屈原在楚歌的基础上创造了楚辞。由于屈原的楚辞取得了巨大的艺术成就,从而扩大了社会对楚歌的广泛接受,加之原籍于楚地的汉代皇族对故乡楚乐的喜爱和提倡,楚辞、楚歌在汉代产生了极大的影响。在这种影响之下,从文人和文学创作的角度说,出现了与楚辞具有血缘关系的两种文体,一是骚体赋,二是骚体诗。汉代骚体诗最初在宫廷中流行,皇帝、嫔妃、同姓王以及皇子王孙多有所作,并且收之于乐府,用之于礼乐,蔚然形成了一种风气。随着这一风气由宫内向宫外的传播,促生了文人对骚体诗的创作热情。汉代文人骚体诗大多被乐府采录,这些诗在关于汉乐府的章节中已作了介绍。据逯钦立《先秦汉魏晋南北朝诗》辑录的未收诸乐府的文人骚体诗,尚存20首左右,而且具有相当高的文学价值。

关于汉代的文人骚体诗,除辑自班固《汉颂》的《嘉禾歌》,辑自《东都赋》的《宝鼎诗》《白雉诗》,辑自崔骃《北巡颂》的《皇皇太上歌》《安封侯诗》和仇靖的《李翕析里桥郁阁颂新诗》等几首歌颂功德的作品外,其余均为抒情之作,其诗缘事而发,主题各异,精彩纷呈。

西汉的文人骚体诗有五首:如辑自枚乘《七发》的《麦秀薪兮歌》,借古楚琴师俞伯牙之口,表现了虚怀若谷,淡漠世俗的追求;辑自司马相如《美人赋》的《独处歌》,借东邻女子之口,表现了怀春女子渴望私爱的隐情;东方朔的《嗟伯夷》,借商末隐士伯夷叔齐起兴,申述了决不阿谀逢迎的心志;李陵的《别歌》,面对不辱使命的苏武,倾吐了投降匈奴后被汉皇误解、名声扫地、有国难投的忏悔；息夫躬的《绝命辞》，是缘于自己直言敢谏、自恐遇害而作的言志诗，表现了矢志不悔的信念。

东汉的文人骚体诗有十首：如梁鸿的《五噫歌》，抒写其临望帝京，见到为君者宫殿峨峨、为民者碌碌求生，油然而生的人生思考；其《适吴诗》设想"适吴"途中的所见所想，借齐鲁的前贤事迹、眼前景物，抒写自己怀才不遇、隐志去国的抑郁情怀；其《思友诗》将"友"字与友人名字镶嵌于诗中，借鸟移情，表达了对挚友的思念；辑自傅毅《七激》的"陟景山"《歌》，借春秋隐士荣启期的歌唱，抒写了隐者情怀；辑自张衡《定情赋》的"大火流兮"《叹》，化用《诗经》中《七月》《氓》之语句，借"思美人"抒情，寄寓了一种美好的期待；其《四愁诗》，用楚辞笔法，抒写有志报国而忧惧谗邪当道的忡忡忧心；徐淑的《答秦嘉诗》，抒写对夫君的切切相思；辑自蔡邕《释诲》的"华颠胡老"《歌》，抒写了"遗弃"世俗、避世"独征"的隐遁情愫；蔡琰的骚体《悲愤诗》和《胡笳十八拍》，均是以自己沦落匈奴的亲身遭遇，感伤离乱，苦诉悲愤。

汉代骚体诗以抒情为主，其抒情手法承继了楚辞传统，与文人四言诗和五言诗比较，有着明显的区别。其特点之一是以感伤、悲慨为抒情基调。纵观汉代文人骚体诗，包括乐府收录的所有骚体歌诗，除抒写歌颂功德内容的非抒发自我情感者，都无一例外地表现出感伤、悲慨的情感色彩，突出地体现了有汉一代以悲为美的时代审美倾向。其特点之二是借助感叹语气词表达强烈的抒情情感。梁鸿的《五噫歌》在这一方面表现得最为突出："陟彼北芒兮，噫！顾览帝京兮，噫！宫室崔嵬兮，噫！民之劬劳兮，噫！辽辽未央兮，噫！"诗中在每句句尾，既用了"兮"，又用了"噫"，以感叹词的叠用增强情感效果。兮，在楚辞、骚体中常见，刘淇《助字辨略》说："《广韵》云：语助。愚案：歌之余声。"可见，其不仅为楚歌所特有的加重情感的语气助词，而且表示吟唱时咏叹的"余声"。"噫"，也当是楚语，骚体诗中也有例证，如汉武帝《瓠子歌》"烧萧条兮噫乎何以御"之句，即是证明。颜师古注："噫乎，叹辞也。"其特点之三是继承屈原的诗歌表现手法，如借叙事手法抒情，用象征手法抒情，以铺写手法抒情等。如李陵《别歌》，据《汉书·李陵传》，诗中列举李陵远战匈奴、兵败降敌、名坏誉毁、老母死于狱中等四件事，但并不细说情节，只将其作为"虽欲报恩将安归"的抒情铺垫，使表述的情感能为人理解。这是学习屈原《离骚》与《九章》等诗篇以事抒情的手法。

三、李陵与西汉文人五言诗

五言诗由于在音节韵律与表意容量两方面都优越于四言诗,因此自其产生后就取代了四言诗,成为汉魏六朝最主要的诗歌形式。

考察五言诗的产生,其经历了一个比较长的过程。早在《诗经》之中就已经出现了五言句式;春秋时期,在倡优与民间的一些歌诗中,五言句式已占有相当大的比例,甚或出现了比较简单的五言诗;到了秦始皇的时代,又出现了形式完整的五言歌谣《长城谣》;秦汉之际,五言的形式已进入宫闱,虞姬《和项王歌》全用五言,戚夫人《舂歌》以五言为主体;至汉武帝时,倡优出身的李延年更在宫廷中歌唱了五言"新声曲":"北方有佳人,绝世而独立。一顾倾人城,再顾倾人国。(宁不知)倾城与倾国,佳人难再得。"歌中"宁不知"三字,研究者多认为类于后世词曲中的衬字,如此李延年所作则是完整的五言诗了。歌诗夸说佳人,以其"绝世"的出类拔萃和"倾城倾国"的女性魅力说其美丽,于抽象描写之中激发出欣赏者对其美丽的具象发挥充分的想象,余味绵长邈远,表现出高超的艺术技巧。

五言诗能够从民间走进宫廷,为统治阶层所接受,说明五言诗已有了相当的艺术影响和受众基础,至少在汉武帝时期已发展成熟。这些从民间发展而来的走进宫廷成熟的五言歌诗,势必要影响到文人的诗歌创作。

据文献记载,西汉有主名的文人五言诗有:枚乘一首,李陵二十一首,班婕妤一首,凡二十三首。关于枚乘、李陵、班婕妤之五言诗,传至南朝刘宋,颜延之曾提出质疑,说:"逮李陵众作,总杂不类,元是假托,非尽陵制,至其善篇,有足悲者。"(《太平御览》卷五百八十六)颇疑李陵众诗多有"假托",但承认其"善篇"堪称佳作。

刘勰在考辨中,先交代了"见疑于后代"的原因,而后从"五言久矣"的发展历程、"傅毅之词"在东汉的实在,批评了"见疑"之误,肯定了枚乘、李陵、班婕妤所作为真。刘勰而后,钟嵘《诗品》讲得更为明确,在肯定李陵"始著五言"的同时,又指出了五言诗在李陵之后的发展并未蔚然成为风气,而是断续发展的情状,所论不但客观,而且实事求是。至于宋代苏轼,乃至近代学者,多承颜延之之疑,又误读刘勰之辨,以为枚乘、李陵、班婕妤五言诗为伪作,然举证不足,多以推测为断。因此,当代学者认为不能轻易否定古代的记载。

西汉文人五言诗，以抒写个人情感为核心内容。枚乘的《兰若生春阳》写思人之情，除首句比兴外，正文反复申说思念之欹之叹之狂痴，刻画思念之苦，朴实真切。班婕妤的《怨诗》写失宠之怨，以"合欢扇"为喻，拟物语寄情，含婉蕴藉，哀婉动人。在枚乘、李陵、班婕妤三人五言诗中，李陵之作不但传世多，而且成就最高。如《文选》所收的李陵五言诗《与苏武》三首，此三首实为组诗，抒写送别苏武时的所思所感。就组诗所述地点而言，其一说"衢路"，其二说"临河"，其三说"河梁""蹊路"。三章递写送别经行之地，意在铺写一路相送、渐行渐远、依依不舍之意。

就别情别景描写而言，其一以"浮云""风波"设喻，风吹云散，寓离人聚散难以自主的无奈心境；其二写饮酒饯别，以"悲风"烘衬，渲染饯别的悲凉场景；其三记临行话别，以月缺月圆"自有时"为比照，暗示永别之长痛。三章各具要点，将心境、场景、景色分别说出，组合出一幅完美的送别画面。

就情感抒发而言，其一写愿以"贱躯"随风以送；其二写即便短暂，也希望些许缠绵；其三写"皓首以为期"的相逢期盼。三章相辅相成，交集百感，抒发了沉痛而复杂的伤别情怀。

四、东汉文人五言诗

东汉的文人五言诗创作与西汉相比，不仅作者明显增多，而且传世的作品也更为可观。东汉现存有主名的文人五言诗，从入乐的情况划分，可大致分为乐府歌诗类与诗歌类两部分。

东汉文人乐府歌诗类五言诗今存者，据逯钦立《先秦汉魏晋南北朝诗·汉诗》辑录有：张衡《同声歌》一首，残句一首；蔡邕《饮马长城窟行》一首；辛延年《羽林郎》一首；宋子侯《董娇饶》一首；诸葛亮《梁甫吟》一首。

以歌诗完整者分析，可以概括为两类：

一类具有教化、训诫的意味，与汉乐府诗中琴曲歌辞略同。如张衡《同声歌》借女子之口，表述甘愿尽心尽力侍奉夫君的心曲，诗中不避夫妻房中之事，绝非"喻臣子之事君"（郭茂倩《乐府诗集》卷七十六），当是教诫女德之作；诸葛亮《梁甫吟》吟咏"二桃杀三士"的历史故事，寄寓着仕途险恶的警示。这一类诗表现了汉代文人以儒家"诗教"律己、醒人的创作意识。

一类具有娱乐的意味，属于汉乐府诗中宴飨乐歌。如蔡邕《饮马长城窟行》用两面着笔的方法，一方面写思妇对远方夫君的日思夜想，另一方面写夫君寄书所表述的对妻子的嘱托与惦念。以夫妻离别之感伤，打动时人以悲为美的审美心理。辛延年《羽林郎》描述冯子都倚仗将军之势调戏酒家胡姬的故事。以喜剧性情节，迎合时人喜闻男女情事的审美趋向。宋子侯《董娇饶》以桑女攀折桃李花枝，引出人与桃李的问答，以桃李花凭借秋落春发的天性反讥桑女青春难再的描述，劝诫世人珍惜青春。以慨叹时不我待，顺应时人及时行乐的审美思考。三首诗所反映的都是世俗的情怀。由此可见，东汉文人乐府歌诗类五言诗是按照乐府的审美需求创作的，或者说他们的这种创作恰巧符合乐府机关的礼乐需求，从而被采录，成为乐府诗。

东汉文人诗歌类五言诗今存者，据逯钦立辑录有：班固《咏史》一首，残句三首；郦炎《见志诗》二首；秦嘉《赠妇诗》三首，残句三首；赵壹《秦客诗》一首，《鲁生歌》一首；蔡邕《翠鸟诗》二首；孔融《临终诗》二首，残句一首；蔡琰《悲愤诗》一首，残句一首。

此类文人五言诗比乐府类内容丰富，大致可归为三种类型：

1. 以咏史说教

如班固《咏史》，吟咏西汉文帝时缇萦救父的史事，起句交代当时吏治"肉刑"之背景，中六句叙述救父之过程，尾句以赞誉缇萦作结。其主旨在于宣传汉代统治者所提倡的孝道。

2. 抒写个人情怀

如秦嘉《赠妇诗》三首是一组赠别之作。秦嘉"为郡诣京"，本欲携妻同往，不意妻子"寝疾"，不能同行，而自己又来不及与妻子面别，只有赠诗表意：其一写获悉妻子因病不能同行，迎者"空往复空返"，带回的则是从希望到失望的期盼反差；其二写去京途中，欲留难留，"离愁渐远渐无穷"的离愁别绪；其三写临行之前，以心爱之物送与爱妻，并以诗留念的良苦用心。组诗表现了下层官吏情感生活的悲欢离合。

3. 表述对现实的不满与忧虑

如郦炎《见志诗》其一，抒写在"富贵有人籍，贫贱无人录"的社会中，不依赖"相卜"之命运,拼搏"由己"地追求"德音""功名"的意志;《见志诗》其二以灵芝、兰花生非其地,咏叹人不逢时、怀才不遇的感伤。两诗共同表现出下层文人对社会取士制度的不满。赵壹的两首诗辑自其《刺世疾邪赋》,《秦客诗》以鲜明的对比,表述了对富贵者称贤、文士被蔑视,奉迎者得宠、正直者被摒弃的社会现实的愤慨和难以理解;《鲁生歌》承接《秦客诗》的话语续说,虽然也表现了对黑白颠倒的社会现实的愤慨,但却归于不得已听天由命的自我安慰。两诗对汉末积重难返的扭曲价值观进行了辛辣的讽刺。孔融《临终诗》以一系列的比喻,述说社会的险恶和人际的诡诈,以至于用只有到死方能了却烦恼的反语,述说对人生灾祸难料的恐惧。蔡邕《翠鸟诗》采用比拟手法,以翠鸟寄居君子庭树聊得安生的侥幸,反映社会的动荡。蔡琰《悲愤诗》历数自己于汉末之乱中,被掳入胡,别子归汉,国人荼毒,家乡荒芜,自己人生不能自主,只有托于他人的诸多感慨,在个人的遭际中反映了国家与国民的悲剧境遇。这一类文人五言诗多出现在东汉后期,表现出文人的现实意识与时代思考,与乐府歌诗类文人五言诗有了创作取向的不同,更多地通过个人的经历、见闻与感慨观照更大的社会空间与矛盾,是汉魏风骨的先声。

东汉文人诗歌类五言诗,在风格上,与文人乐府歌诗类五言诗中教化、训诫类比较接近,但与娱乐类宴飨乐歌却有着较大的差异。

如乐府歌诗类蔡邕《饮马长城窟行》和文人诗歌类秦嘉《赠妇诗》,这两首诗都是从两面着笔:蔡诗先写思妇相思夜以继日,后借来信转述夫君的嘱托与惦念;秦诗先写自己临别思念因病而不能同行的妻子,后转写有感于妻子之厚爱以赠诗为报。两首诗都是以书信为诗眼:蔡诗借夫君之书信,点出两地相思,两情切切;秦诗以诗代信,凸显彼此爱恋,临别同悲。两首诗都是以夫君言语结篇:蔡诗以告诫语言情,告诫中实是关切;秦诗以自愧语言情,自愧中实含爱怜。可见两诗的构思大略相同,但风格颇显不同:蔡诗开篇比兴,以景入情;秦诗开篇写实,以事领起。蔡诗以"梦"的虚写、"枯桑""海水"的比喻、客来的铺垫、书信的点染,调动各种抒情手段;秦诗以"顾看""起坐"的行为、"钗""镜""香""琴"的实物、"愧""惭"的心境,攫取实物抒情。蔡诗重渲染,秦诗重白描;蔡诗多显夸饰,秦诗多显朴实。这说明,文人乐府歌诗类五言诗与文人诗歌类五言诗由于审美需求的不同,其写作手法各有侧重,其风格情调也颇见差异。即便是同一位作家，如蔡邕，他的《饮马长城窟行》与《翠鸟诗》也表现出这种表现手法与风格情调的差异。

五、《古诗十九首》

《古诗十九首》为南朝萧统从传世无名氏古诗中选录十九首编入《昭明文选》而成。它吸取了楚辞中的某些抒情技巧，又保持了乐府民歌的朴素自然与平易流畅，是我国文学史上早期文人五言诗的典范。《古诗十九首》是乐府古诗文人化的显著标志，在中国诗歌史上占有重要地位，明王世贞称其为"千古五言之祖"（许学夷《诗源辨体》卷三）。陆时庸谓其一身而兼有"风余"与"诗母"，实际上说明了它在古典诗歌从上古至中古的重大转换中处于枢纽地位。

《古诗十九首》的特点是语言平易而长于抒情，刘勰《文心雕龙·明诗》称誉曰："观其结体散文，直而不野，婉转附物，怊怅切情，实五言之冠冕也。"钟嵘《诗品》赞颂它"文温以丽，意悲而远，惊心动魄，可谓几乎一字千金"。清人陈祚明《采菽堂古诗选》曰："《十九首》所以为千古至文者，以能言人同有之情也。"

《古诗十九首》，始见于《文选》"杂诗"类，因这些诗均是汉代的遗篇，南朝梁代当然要称之为"古诗"，况且这些诗内容又极为相近，所以《文选》将其汇编为一组，称《古诗十九首》。

关于《古诗十九首》的作者，古代文献偶有标识。南朝梁刘勰《文心雕龙》以为《冉冉孤生竹》是傅毅所作；南朝陈徐陵编《玉台新咏》将《行行重行行》《青青河畔草》《西北有高楼》《涉江采芙蓉》《迢迢牵牛星》《庭中有奇树》《东城高且长》《明月何皎皎》等八首题为枚乘作；唐虞世南《北堂书钞》将《今日良宵会》引作曹植诗。然而近代也有学者认为，古人对《古诗十九首》中部分作品的作者认定，缺乏实证，十九首绝非一人一时之作，但是十九首为文人诗则可以断定，而且创作十九首的文人，应为当时社会中下层失意的知识分子。

关于《古诗十九首》的产生年代，近代学者依据文人五言诗肇始于班固《咏史》的认知，推测十九首古诗创作于东汉后期建安前数十年间，但是这个依据的本身并不是五言诗产生时代的可靠结论，因此当代学者在五言诗起源与成熟时代的进一步研究中，又根据十九首古诗被汉诗引用，模拟等文化背景重新推测，认为《古诗十九首》的产生年代当在东汉的中早期。

分析《古诗十九首》的内容，可以概括为三种思想情感倾向：一是源于游学游宦，两地相思而引发的离愁别绪；二是感于人生短暂、生活艰辛而渴求的行乐意识；三是见于世态炎凉、人间冷暖而感伤的人情冷漠。

其一如第一首《行行重行行》，此诗以思妇的口吻述说，以相距"万余里"的遥远，相见"安可知"的无望，思念中的消瘦与憔悴，一唱三叹地倾吐了对夫君的深切思念，特别是"弃捐勿复道，努力加餐饭"的结句，寓意颇多，既道出了不思饮食的煎熬，又表述出不能熬坏身体，以等待与游子团聚的期盼。在十九首中，此类表述离愁别绪的作品最多。如《青青河畔草》写思妇独守空房的寂寥，《涉江采芙蓉》写游子思念故乡妻子的无奈，《冉冉孤生竹》写思妇新婚久别的惆怅，《庭中有奇树》写思妇相思难寄的苦恼，《迢迢牵牛星》借天上牛郎织女的离愁写人间相思，《东城高且长》写思妇抚琴抒怀的遐想，《凛凛岁云暮》写思妇梦见良人情变而担心婚变的忧虑，《孟冬寒气至》写思妇置书怀袖中的恋夫情结，《客从远方来》写思妇睹物思人的情感寄托。又有写游子思乡的《去者日已疏》《明月何皎皎》也可归于此类。

其二如第十五首《生年不满百》，此诗抒写由于人生短暂，求仙虚妄而不惜金钱、及时行乐的所感与所想，言语坦白，毫无遮掩，似乎只有如此才能享乐人生。此类诗在十九首中也占有一定的比例，如《青青陵上柏》写在与都市贵族生活对比而相形见绌的失落中，追求及时行乐，《今日良宴会》写在个体生命轻贱的自卑中追求功名，以尽情享乐人生，《驱车上东门》写鉴于死者已矣，求仙为误的生命体验与感悟，从而追求锦衣玉食的人生愉悦。此外《回车驾言迈》写在人如草芥，命非金石的意识中追求荣名传世的人生价值，以青史留名的价值观享乐人生，与及时行乐稍异。

其三如第七首《明月皎夜光》，此诗以时节的变换、秋蝉的悲鸣、玄鸟的远去为比兴，抒写"同门友"只顾自己"高举"，遗弃了曾一度"携手好"的作者，让作者感到"同门友"不过是个如同"牵牛不负轭"、全然不讲友情的"虚名"朋友。表露出对世态炎凉、人情冷暖的感伤。又有《西北有高楼》借高楼弹唱，寻觅知音，期望与同道比翼齐飞，表现了知音难觅的孤苦，与此诗同调。鉴于以上分析，不难看出，十九首的内容与汉乐府诗通过世情百态表现出的世俗情怀相比,甚或与有主名的文人五言诗相比,显得那么单纯与单一。不过,正由于这种单纯与单一,才集中地表现了中下层文人的内心世界,从这一点上说,其中反映的审美个性也是值得读者关注的。

《古诗十九首》虽然在内容上仅抒写文人情怀,比较狭隘,但在艺术上能广泛汲取民歌的优点,从而形成文人诗的独特风格,值得称道。

第一,十九首的抒情特点是以真为本。"真"指的是将内心的真情实感率真地表现出来,而绝不闪烁其词,吞吞吐吐。例如写离愁别绪,无论是从思妇着笔,还是游子自述,都能以真情出之。如《行行重行行》《青青河畔草》《冉冉孤生竹》的结句"弃捐勿复道,努力加餐饭""荡子行不归,空床难独守""君亮执高节,贱妾亦何为",均是思妇情怀的率真表露,即便羞于出口的闺中隐情也不回避;如《涉江采芙蓉》《明月何皎皎》的结句"同心而离居,忧伤以终老""引领还入房,泪下沾裳衣",均是游子真情的真实写照,直将躲入房中偷偷流下的男儿之泪也和盘托出。元陈绎《诗谱》评《古诗十九首》说:"情真,景真,事真,意真,澄至清,发至情"。正是注意到了十九首的这一要点,而这个"要点"正是汉代民歌的本色特点。

第二,十九首的构思特点是力求自然。其诗情缘事而发,犹如脱口而出,毫无矫饰,即便有所"推敲"也不见刀斧之痕。如《客从远方来》中说,"客从远方来,遗我一端绮",首句交代事之缘起;"相去万余里,故人心尚尔",二句因故人所赠而有感;"文采双鸳鸯,裁为合欢被",三句将故人所赠裁制成被;"著以长相思,缘以结不解",四句既描写缝制锦被的过程,又以双关暗示用意("思"谐"丝"音,指做被的棉絮,是谐音双关;"结"既指缝线的结扣,又指情结,是语义双关);"以胶投漆中,谁能别离此",结句将上句暗示的用意明确地说出,道出了思妇矢志不渝的心愿。全诗句句缘事而发,句句因事顺承,事情的发展,情感的抒发,有因有果,全是自然生成。明谢榛《四溟诗话》评《古诗十九首》称其"自然过人",说出了十九首在构思方面出人头地的关键,而这个"关键"也是汉代民歌的本色特征。

第三,十九首创造意境的特点是整体浑成。清费锡璜《汉诗总说》评《古诗十九首》说:"不可摘句,章法浑成,句意联属,通篇高妙。"意谓十九首将诗歌视为一个表意的整体,诗中的一字一句都为表意的整体服务,合之则境界全出,分之则不成片段。如《西北有高楼》，诗中既有景物描写，也有音乐描写，还有心理描写，然而三种描写有机地联系在一起，不仅不可分割，而且环环相扣地表述着诗意：远眺是与云齐的高楼，近看是三重阶的阿阁，细致寻觅楼阁上有一扇雕饰精美的绮窗，窗中传出了弦歌之声，声音那么悲凉，随风传送，传来的弦歌弹唱到中曲，不断地反复演奏，演奏者的反复弹唱在慷慨中流露出哀愁，那哀愁不是悲哀弹唱者自己的苦楚，而是悲哀没能遇到了解自己的知音，那弹唱好像在说，假如能遇到志同道合的知音，就愿与他化为一对鸿鹄，一同振翅高飞。正是在这景物、音乐、心理的紧密关联、步步层进的描写中，精神孤独的诗歌意境跃然而出。这是汉代民间抒情歌诗中难得一见的创造意境的方式，说明了十九首古诗在民间歌诗基础上的提升。

第四，十九首的语言特点是凸显文人的语体色彩。十九首虽在汉代民间歌诗中汲取营养，但也有意识地突出文人自己的特色。关于这一点，除前面讲到的意境创造外，在诗歌的语言方面也有明显的表现。如十九首中《生年不满百》全从乐府古辞《西门行》中化出，但两诗语言风格显然不同。

《西门行》与《生年不满百》相比，前者为长短句，后者为五言；前者表意驳杂复沓，后者调整了语句顺序，使逻辑清晰、脉络清楚；前者六解一百十八字，文字繁复，后者删去了"三解"，将一、二解紧缩为"为乐当及时，何能待来兹"一句，将五解紧缩为"仙人王子乔，难可与等期"一句，将字数减少至五韵五十字，使语言简洁明快；后者在袭用前者语句时，改动了个别词语，使诗句内涵更为丰富。如将"昼短而夜长"的虚词"而"改为实词"苦"，注入了情感色彩；将"贪财爱惜费"中"贪财"改为"愚者"，因为"愚者"不仅涵盖了"贪财"所表现的意义，而且还含有不懂得人生短暂、求仙无望、及时行乐等诸多义项，拓展并深化了词语的表意作用，表现出文人诗的语言思维。此外，十九首中还多用典、化用前人经典语句，也是文人语体的重要表现。

第六章　汉赋与汉代小说的发展

汉赋以其宏大的规模，丰富的内容，华丽的词采，充沛的创造力，体现了汉代文学的基本精神特点，成为最能代表汉代文学特征及成就的一种文体。两汉时期还有一类书，它们或以历史传说人物为主人公叙述其事，或以神仙鬼怪为中心彰显其神，抑或以异域殊俗为题大炫其博，这就是小说。本章就从汉代的赋和小说两种文学展开论说。

第一节　汉代赋体文学概况

一、汉赋的定义与起源

（一）"赋"的定义

"赋"原先并非文体的名称，其较早的含义有二，一为诵读，一为铺陈。《楚辞·招魂》："人有所极，赋同心兮。"王逸注云："赋，诵也。"《国语·周语》："故天子听政，使公卿至于列士献诗，瞽献曲，史献书，师箴，瞍赋，矇诵，百工谏，庶人传语，近臣尽规，亲戚补察，瞽、史教诲，耆、艾修之，而后王斟酌焉，是以事行而不悖。"[1] 韦昭注云："无眸子曰瞍，赋公卿列士所献诗也。"即盲艺人诵吟歌诗。范文澜《文心雕龙注》说："春秋列国朝聘，宾主多赋诗言志，盖随时口诵，不待乐奏也。"《周语》析言之，故以'瞍赋矇诵'并称；刘向统言之，故云'不歌而诵谓之赋'……窃疑赋自有一种声调，细别之与歌不同，与诵亦不同。荀屈所创之赋，系取瞍赋之声调而作，故虽杂出比兴，无害其为赋也。"赋为诵读，可有抑扬高下之声调。从《左传》《国语》等先秦古籍"赋诗言志"的文句中多

---
[1] 左丘明. 国语[M]. 北京：商务印书馆，2018.

可见"赋"的"诵读"意义。敷陈其事而直言之者也。《诗经》中的"赋"就是指不比兴而直陈其事、直抒其情的表现手法。

"赋"还有铺陈之意。东汉刘熙《释名》说："赋，敷也，敷布其义谓之赋。"《周礼·春官》："诗六教，曰风、曰赋、曰比、曰兴、曰雅、曰颂。"郑玄注："赋之言铺，直铺陈今之政教善恶。"孔颖达《毛诗正义》："风雅颂者，诗篇之异体；赋比兴者，诗文之异辞耳。"前者是以诗的内容和功能分体，实则是为《诗三百》划类；后者以诗的表现手法分界，实则是对诗三百创作艺术的概括。

"赋"之诵读与铺陈义，与其作为一种文体的名称是有内在联系的。赋既以陈述性、叙述性和描绘性为主要的内容和手段，其描绘事物便很容易走向铺陈排比，在时间和空间上有极大的延展性，篇制亦不免宏大。以这样的文章诉诸诵读，倘不与说唱文学之注重节律、用韵的特点相结合，便不能方便记忆，吸引听者。所以，人们把上述表现手法为主、兼具说唱文学性质的文体命名为赋，也就是很自然的了。

现知最早以赋名篇的是荀子，他创作的《赋篇》包括《礼》《知》《云》《蚕》《箴》五赋。这五篇赋，从形式上说与《诗》无异，它们所以被称为"赋"而不称为"诗"，根本原因在于它们不入乐歌唱。荀子《赋篇》的出现，标志着赋这种文体的形成。

（二）赋之渊源

"赋"作为一种文体兴于大汉，而就其文学渊源来说却可追溯于更早的先秦时期，是在前代文化遗产中孕育发展起来的。

汉赋的形成首先受到《诗经》的影响。班固《文选·两都赋序》即云："赋者，古诗之流也。"肯定了汉赋与"诗"有着明确的继承关系。从思想意识上说，汉赋继承了《诗经》的美刺传统。在汉人看来，《诗经》里的《雅》《颂》充斥着"通讽谕""宣上德"的内容，美、刺是它的思想核心。而典型的汉大赋是不出讽谏与歌颂两个内容的。如司马相如《子虚赋》《上林赋》意在讽谏帝王的奢靡；扬雄《校猎赋》《长杨赋》意在劝止天子羽猎扰民；扬雄《蜀都赋》和张衡《南都赋》，是对家乡的赞美；班固《两都赋》与张衡《二京赋》则是对都城的竭力赞美。从内容上说，清人刘熙载《艺概·赋概》概括说："言情之赋本于《风》、陈义之赋本于《雅》，述德之赋本于《颂》。"①指出了赋在内容表达上可导源于《诗》。从表现形式来说，汉赋也颇受《诗经》的影响。"赋、比、兴"是《诗经》的三种不同的表现手法，其中"赋"的主要特点是对客观事物进行直接的描绘，而这正是汉赋用以状物写情的最常用方式。汉赋从《诗经》那里还继承了语言形式。《诗经》的基本句式是节奏为二拍的四言句，这种句子和韵律形式在汉赋中被大量使用。

汉赋亦受楚辞的影响。《文心雕龙·诠赋》云："赋也者，受命于诗人，拓宇于楚辞也。于是荀况《礼》《知》，宋玉《风》《钓》，爰锡名号，与诗画境，六义附庸，蔚成大国。遂客主以首引，极声貌以穷文，斯盖别诗之原始，命赋之厥初也。"在汉人心中楚辞与汉赋是不分家的，班固《汉书·艺文志》罗列了包括屈原、宋玉、唐勒、荀子、贾谊、枚乘、司马相如、司马迁、扬雄在内的赋家106人，一千余篇。汉赋中的骚体赋与以《离骚》为代表的楚辞更是相近。两者关系紧密若此，关键在于从内容到形式楚辞对汉赋都有很大的影响。在内容上，汉抒情赋受楚辞影响，也在赋中抒发作者的怀才不遇、郁郁不得志和对祖国对人民的关切。如贾谊《吊屈原赋》、董仲舒《士不遇赋》、司马迁《悲士不遇赋》、蔡邕《述行赋》、张衡《思玄赋》莫不如此。从艺术表现形式上讲，汉赋描写事物往往尽夸张之能事，宫室园林、奇珍异兽、歌舞狩猎无所不言其极，更善于虚构人物、场景以张己说，均受楚辞之启发。汉赋辞藻文采动人、壮美富丽，也是从楚辞学习来的。汉赋作家追随楚辞遗风，学习丽靡之辞，高水平者能学习到屈宋作品的精华，一般作者亦会猎取美丽的辞藻，而水平再不济的人也能从中学习到有关香草美人的比喻。

从汉赋中还可以明显地看到先秦纵横家说和诸子散文的影子。春秋战国是中国散文的第一个高峰期。其时士阶层为建立一家之言，都很注意论辩的方式、技巧和语言的表现力。首先，诸子散文中抽象的道理往往须借助感性的形式与形象说明，对物象与事象的描绘十分关注。这种表现方式无疑拓展了赋的手法。其次，先秦散文的卒章显志影响了赋曲终奏雅模式的形成。战国纵横家游说人主，既要达到目的，又不可逆触龙鳞，故十分重视采取迂回曲折的论辩方式。往往在论辩过程中比物连类，铺彩摛搁文，而在文章的最后点出所批评建议之处。汉代辞赋作家也继承了战国文章的论辩方式和论辩技巧，欲抑先扬、曲终奏雅。再次，先

---

① 刘熙载.中华传统文化经典全注译情精讲丛书 艺概[M].南京：江苏人民出版社，2019.

秦散文问答体对汉赋主客问答具有一定影响。战国时的诸子哲理散文多采用问答方式来组织文章的内容。如《论语》常以孔子与弟子的对话引出所要表达的思想，《孟子》的《梁惠王》《滕文公》《公孙丑》《告子》等篇章，都采用一问一答的方式，提出论题，阐发论点。《墨子》基本上也是用这个问答的方式来组织内容，不过其一问一答并不明显，而是设为问题，然后加以阐发，较为隐蔽。《庄子》中的寓言和重言，也善于采用虚构人物对话的形式展开议论和描写，最后使一方被另一方说服，其形式具备了散体赋的雏形。汉大赋篇章构造上，鲜明的特点是"述主客以首引"，即设为主客问答，以此贯串内容，表明赋家对事物和某些行为的态度。这类篇章结构方式就受到先秦散文问答体的启发。

二、汉赋分类及其特点

按照构成赋体形式的语言结构，汉赋主要可分为骚体赋、散体大赋和抒情小赋三大类。

（一）骚体赋

骚体赋是指受楚文化影响，模仿屈宋骚体而形成的一种以六言为主、句中带兮字的赋。楚文化，也称荆楚文化，是产生于长江中游一带的古老文化。"楚文化的主源可推到祝融，楚文化的干流是华夏文化，楚文化的支流是蛮夷文化，三者交汇合流，就成了楚文化了。"① 汉初楚声兴隆，这种现象的形成有多重文化原因，而其中最重要的一是汉初立国君臣多楚人，表现出对故乡地域文学之热情浪漫、苍凉激越特色的追忆和倾慕，二是楚文化的艺术精神与汉初思想的符契，这充分表现为汉人一方面试图通过楚文化浪漫神奇的艺术想象来把握蓦然呈现眼前的地广物厚、生灵汇聚的现实世界，一方面又从楚人发抒浪漫情思间所寄寓的对大自然的惊愕与恐惧的心态中接受了一种永恒忧患，并将此忧患意识从自然转向汉初战乱方息的满目疮痍、隐难未尽的现实社会。缘此两重原因，足可理解屈子激情与荆楚悲剧在汉初仍有震人心魄的力量和独占文坛的殊绝地位。汉初，楚辞由南方传到中原地区，刺激了骚体赋的产生，如刘勰《文心雕龙·诠赋》所说："赋也者，受命于诗人，拓宇于楚辞。"

---

① 张正明. 楚文化史[M]. 上海：上海人民出版社，1987.

骚体赋在汉赋中占有相当的数量，它在内容上以抒发情志为主。从汉初贾谊至汉末王粲，骚体赋的创作未曾中断。在文人五言诗产生以前，骚体赋几乎是汉人最主要的文学抒情形式。骚体赋之所以在汉代如此兴盛，从文化上说，是由于汉文化与楚文化一脉相承，特别是在艺术审美层面上汉文化中包含了较多楚文化的成分；从心理因素上来说，是由于出身于士的赋家大多有种不遇之感和忧患意识，在心理和精神上极易接受楚骚的悲剧情节，牵系悲怨，宣泄愁思。

汉初是骚体赋的兴盛时期，此时骚体赋表达的思想内容十分丰富。贾谊《鹏鸟赋》表达的是失志者苦闷落拓的情怀，《吊屈原赋》表现的是悼古伤今的怨愤沉思，《旱云赋》表达的是对农民的同情和对农业生产的关注，以及对无道政治的怒斥；严忌《哀时命》表现的是愤世者返归于真的愿望；淮南小山《招隐士》是招怀天下俊伟之士的作品，表现出一种凄清冷寂、幽美孤独的境界。在汉初骚体赋的语言节奏与思想情感和谐一致，基本沿袭了楚辞灵活运用句型的传统，很能够传达出楚辞的真精神。至汉武帝时期，赋家蜂起，骚体赋也出现了新的变化。一些赋家尝试对楚辞的句式有所突破，淮南小山的《招隐士》在句型、用语以至意境的创造方面取得的成果即是一例。作者仿屈原《招魂》，招回隐者，谓山中不可久留，句式参差不齐，辞采绮丽多姿，造成山中诡异莫测的环境和气氛。这样的作品在体式上虽然源于楚辞，但已很有个性色彩。

自经学大昌以来，伴随着诗三百的经学化，《离骚》也逐渐被视为楚辞之经，成为汉人模仿的对象。骚体赋形式的逐渐规范化。就现存的骚体赋看，东方朔的《七谏》和严忌的《哀时命》是最早将楚辞句型规范化了的作品。"□□□○□□兮，□□□○□□兮"（○为虚字），是贯穿全文的基本句式。只是因为个别句子在字数上略有增减，才使呆板的节奏稍有波澜。随着汉代政治的愈益黑暗和经学不良影响的愈加严重，文人艺术上的创造性也随之磨灭殆尽。骚体赋题材、主题定型化，思想情感完全僵化，最终成为其致命弱点。许学夷《诗源辩体》（卷三）论汉代骚体云："屈宋《楚辞》，本千古辞赋之宗，而汉人模仿盗袭，不胜餍饫。"此说虽不免笼统，然却从一个角度说明了后世骚体偏于形式的模拟因袭，加快了这种文学样式存在价值的消解，待五言诗兴起之时，骚体赋就移交了它用以抒情的地位和作用。

（二）散体大赋

散体大赋，世称汉大赋，是汉代赋体文学的代表性形式。它汲取了先秦各文体之所长，不拘篇制，结构宏大；句型丰富，韵散结合，声律协美；一般由小序、正文和结尾三部分组成，主客问答，连接全篇；写物为主，润色鸿业，兼具讽喻；采用了铺张扬厉的手法和博富绚丽的辞藻。风格绵密细致、富丽堂皇，具有极高的艺术技巧。汉大赋的极盛期是武、宣之世，枚乘《七发》是标志着散体大赋形成的第一篇作品。司马相如《子虚赋》《上林赋》则确立了汉代散体大赋的基本模式，为后世典范。旧传司马相如答盛览问作赋谓"赋家之心，苞括宇宙，总览人物"（《西京杂记》卷二），概括了散体大赋的创作思想。王世贞说："作赋之法，已尽长卿数语，大抵须包蓄千古之材，牢笼宇宙之态。其变幻之极，如沧溟开晦；绚烂之至，如霞锦照灼，然后徐而约之，使指有所在。"（《艺苑卮言》卷一）

一般说来，散体赋有下面几个特点：

其一，在谋篇与体式上，散体赋普遍采用虚构人物进行主客问答的方式。起始部分多用带议论的散文领起，设为主客问答，引出中间几段韵文铺叙的内容，最后再用一般带议论的散文结束。如司马相如《子虚》《上林》之子虚乌有、亡是公的辩论；扬雄《长杨》之子墨客卿、翰林主人的对话；班固《两都》之西都宾、东都主人针锋相对；张衡《二京赋》之凭虚公子、安处先生的论争则为个中代表。辞赋之问答体，在宋玉《风赋》《高唐赋》等作品中已形成，而发扬这种体制并以论辩形式表现思想，则为汉大赋所擅长。这是汉代赋家汲取先秦诸子散文之理性精神及论辩方法的结果。主客问答在散体赋中形成了固定的程序，使得以描写为主的散体赋带有情节色彩，在对话中加入议论，以委婉而切中要害的方式表达作者的观点。

其二，在遣词造句方面，力求丰富华美；在表现手法方面，竭力铺陈夸张。很多赋家具有良好的教育背景，幼即习经，基础功底深厚，其中一些还撰写了语言文字类著作，如司马相如作《凡将篇》，扬雄作《训纂篇》，班固作《十三章》。他们为显示博学，增强赋作的娱乐性，行文之间常常奇字连篇，堆砌华词，使汉赋语言竞逞辞藻、争奇斗靡、求偏究繁。散体赋在叙述描写时还有烦琐细致，洋洋洒洒，大量铺陈的特点。如《洞箫赋》《长笛赋》这类咏物赋，对所咏之物进行全而细的描述，往往琐细至极，不厌其烦。又如《上林赋》《羽猎赋》《二京赋》

等大赋常把诸多事物一一列举,各类情况统统展现。时空上的无限延伸,事物品类的穷尽罗列,变化形态的极致描写,以及创造境界的至高至美,共同造就了汉赋的宏大结构、缭乱画面和惊心气势。如扬雄所说,汉赋写作:"必推类而言,极丽靡之辞,闳侈巨衍,竞于使人不能加也。"(《汉书·扬雄传》)

其三,在主体精神方面,存在"讽谏"与"尚美"的矛盾。散体大赋形成伊始,就具备了"讽谏"与"尚美"的双重使命。赋体文学的"讽谏"作用,是继承了《诗经》"国风好色而不淫,小雅怨诽而不乱"和《楚辞》"作辞以讽谏,连类以争义"的思想。这一思想在赋序"作赋以风""上赋以劝"的表述中和赋作结尾的说教中有明确印证。自枚乘《七发》始,汉代散体大赋在结构篇章时,往往经过大幅铺陈和细致描摹田猎、女乐、宫苑、饮食、音乐、山水的盛美后点出作赋的真实用意,即对统治者的劝谏和建议。但散体赋的结尾所寄托的这种讽谏的往往比较含蓄和简短,所以,扬雄曾概括这种特点说:"靡丽之赋,劝百讽一,犹驰骋郑卫之音,曲终奏雅。"(《汉书·司马相如传》)汉散体大赋之"尚美"落实在创作思想上,是起着与"通讽喻"对称的"宣上德"的作用。汉赋主题上以夸耀帝国的声威,歌颂胜利者的功德为主。其审美意趣已不停留于汉初骚赋的怨思和悲情,而是通过侈丽繁复的铺排渲染表现与帝国气象、时代精神和大一统文化相契合的壮阔气概。优秀的汉大赋既非仅有思想内容的讽谏,亦非徒有华丽外表的美文,而是致用意义和鉴赏价值的合一,展现了文学功利性与审美性的融合。

(三)抒情小赋

抒情小赋产生于东汉中后期,盛行于魏晋南北朝,唐宋以降一直绵延不息。抒情小赋篇幅较小,手法精巧,抒情言志,针砭时弊,感情真挚,风格多样。张衡《归田赋》、赵壹《刺世疾邪赋》、蔡邕《述行赋》等为其代表。

张衡的《归田赋》可谓抒情小赋的先驱,它标志着汉赋创作在铺陈排比的大赋之外,已出现了一类清新淡雅的小赋。它打破了大赋歌功颂德、美化盛世的基本模式,摒弃了大赋篇幅冗长,繁重浮夸的缺点,创造了简洁灵巧、情感丰富的赋体新制,为赋坛带来一股清新自然之风。

汉代抒情小赋的特征主要有以下几点:其一,强烈的抒情色彩。与汉大赋旨在宣德美业有所不同,汉代抒情小赋十分注重表达作者的真情实感,无论是个人遭际的愤懑不平,还是世事险恶的惊惧警惕,抑或是政治黑暗的痛心疾首,都在赋作中有十分鲜明的表达。如蔡邕《述行赋》托古讽今,表达了对逆臣贼子罪恶行径的愤怒,对忠诚正义之士的赞扬钦佩,以及对政治腐败宦官当道的强烈不满。又如赵壹《刺世疾邪赋》犀利尖锐,文笔大胆地讽刺了当时封建集权制的弊端,揭露了豪强之家与宦官之辈的无耻行径,也表达了正直之士才华志向得不到施展的愤懑不平。抒情色彩强烈,感情真挚热烈。其二,篇制短小、形式灵活。抒情小赋短小简洁,精练耐读,韵散结合,没有固定的句式要求,更利于灵活而深刻地表达思想。其三,题材广泛。抒情小赋的题材十分丰富,大致可分为纪行赋、述志赋、托物言志赋、爱情赋四种类型。每种类型都可包括诸多不同的内容主题。如祢衡《鹦鹉赋》是托物言志赋的代表,该赋通过赞鸟,暗示自己如鸟一样才智出众,却被权贵压迫怀才不遇,"闭以雕笼,剪其翅羽"。

汉代抒情小赋的出现与当时政治腐败、社会动荡和士人才智不得施展有十分密切的关系。黑暗而压抑的现实,决定了士人要用新的方式抒发心中愤懑不平与郁结之气,以往的赋体形式已经不能满足抒情言志的要求,于是更利于表达情感的小赋应运而生。但东汉还不是抒情小赋的成熟期,它未能在东汉成为文学的主流。

汉赋的缺点是反映的生活面还不够宽,基本上集中于润色鸿业和对自身遭际不平的怨叹,对广大劳动人民的生活较少注重;散体大赋一味对客观对象进行铺陈描写,而很少或极隐晦地表现作者的内心世界和主观感受;除抒情小赋外,其他三类赋作在形式上逐渐程式化,在相互模仿和前后承袭间作品失去了内在精神,显得呆板无趣。尽管如此,与汉赋的成就相比,其缺点还是次要的,汉散体大赋在汉文学史上的重要地位不可撼动。

第二节 汉代汉赋分期及代表作家作品

一、西汉初期辞赋

西汉初期,楚汉之争战火刚熄,统治者面对千疮百孔、百废待兴的社会局面,谨记强秦剧灭的历史教训,施行与民休息的政策,黄老思想成为时代主潮。统治阶层中心尚无暇致力于文化建设，于是，大批文人纷纷依附于喜好文学之士的藩王。当时招致文士著名者有吴王刘濞、梁孝王刘武、淮南王刘安。《史记·梁孝王世家》记载，梁孝王招致四方豪杰，"自山以东游说之士莫不毕至"。《汉书·地理志》记载："汉兴，高祖王兄子濞于吴，招致天下之娱游子弟，枚乘、邹阳、严夫子之徒兴于文景之际。""而淮南王安亦都寿春，招宾客著书。"吴及淮南乃故楚地，梁也是受楚文化浸染较深的地区。西汉初年（前202年）的赋家或出生于楚地，或长居楚地，显然都受到楚文化影响。因此，"拓宇于楚辞"的汉赋在这些地域兴起，并非偶然。这一阶段，统治阶级内部斗争比较复杂激烈，依附于统治集团的文士或遭遇坎坷，或有心态忧恐，使他们对屈子激情与楚骚悲音有一种特殊的亲近心理，于是他们追屈仿骚，创作了不少骚体辞赋。因此，西汉初期辞赋作者有鲜明的地域性特点，作品受楚辞的影响很深。

（一）贾谊赋

贾谊是汉初杰出的政论家和文学家。其赋今存有《吊屈原赋》《鹏鸟赋》《旱云赋》《惜誓》。前两者是迄今所能见到的汉人最早的骚体赋。贾谊与屈原有着相似的生平际遇和思想感情，所以其赋可谓得楚辞之真精神。刘熙载《艺概·赋概》："屈子之赋，贾生得其质。"其赋多结合自身遭遇，表现对当时社会的批判，在艺术形式上，有的受楚辞影响较大，有的则趋向散文化，显示出辞赋由《楚辞》向汉代大赋发展的迹象。

《吊屈原赋》是贾谊赴任长沙王太傅时，途径屈原所沉之汨罗江，有感而作。《汉书》本传云："（屈原）被谗放逐，作《离骚赋》……遂自投汨罗而死，谊追伤之，因以自喻。"该赋表面上是为屈原鸣不平，实则是倾吐个人心曲，为自己的怀才不遇而愤懑不平。正如此赋通过鲜明的对比和恰当的比喻对造成屈原悲剧命运的黑暗社会进行了猛烈抨击。赋中由动物的尊卑贵贱写到人的贤愚善恶，指出他们之间的好坏优劣全部倒置，这完全是个毫无道理、贤愚不分、黑白不明的社会。这既是对屈原所处时代的控诉，对屈原的哀悼，也是对自身遭遇的感愤，指斥了排挤自己的权臣。

贾谊悼古怀屈以伤今感身，并且在他看来自己的遭际与屈原相比更为困窘。毕竟屈原在以身殉楚之外，尚有"自引而远去""远浊世而自藏"的选择。而自己生活于一统帝国，只能听命于汉帝、服侍于汉朝，没有任何择主而事的机会，也没有主动改变命运的可能。反映了作者在西汉大一统的时代，被皇帝疏远之后难寻出路的苦闷。故贾谊以更加激烈的情绪，表达自己绝不苟同流俗的人生态度与不肯受辱于恶势力的坚贞气节，并对屈原的选择表示了沉痛的惋惜和感慨。

此赋是汉初文坛的重要作品，是以骚体写成的抒怀之作，也是汉人最早的吊屈之作，开汉代辞赋家追怀屈原的先例。在艺术形式和技巧方面基本承袭《楚辞》。不同处在于，屈原作品中作为全篇总结的"乱曰"比较简短，置于篇末；《吊屈原赋》的"讯曰"则议论较多，且放在篇章的中间，在比喻的运用上则不及屈原作品那样灵活多变，俳句的大量运用虽彰显气势，但也易显得冗繁。

《鵩鸟赋》是贾谊任长沙王太傅时所作，因为猫头鹰入室，他认为是不祥之兆，于是写下这篇作品，以自我安慰。《史记·屈原贾生列传》对此赋的写作背景交代甚详："贾生为长沙王太傅三年，有鵩飞入贾生舍，止于坐隅。楚人命鵩曰'服'。贾生既以谪居长沙，长沙卑湿，自以为寿不得长，伤悼之，乃为赋以自广。""鵩鸟"据《史记集解》引晋灼所述《异物志》的说法是："体有文色，土俗因形名之曰服，不能远飞，行不出域。"赋文对生死祸福，相依相存的关系，有极为深刻的思索。

《鵩鸟赋》可分为两部分。第一部分介绍了写赋的时间及原因；第二部分是赋的中心，表达了作者对人生短暂、生命渺小和具有不确定性的思索感受。受先秦道家哲学影响，贾谊把宇宙间的事物看作变动不居的发展过程，福祸、悲喜、吉凶紧密联系，互相转化，又用夫差、勾践，李斯、傅说为例进一步揭示"祸之与福兮，何异纠缠"。文中论说："天不可与虑，道不可与谋。迟速有命，焉识其时？"说明天道无法预见，生死有命，富贵在天。在此基础上，进一步指出人的生死如同宇宙间事物的千变万化，乃自然之法则。从这种世界观出发，他谈到了各种人物的处世态度，并表达了自己对幽远宁静生活的向往和乐观而豁达的精神境界。世俗之人贪财逐利、目光短浅，而真人、至人则超然物外，其形体和精神皆与道浑融一体。由此，作品境界大为开阔，作品的意蕴由忧戚怅惘的情感体验上升到死生一体、物我同化的理性思考，达到超然物外的精神境界。所以，刘勰云"贾谊《鵩鸟赋》，致辨于情理。"当然，贾谊没有办法真的做到超然物外，他始终没有消极隐退，作品中仍旧渗透着他的无奈。

《旱云赋》始见于《古文苑》，《史记》《汉书》《文选》以及唐代类书中均不见记载，但不能据此而断定此篇为伪作。据史书记载，汉文帝在位期间曾经发生三次大旱，即文帝前元三年（前177年）秋旱，前元九年（前171年）春旱，以及后元七年（前157年）春旱。将这三次大旱时间与贾谊的生平相对照，可知第一次秋旱时贾谊正处于志得意满之时，不似有此感触和批判，第三次春旱时贾谊已经去世十几年，所以，此篇《旱云赋》应写于文帝九年（前171年），作者时任梁怀王太傅，经历过官场沉浮，感受过世态炎凉。其赋写大暑干旱祸害民生，表达了他对农民的同情和对农业生产的关注，既谴责苍天无情，也怒斥政治无道。

赋文首先对大旱情形作了细致、形象的描绘，写出了旱日白云的变化，热浪腾涌，水枯木焦，农民愁苦等，十分生动。《旱云赋》对客观事物的细腻描绘，展现了汉初骚体赋在抒情的先秦文学向叙事体物的汉大赋转变过程中的过渡作用。

贾谊赋的艺术形式基本取法于楚辞，所以向来被视为汉代骚体赋的开山作家。但其赋作与屈宋楚辞又有所不同，例如《吊屈原赋》由屈辞的以抒情为主转为偏向于议论；《鵩鸟赋》假托自己与鵩鸟对话的形式，已与设为问答、虚构情节的大赋体式相似；《旱云赋》用相当的篇幅细致地铺写云的变化及大旱惨景，近于以铺采摘文见长的汉大赋。可以说，贾谊之赋继承楚辞，但又有新意，在由楚辞向汉大赋演进的过程中起到了一定的作用。

（二）藩国文人赋

汉初藩国文人之赋传于今者有严忌、刘安及淮南小山的作品。

1. 严忌赋

严忌（约前188年—前105年），本姓庄，因避汉明帝讳而改姓严，字夫子，吴（今江苏苏州）人。严忌初为吴王刘濞宾客，以文辩著名，因见吴王有反意，与枚乘上书谏阻而无果，遂去吴入梁，为梁孝王刘武宾客。但梁孝王亦图谋不轨，严忌心有隐忧，却不敢谏诤。梁孝王于景帝中元六年（前144年）病死，梁国一分为五，严忌等离散。《汉书·艺文志》著录其赋二十四篇，今仅存《哀时命》一篇。

《哀时命》为骚体赋，该赋亦包含自伤之意，为贤人失志之作。梁孝王觊觎王位，游士又为之出谋划策，严忌拥护一统，反对此类谋反行为，也知道谋反事发的严重性，前途命运的忧患始终萦绕心间。故作此文，哀屈原之不幸，同时表达自己生不逢时的哀怨，惧祸及身的隐忧，愤世嫉俗的感叹。《哀时命》运用骚体句式，宣泄怨思，抒发悲情，表现了楚骚悲剧情结在汉初士人心灵中的回响。但与屈原辞的九死不悔的抗争精神相比，更主张全身远祸，篇末以逃避祸患的游仙为指归，乃《离骚》所无，对汉人骚赋有很大影响。

2. 刘安与淮南小山赋

淮南王刘安博学有辩才，爱好辞赋，其奉诏所作《离骚传》，是目前所知最早解说《离骚》的著作，对《离骚》给予极高评价。《汉书·艺文志》著录其赋八十二篇，大多亡佚，现仅存《屏风赋》一篇。《屏风赋》仅三十二句，篇章比较短小。此赋可以看作刘安招致谋士的宣传，和对自己延揽人才、人尽其才的歌颂。赋的主体比较隐蔽，而其写物描绘却十分生动贴切。

《招隐士》，淮南小山作。由此可知，"淮南小山"是淮南王刘安门下宾客的集体称号，凡属"小山"者其类相近。关于"招隐士"所招的对象是谁，有不同说法。有人认为所招的隐士是屈原，朱熹《楚辞集注》："此篇视汉诸作最为高古，说者以为亦托意以招屈原也。"有人认为所招者为已经升仙的淮南王，也有人认为所招之人乃归隐山林的俊伟之士，王夫之《楚辞通释》言："为淮南王召致山谷潜伏之士。"王夫之的看法最为合理。《招隐士》应是刘安宾客为其招怀天下俊伟之士而作。

《招隐士》极力渲染深山野林环境的幽森恐怖，召唤和规劝隐士早日归来、不可滞留。该赋立意受《招魂》"外陈四方之恶"的启发，写景受《九歌·山鬼》的影响。它既保存了抒情诗的特点，同时也有颇类荀赋的句法，启迪了后来汉乐府中的某些杂言诗的创作。全篇音节铿锵谐美，风格奇崛高古。

（三）枚乘赋

枚乘，西汉文学家，在汉赋的成熟过程中他做出了重要的贡献。从身份上讲，枚乘因曾长期为藩王宾客应亦归入至藩国文士之中。但其在汉赋发展中的作用极其关键，遂单独述之。据《汉书·艺文志》记载枚乘有赋九篇，现存仅《七发》及《梁王菟园赋》《柳赋》三篇。其中《七发》一篇，是枚乘的代表作，为汉大赋成熟的标志。《梁王菟园赋》是现存汉代第一篇描写贵族园囿的作品，它以细致的笔法依次写园林的树木、山水、鸟类等，已具备大赋的雏形。《柳赋》，又作《忘忧馆柳赋》，描写柳之姿态，文辞清丽。但《柳赋》与《梁王菟园赋》等，不少学者疑为伪作，它们的艺术价值也远不及《七发》。

《七发》假托楚太子有疾，吴客前来探问，以主客问答的形式铺写而成。吴客认为太子的病是长期沉迷享乐、养尊处优造成的，一般的药石难以治愈，却可以用"要言妙道"来祛除。《七发》的写作目的，历来有三种说法。一为"戒膏粱之子"说，《文心雕龙·杂文》："盖七窍所发，发乎嗜欲。始邪末正，所以戒膏粱子也。"一为谏阻梁孝王谋反说，《文选》李善注云："（枚）乘事梁孝王，恐梁孝王反，故作《七发》以谏之。"一为劝止吴王濞篡乱说，梁章钜《文选旁证》引朱绶语：《七发》之作，疑在吴王濞时。扬州本楚境，故曰楚太子也。若梁孝王，岂能观涛曲江哉！"从《七发》的主要内容及当时的社会背景来看，警诫贵族子弟不要嗜欲无度、腐化堕落当是此赋的创作主旨。

全文共八段，首段着重叙写太子的疾病，吴客前来探问，叙述事情的因由。第二至八段，每段由吴客提出一个治疗方案，让楚太子考虑观察其反应，即"说七事以启发太子"，是为《七发》题名的来历。七事，包括音乐、饮食、车马、游宴、畋猎、观涛及"方术之士"的论辩。前六事，吴客由静至动，由近及远，一步一步地诱导卧病不起的太子的兴趣，启发其改变生活方式，而特别着力讲述畋猎、观涛这两种富于活力并开阔眼界之事，以为田猎可驱散懒惰的习惯，观涛有"发蒙解惑"的功效。到第七事时，吴客说要为太子引荐孔子、老子、墨子、孟子、庄子等高超才学智慧的"方术之士"论辩万物之理，结果太子精神大振，出了一身大汗，病就好了。

《七发》体现了骚体赋向汉大赋的过渡，在艺术上的特点十分鲜明：

第一，韵散不拘，长短结合。汉初骚体赋因受楚辞的影响，其句式往往比较整齐，讲究押韵，而且句末带"兮"字。但枚乘的《七发》别具一格，它韵散结合，句子长短不齐，即使在韵文部分中也极少用"兮"字，在文体方面整体上进一步散文化。

第二，篇幅更长、规模更大。枚乘的《七发》全文共有两千三百余字，篇幅宏阔，一改汉初赋家只有几百字的局面，像贾谊赋只有三五百字，其他同时代赋家的赋作，也大都只有几百字。《七发》在层层推进中表现出了雄伟宏大的文势和气魄。

第三，虚设主客问答的形式。《七发》在赋之开端即虚构了"楚太子"与"吴客"两个问答的主体，以假托问答的形式结构全篇，成为以后汉大赋写作结构全篇的主要手段。

第四，排比铺张的表现手法。从汉赋开始，简约而抒情的文学开始向繁复而叙事的文学发展，赋家更善于用铺陈排比、夸张比喻的形式对事物作全方位的描绘与刻画。在这一转变过程中，《七发》起到了承前启后的作用。它运用层层铺陈与奇特的夸张将医治楚太子疾病的六种手段一一道出，最后引出"论天下之精微，理万物之是非"的"方术之士"来，将整个论说过程铺展开来，气势大盛而道理愈深。《七发》的铺张排比，夸张罗列，上承楚辞，又不像骚体赋那样难出窠臼；下启散体大赋，又更为真实而没有那般烦冗。

第五，细致精彩的描绘，华丽丰富的辞藻。枚乘的《七发》的出现，既代表了汉初骚体赋的衰落，同时也预示着大赋创作的发轫。《七发》开创了汉代散体赋铺采摛文、夸饰渲染的传统，后来司马相如等人的作品都是沿着这个路子发展的。

二、西汉中期辞赋

西汉中期是汉散体赋最为辉煌的时代。而汉代散体赋至西汉中期勃兴，是与当时的社会政治、经济及文化发展水平相适应的。在巩固中央集权方面，对内而言，武帝时中央政府对诸侯的斗争取得了全面的胜利，彻底结束了西周以来诸侯割据的局面。对外而言，从元光二年（前133年）起，武帝连续对匈奴用兵，卫青、霍去病相继率师出击，匈奴的军事力量受到毁灭性的打击，自此一蹶不振。此外，武帝还辟西域、通西南夷，积极向东南等地开拓疆土。汉朝终于在武帝时期成为一个统一、强盛的中央帝国，甚至成为当时世界上最强大的国家。在文化建设方面，汉武帝"罢黜百家，独尊儒术"，兴太学、修郊祀、改正朔、定历数、协音律、作诗乐、建封禅……汉王朝空前统一强盛的现实使整个社会弥漫着一股不可遏止的豪迈情绪，极大地开阔了文人的胸襟和视野，也为他们提供了创作素材，体物颂美、铺陈夸张的赋体文学适时地承担了表现时代精神的任务。

武帝本身非常喜欢辞赋，听说枚乘善赋，即位之初，就用安车蒲轮征召之；每宴见淮南王刘安，谈说得失及方技赋颂，昏暮然后罢；读到司马相如的《子虚赋》，更大为赞赏，迫切召见。先前依附诸侯王的大批文人游士，也云集长安，投帝王之所好。宣帝继承武帝传统，亦颇好辞赋。班固《两都赋序》曾概述武宣之世赋风盛况。所以，《汉书·艺文志》著录赋家赋作，武宣之世最为繁盛。流传至今的，有司马相如、东方朔、汉武帝、董仲舒、司马迁等人的作品。其内容之丰富，体式之灵活，在赋史上可谓空前。

（一）司马相如赋

《汉书·艺文志》著录司马相如赋二十九篇，但多已亡佚。至今保存完整的有《子虚赋》《上林赋》《谏猎疏》《哀秦二世赋》《大人赋》《长门赋》《美人赋》等篇。其中最为著名的是为《子虚赋》《上林赋》，规模宏大、文采富丽，为汉大赋之楷模。《子虚赋》《上林赋》，《史记》和《汉书》引作一篇，称《天子游猎赋》。《文选》则分为《子虚赋》《上林赋》两篇。对此，历代学者多有分歧意见。司马相如客游梁时曾作《子虚赋》，武帝读过《子虚赋》后召为郎，司马相如"请为天子游猎赋"，《上林赋》似乎是《子虚赋》的续篇，这或许也是《文选》分为两篇的根据。还有一种观点认为汉武帝所读之《子虚赋》已经散佚不存了，今天所见的《子虚赋》《上林赋》实际上是将相如见武帝后所写的《上林赋》析成二篇而得。这应该就是《史记》与《汉书》引作一篇的因由。

《子虚赋》与《上林赋》虚构了三个人物——子虚、乌有、亡是公，通过三个人的对话结构全篇。子虚即虚言，极力称说楚国风物之美；乌有即无有此事，作为子虚的对立面诘难楚国之事，并大赞齐国之威势；亡是公即没有此人，驳斥了子虚、乌有的言论，提出最盛美的不过汉天子的苑囿物产，最壮大的不过汉天子的田猎活动。

《子虚赋》《上林赋》的内容是讽颂并存的，作品通过艺术的夸张，尊天子而抑诸侯，既颂扬了天子，比较形象地反映了汉代封建一统帝国全盛时的繁荣昌盛，也告诫诸侯要尊崇皇帝，不能逾越礼制，无视君臣大义。体现了司马相如维护大汉帝国一统的思想，迎合了汉武帝强化中央集权，削弱和打击诸侯王势力的政策。同时，又含有讽谏统治者不可以"奢侈相胜，荒淫相越"的深意。在艺术表现上二赋行文气势壮阔，波澜起伏，淋漓酣畅。

司马相如壮阔文风的形成，实际上是极度乐观和充满自信的时代心理在文学上的反映。他把天子上林苑描写得远远凌驾于楚国云梦与齐国大海之上，更将其中的山川、物产写得无比众多和齐备，这在现实中是不可能的，但在意识领域却是完全成立的。因为司马相如笔下的上林苑并非一个具体的苑囿，而是整个中国乃至当时人所理解的整个世界的缩影，在他看来天下的一切无不属于天子，所以他笔下的各种场面就显得非常壮阔，气势宏大。

《子虚赋》《上林赋》进一步确立了散体赋的赋体结构与描绘模式，二赋又好罗列名物，堆砌辞藻，又多用古文奇字，其词采之富丽可以说无出其右。后之散体大赋，大抵以此为式，效法模仿，遂形成散体大赋的文体风格。

除散体大赋外，司马相如也善于写作骚体赋。其中《大人赋》《哀秦二世赋》《长门赋》比较有代表性。

（二）东方朔、汉武帝赋

1. 东方朔赋

东方朔（前154年—前93年），字曼倩，平原厌次（今山东惠民）人，武帝时赋家。富于才学，待诏金马门，后为常侍郎。建元三年（前138年），拜太中大夫给事中。但因善于诙谐，性好调笑，多寓讽谏，而终不得重用。

今存东方朔辞赋有骚体《七谏》和散体《答客难》。《七谏》见于《楚辞》，为哀吊屈原之作，分为《初放》《沉江》《怨世》《怨思》《自悲》《哀命》《谬谏》等七章，而总名为《七谏》，它在文体上模仿屈原的《九章》和宋玉的《九辩》，甚至有部分语句直接借用，"乱曰"部分还隐约可见模仿贾谊《吊屈原赋》的痕迹。《七谏》以屈原的口吻抒发其怀才不遇、无辜被放的哀怨，陈述黑暗社会对贤才的压抑，并反复赞美屈原宁可赴江自沉、不愿苟且偷生的高洁品格。此赋既表达了作者对屈原的敬仰和同情，也寄托着自我的身世感慨。虽然《七谏》因刻意模仿而稍损其艺术价值，但它开启汉代哀悼屈原赋而分章的先河，仍是很有意义。

《答客难》是东方朔的代表作。在《文选》中没有归入赋类，然其文体基本上还是属于散体辞赋。东方朔并不满于自己"俳优"的地位，于是作《答客难》，以舒其愤懑。

《答客难》这种用假设问对来表达人生困惑、通过说反话来发牢骚的作品对后人影响很大。后来扬雄的《解嘲》、班固的《答宾戏》、崔骃的《达旨》、张衡的《应间》、蔡邕的《释诲》、崔寔的《答讥》、郭璞的《客傲》以及韩愈的《进学解》，都可以说是《答客难》模拟之作。

2. 汉武帝赋

刘彻（前156年—前87年），即汉武帝，在位五十四年，雄才大略，喜好文学艺术，周围聚集了一批文人雅士，汉代辞赋和乐府诗的兴盛，都与他的积极推动有关。汉武帝自己也进行创作，《汉武故事》记载其"自作诗赋数百篇"，虽或不确，但也说明汉武帝自己创作的作品数量也不少。《汉书·艺文志》著录"上所自造赋二篇"，有人认为就是《汉书》所载的《李夫人歌》和《文选》所载的《秋风辞》。

《秋风辞》这首诗讲的是刘彻于河东祭祀后土，宴饮时所作。汉武帝曾多次巡访河东，所以这首诗具体作于何时，历来多有争议。此篇以秋风起兴，捕捉了最有代表性的秋季物象：秋风飞扬，白云舒卷，草木黄落，大雁南归……引发对故人的怀念之情，感慨人生苦短。首句模仿刘邦《大风歌》"大风起兮云飞扬"，三四句模仿《九歌·湘夫人》"沅有芷兮澧有兰，思公子兮未敢言"，受楚地诗歌影响较大。此赋先描景，后叙情，在秋景的刻画后便是触景生情，感叹时间流逝。

（三）董仲舒、司马迁赋

1. 董仲舒赋

董仲舒，汉代大儒。今有《士不遇赋》一篇存世。此赋对号称太平盛世的汉武时代进行大胆激烈的抨击，感情强烈而思想深刻。所咏叹者，或是与统治者不合作的隐遁之人，或是直言极谏的忠诚贤良之人，突出了他们不同流合污的品格，并表现了自己超然的人生态度。

董仲舒《士不遇赋》开启了士人怀才不遇这种题材的赋作，除了司马迁的《悲士不遇赋》，还有陶渊明的《感士不遇赋》、明伍瑞隆的《惜士不遇赋》都是此类题材的作品。

2. 司马迁赋

司马迁，字子长，汉代史学家。《汉志》著录有赋八篇，今存《悲士不遇赋》。

司马迁《悲士不遇赋》或作于被刑之后。其所抒怨愤，同于前人；其所求名垂后世，则与前人立意不同。在此赋中，司马迁运用了与写《史记》完全不同抒情表意的方法，没有借叙述他人行事而渗透自我郁愤不平之气，而是直接抒情，毫无隐晦和保留。司马迁虽不是赋作大家，但该赋却自有特点，在形式上似骚体而不用"兮"，内容上多说理而少夸饰，直抒胸臆。

《士不遇赋》与《悲士不遇赋》是典型的贤人失志之作。董仲舒与司马迁的生平遭遇、学术理念虽不尽相同，但都志向远大、才识卓越、仕途坎坷。他们不约而同地在赋中对黑暗不公的现实表达了强烈的抨击与怨愤。在语言风格上，二赋不以铺采摛文为追求，而以朴素本色见长，沉痛真挚的情感寄寓其中，至今仍富有动人心魄的魅力。

三、西汉后期辞赋

西汉后期皇帝昏庸，外戚宦官交相乱政，国家日趋衰败，终于亡于外戚王莽。在此后数十年间，辞赋创作的势头明显弱于武、宣时期。歌功颂德的作品少了，而舒泄对浊世昏君的不满、有较强讽喻精神的楚骚作品则颇受青睐。此时出现了模拟之风，如扬雄《甘泉赋》《羽猎赋》《长扬赋》《两都赋》莫不受司马相如的影响，《解嘲》又模仿东方朔所作《答客难》。他们在模拟中更有突破，题材、手法、风格等方面均有所发展。当然，除扬雄这样的大家之外，还有一些二三流的赋家，其赋作纯为模拟，缺乏创造精神和真挚的感情，在大量此类作品的影响下，汉赋渐失生气。

（一）扬雄赋

扬雄，西汉后期赋家。其赋《汉书·艺文志》著录有十二篇，今存《甘泉赋》《河东赋》《羽猎赋》《长杨赋》等十一篇。后世将其与司马相如并称为"扬马"。

扬雄的赋大体可分为三大系列：

第一个系列，为骚体赋，其作品包括《反离骚》《广骚》《畔牢愁》《天问解》。今仅存《反离骚》一篇，虽然资料不多，但仍能从中认识扬雄早期的骚体赋创作特征及思想。

从文体风格看，扬雄反骚系列创作远绍楚风，却能别开新境。后世如唐皮日休《反招魂》、金赵秉文《反小山赋》、明徐祯卿《反反骚》、清汪琬《反招隐》等，皆踵其武。《反离骚》以激愤之思，比兴之词，达婉转恻之情的艺术风格，代表了扬雄早期的创作思想倾向。

第二个系列，为散体大赋，主要是扬雄四十二岁至京师后所作，包括《蜀都赋》《甘泉赋》《河东赋》《羽猎赋》《长杨赋》等。此时扬雄颇好辞赋，尤其推崇司马相如。此时的扬雄，关心国家大事，热心政治，对社会充满热情，对成帝寄托希望。反映在赋作上，表现出积极入世（颂扬和讽谏）的思想内容和宏衍博丽的艺术风格。

《蜀都赋》作于扬雄生活于故乡之时，作者以铺张扬厉的笔法，尽情描绘了家乡之美丽富饶。《蜀都赋》在辞赋史上有其特殊的地位。它是现存第一篇以都邑为题材的作品，开后世京都大赋的先河，之后班固的《两都赋》、张衡的《二京赋》、左思的《三都赋》都受其影响。

《甘泉赋》《河东赋》《羽猎赋》《长杨赋》作于成帝元延二年（前11年）、三年（前10年）。均有讽谕劝谏之意，警戒帝王息佚猎、绝奢侈、惜民力、崇国防。此时扬雄刚被征召到皇帝身边，对未来充满憧憬，对成帝的荒淫无能也没有彻底的认识，所以四赋完全是"劝百讽一"，讽谏之意不是特别深刻。相对而言，《长杨赋》的讽谏较为明显，而且文字平易，无其他三赋的艰涩之弊。就四赋的思想内容来说，主要包括以下几个方面：

首先，反对帝王生活奢靡。最有代表性的为《甘泉赋》。扬雄见到了当初汉武帝所兴建的一片宫殿楼台，觉得太过奢侈华丽，想要批评又非良机，沉默不言又心有不平，于是便采取"推而隆之"的手法，对这些建筑进行极度夸张的描绘，说这么富丽堂皇、巍峨大气的建筑只有鬼神才建造得出来，从而否定其宣扬国力君威的功用。对甘泉宫的夸张描写，暗含了对武帝不惜民力、大造宫馆楼台的批判，通过旁敲侧击的方式警示汉成帝。

其次，表达了对帝王放纵淫乱生活的批判。随着汉代一统格局的稳定及社会经济的发展，汉代帝王自汉武帝始就逐渐失去了汉初休养生息的精神，大兴楼阁，大肆田猎，纵情享乐。于是，扬雄作《羽猎赋》加以劝谏。扬雄担心汉成帝效仿武帝竞逞豪奢，所以作赋以劝谏。赋中形容了出猎前的准备活动，亦描写了出行时的盛大景象，极尽夸张、想象之能事。同时扬雄高度赞颂了汉文帝的勤俭节约，以此反对汉成帝的淫逸享乐。

再次，扬雄赋作中展现了他对农民生活的关注和同情。扬雄是赋家，也是经学家，在儒家思想的影响下，他深刻地理解一个王朝如果想要兴盛长久，就必须要处理好农民的生产生活问题。而汉成帝为了自己的享乐，置万千百姓于不顾。汉成帝为了显示自己的威风，竟不顾人民的死活，驱民入南山为其抓捕野兽。更以至于"农民不得收敛"。于是扬雄作赋，借子墨客卿之口，对汉成帝进行了指责。

最后，歌颂国家统一兴盛，强调"安不忘危"。西汉中期之前，奋发进取的精神、强大的国力、英明的君主等诸多因素共同创造了一个统一而兴盛的国家，这令汉人有一种自信与豪迈。但西汉的政权从汉成帝时起，逐渐衰落，而经过几十年的休养生息，匈奴的力量日渐恢复，和平景象背后隐伏着严重的战争危机。但此时汉成帝却坐享江山，没有检阅武事、巩固边疆之心。于是，在《长杨赋》中，扬雄大谈汉帝国创业之艰难，为了维护国家的统一，从高祖至汉武帝，进行了艰苦卓绝的斗争，希望以此来警醒成帝。

扬雄大赋与西汉前期大赋相比，有两个特点：一是在对统治者依附心理影响下的歌颂弘扬，二是出于衰世危惧心理的忧患讽谏，两种思想情感的矛盾斗争。《甘泉》《河东》《羽猎》《长杨》四赋，根据序言，其本意都在于讽喻劝谏。但赋作得到的讽谏效果并不明显，只不过平添了成帝的几许自信和骄傲罢了。这两重心态的矛盾冲突，导致了他以后"欲讽反谀"的忏悔。这四篇赋的艺术手法，在基本效法司马相如之铺陈夸饰的基础上又有所变化，如罗列名物较少，描写重点突出，结构与句法革新等。如《羽猎赋》《长杨赋》以散体句式为主，《甘泉赋》《河东赋》则运用骚体句式。并且他的每篇大赋都存有愁肠郁结的情绪，从中也可以看到扬雄大赋与反骚系列创作之间难以割裂的内在联系。

第三个系列，可称为抒情言志系列。大约自哀帝即位以后，扬雄开始了其创作的另一个时期，其作品包括《解嘲》《解难》《太玄赋》《逐贫赋》。由于仕途上的失意和生活的拮据，尤其对统治者的失望，令扬雄前期的满怀的政治热情逐渐冷却。这时他避世思想明显，但也比以往更深刻地认识和反映现实生活。在这些赋作中展现了他对现实和人生的思索。

扬雄之于汉代辞赋创作有很大的贡献。他扩充了赋的题材内容和描写领域，不但将描写的对象由天子的禁苑移到地方都市，而且跳出了宫廷生活的圈子。他增强了赋的艺术表现力，在模仿前人的基础上多有变化，或舍弃主客问答的模式，或用四言俳谐之句，使赋作更能恰当地表现重点，展现情志。扬雄的赋作短小精悍，结构严谨，布局巧妙，以较强的针对性论说问题，无论歌颂、讽谏，还是言志、自嘲，都能够由一点展开层层推进，描写论说清晰深刻。扬雄既写过体国经野、夸丽铺陈的大赋，也写过妙趣横生、雅俗交融的小赋。他在赋史上赢得了与司马相如并立的地位，对后世影响很大。

（二）班婕妤赋

西汉末年还有一位比较著名的女赋家——班婕妤。班婕妤（前48年—前6年），名字不详，成帝即位初被选入宫，因聪敏灵慧，升为婕妤。起初颇受成帝喜爱，曾生育二子，均不幸早夭。赵飞燕得宠后，班婕妤退居长信宫供养太后。成帝死后，班婕妤充奉园陵，卒后遂葬园中。

班婕妤写有《自悼赋》。此赋带有自述身世的性质，抒情性较强。前半部分主要抒写自己容颜老去和二子早夭的悲哀，以及无辜被弃的苦楚和退居长信宫的无奈。

受此赋影响，六朝诗人们喜用《班婕妤》《婕妤怨》《长信怨》《玉阶怨》为诗题。赋中的一些词语，如玉阶、丹墀、帷幄暗、房栊虚等，也往往被后世一些表现妇女哀怨的诗赋所沿用、化用。

班婕妤另有《捣素赋》一篇，但语言风格颇类六朝，多疑其为后人伪托，真伪莫辨，此不赘言。

四、东汉前期辞赋

东汉前期指光武帝、明帝与章帝三代，这是整个东汉相对强盛及稳定的时期。统治者重视文治，文士本身对文章创作也十分重视。本阶段历经六十余年，大致有前后两代作家。前三十年（光武帝时期）的作家大多遭遇过社会动荡，其创作不免有感时伤乱的情调，忧患意识及抒情性比较浓重，如班彪《北征赋》。后三十年（明帝、章帝时期）国力恢复，政局稳定，社会繁荣，此时创作多颂声，班固《两都赋》可为代表。东汉前期的汉大赋，虽然也具有润色鸿业的作用，但其用意和手法都与前人有相异之处。如班固《两都赋》是针对杜笃《论都赋》而作，主旨在于坚持定都洛阳，把东汉崇礼尚德与西汉的奢靡淫逸对比，警诫东汉之主。笔法更为写实，问题更为集中。东汉前期在辞赋创作的题材方面有很大的开拓：京都赋、征戍赋、自然山水赋以及专门描写舞蹈、季节习俗的作品应运而生。

抒写个人情怀的东汉辞赋，或表达个人情感体验，或诉说仕途失意的痛苦，或非议黑暗腐朽的政治。东汉辞赋文辞不若西汉华丽，但更为典雅，善用典征事，偏重于事实描绘，较少幻想成分。总体而言，东汉辞赋在行文气势上逊于西汉赋的磅礴恣肆，在夸张渲染之风上较西汉有所收敛。句式愈益追求整齐骈俪，用典也愈益趋于频繁。

（一）班彪赋

班彪，字叔皮，扶风安陵（今陕西咸阳东）人。东汉文学家、史学家。光武帝建武元年（25年），赤眉起义军攻入长安，三辅大乱，彪乃避难甘肃天水，依附隗嚣，劝说隗嚣投降光武帝不成，旋又避河西，依窦融。后经窦融举荐，得光武帝召见，举司隶茂才，拜徐令，以病免。后又举为望都长，卒于任上，年五十二。班彪本性沉重好古，喜好著述，最主要的贡献在史学方面，继司马迁《史记》作后传数十篇，为《汉书》所本。班彪赋有《北征赋》《览海赋》《冀州赋》《悼离骚》等。其中《北征赋》完整保存于《文选》之中，为其辞赋代表作，其他诸赋均为残缺之文。

《北征赋》是班彪从长安出发赴天水时所写的记行抒怀之作。体式模仿刘歆《遂初赋》，因地怀古，抒发情感，又兼及自然景色，记述作者沿途所见所感。较之《遂初赋》，此赋更为平易，感情真挚，感怀与典古很好地融合在了一起。

（二）班固赋

班固，班彪之子，东汉明帝、章帝时期最负盛名的赋家。赋作有《两都赋》《答客戏》《终南山赋》等，以《两都赋》为其代表。《后汉书·班固传》收录此赋作一篇，后来《文选》收录将其分为两篇，题名《西都赋》《东都赋》。实则两篇内容连贯而下，浑然一体，不可割裂，应视为一篇之上、下两部分。

《两都赋》的创作和东汉初年（公元25年）关于建都问题的争论有关。光武帝刘秀定都洛阳，曾遭到一些朝野人士的反对，到了永平年（公元60年）间，仍有"西都耆老"盛称西都的繁盛而鄙陋东都洛阳。于是班固自觉地充当起支持朝廷定都洛阳的舆论工具，作《两都赋》与移都长安的主张针锋相对。清人何焯认为此赋是针对杜笃《论都赋》而发，大体不谬。《两都赋》强调东汉应以西汉为鉴戒，不可学西汉的骄奢侈靡，并历数汉皇功德，说东汉帝王守礼俭约，颇有讽谏之意。

　　《两都赋》很有艺术特色。首先，主题鲜明。从赋的内容看，它始终围绕着"眩曜"与"法度"而铺陈议论。上篇着重揭示西都天子奢靡淫逸，极端享乐，大大逾越了礼制；下篇则极力歌颂东都天子合于法度，守礼有节，两者相较，其提倡法度的思想立刻显现。其次，有繁有简，层层递进。西都部分主在"眩曜"，所以对于都市、宫室和游猎等事进行不厌其烦地精细描绘，所占篇幅极大。东都旨在宣扬"法度"，所以宫室、田猎之事简要交代，而着重表现光武、明帝的政治活动。详略有度，突出了主题。《两都赋》还表现出层次分明的特点。如西都部分从长安所处地势写起，随后讲到市容之盛、宫室之美、游猎之大，最后写万民欢乐，笔触由外到内，由地理到人文，环环相扣。最后，风格雍容典雅。《两都赋》相对于司马相如、扬雄赋中的同类描写，写实性明显有所增强，自觉剔除了前代赋家津津乐道的离奇幻梦成分，某些必要的夸张渲染也处理得很有分寸，给人以内容丰富而描写平实的印象。毕竟作为一个坚定的儒者，"怪力乱神"是班固所不能接受的。《两都赋》以征实与夸张相结合的手法描绘城市，在赋文学史上，有开创的意义，此后张衡、左思等人的大赋，也基本上按照这条道路发展。赋的结尾又特意安排几首四言诗，把颂美倾向和典雅风格推向了极致。

　　《两都赋》笔调多姿，平实晓畅，语言上很少使用艰深奇僻的文字，排偶句式趋多，音调也趋和谐，表现出严整富赡、温润典雅的特色。相较而言，班固对西都富饶繁华景象的描写是建立在他亲眼所睹的基础上，加之作者熟悉史事，所以写得生动大气，很有文采；而写东都时，作者把君主理想化并增加了说教的成分，所以其史料价值和艺术价值都略逊于前者。

　　班固又仿《离骚》作《幽通赋》，宣扬儒家守道安命的思想；仿《答客难》《解嘲》作《答宾戏》，也有较重的儒家思想。《终南山赋》则仅留残文。

五、东汉中后期辞赋

东汉中后期是刘氏王朝由盛而衰,以至灭亡的时期。帝王昏庸无能,宦官与外戚交相把持朝政,周边异族不断侵扰,连年灾害旱涝不保,黎民百姓处于水深火热之中。东汉王朝大厦将倾,刘氏皇权威严丧失,以汉献帝即位为标志,东汉王朝已经名存实亡了。

伴随着汉帝国一统政权的崩坏,思想上出现了儒术经学的信仰危机,章句之学被疏离摒弃,正统学说被质疑,文人们更具自我意识,他们将更多的精力投入到文学创作中去。于是东汉中后期的辞赋创作呈现比较兴盛的态势。其特征主要表现在:题材丰富,其中既有娱乐之作,也有颂美和讽谏之作;既有述行序志之作,也有咏物说理之作。感情激愤,远承屈子发愤抒情的传统,近习党人精神,愤世嫉俗,对统治者敢于大胆激烈的抨击。体式变革,随着王朝急剧走向没落,以润色鸿业为主的散体大赋失去存在的现实基础,表达个人情感思想的抒情小赋作品开始兴盛。东汉中后期辞赋语言大多浅易流畅,对魏晋辞赋的发展有直接影响。

(一)张衡赋

张衡(78年—139年),字平子,南阳西鄂(今河南南阳)人。东汉中后期科学家、文学家。

张衡的赋今存完整者有《二京赋》《南都赋》《思玄赋》《归田赋》《应间》;其他多为残篇,有《温泉赋》《定情赋》《舞赋》等。张衡的赋从总体上说有两大特点。其一,继承性与创新性并重。《二京赋》继承班固《两都赋》,《南都赋》继承扬雄《蜀都赋》,《应间》承东方朔《答客难》及班固《答客戏》。在继承的基础上,张衡更有创新和开拓。如《二京赋》的内容要比《两都赋》丰富许多。其二,题材丰富,体式多样。张衡的赋内容体式多样,有写京都羽猎的大赋,还有以温泉、舞蹈、坟冢为对象的咏物赋和抒情述志的小赋。

《二京赋》是张衡的代表赋作。此赋假托凭虚公子与安处先生的对话,把长安、洛阳作为两种对立的社会原则的象征来描绘。《西京赋》中先让凭虚公子夸耀长安及西汉的豪侈富强,批评东汉"独俭啬以龌龊"。《东京赋》即针对上述观点展开议论，尖锐地指出崇尚奢侈的危害。上篇铺陈描绘，辞藻赡丽，下篇思贯古今，议论纵横。其揭露性、批判性比以往的京都赋都深刻。

（二）蔡邕赋

蔡邕（132年—192年），字伯喈，陈留圉（今河南杞县）人。东汉辞赋家、散文家、书法家。六世祖蔡勋，汉平帝时为郿县令。王莽篡位后，不肯事两姓，携家逃入深山。

蔡邕曾著诗、赋、碑、谏、铭等共104篇。其赋今存近二十篇（包括残篇），题材内容基本可分为述志纪行、爱情婚姻及咏物写景三类。

述志纪行赋，以《述行赋》最有代表性。此赋作于桓帝延熹二年（159年）秋天。此时政局混乱，徐璜、左悺等宦官专权。桓帝听徐璜说蔡邕善鼓琴，所以命其赴京，蔡邕不得已应命而行，走到偃师的时候，因病而还。蔡邕内心对此事充满愤懑，于是作赋而述志纪行。

作者将统治者的豪奢侈靡与百姓的贫穷困苦作对比，将奸佞得势与忠贤遭殃作对比，鲜明地表达了对统治阶层的不满和对普通人民的同情。蔡邕已经预见了汉代统治终将结束，他亲眼见到朝廷的腐朽，并不愿意与之同流合污。

在表现婚姻恋情的赋作方面，蔡邕最有代表性的作品是《静情赋》《青衣赋》《协和婚赋》。汉赋中较早涉及男女之情的是司马相如的《美人赋》，但作者写辞赋的意义是彰显自己"不好色"的美德，因此赋中没有对于女性爱慕的表白。但蔡邕的赋却描绘美女，赞美美女，大胆表现男女之间的热恋和夫妻间的生活，展现了人性的复苏和解放。

第三节　汉代小说的产生与发展

一、小说的形成与汉代人的小说观念

小说是一种散文体的叙事性文学体裁，从内容上说，它以塑造人物形象为中心，通过人物形象的刻画、故事情节的叙述和环境的描写来反映社会生活，表达作者的思想感情。从形式上说，它具有独立的文体样式。这是大家都明白的道理。

即使如此明确，在现实中，我们还常常分不清叙事性的散文与小说的区别，因为叙事性散文往往也具备人物、情节、环境三要素，这就需要我们找出二者最根本的区别。小说的"人物形象"在小说中只是个"中介"，通过这一"中介"来转化作者对社会生活的认识及感情，这种认识与感情越隐寓于人物形象之中越好，而不使人物变成作者的"传声筒"，变成概念化的非典型化的人物。而散文则不需要这一"中介"，就能直接表述作者的思想感情。它的人物描写，不是为了塑造典型化人物形象，而是为了更好地抒情说理，所以用不着像小说那样对人物、情节、环境去进行艺术虚构，不要求一定有完整的故事情节和典型环境的描写。小说为了便于塑造人物形象，往往采用第三人称的写法，即便有第一人称的写法，也是将"我"作为典型人物来塑造。而散文中的"我"，则是以作者的口吻直接叙述、抒情和议论。

对小说形式的理解，也容易产生分歧。形式是指把事物的内容诸要素统一起来的结构或表现内容的方式，只要能够表现内容，不论何种形态，都是形式的客观存在。同一种内容在一定条件下可以采取不同的形式，同一种形式在一定的条件下也可以表现不同的内容，新的内容在一定条件下，可以利用已有的或旧的形式，甚至可以借用表现其他内容的形式。不能因为产生了新形式，就否定过去曾利用已有的或旧的甚至借用的形式的存在，或视这些旧形式不具备"独立性"。何谓"独立性"？这些旧形式能将内容诸要素统一起来或表现出来，就具备了"独立性"。运用这种发展的辩证的观点来观察、分析中国小说的形成及发展，就比较合情合理了。

中国古代小说从孕育到形成，经历了一个相当长的过程。从先秦史传著作、诸子杂说、地理博物志等书中，都能找到一些生动的人物故事、神话故事、寓言故事，这些故事中的情节描写和形象刻画，已具有了小说的许多重要因素。但它们还不能算作小说，原因是：诸子杂说、地理博物志等书中的情节描写和形象刻画，往往是为了生动地比喻或说明某一道理，是说理的一种手段，是书中的一部分，还无独立的文体。史传著作虽然可以独立承载人物故事，但它的人物、情节、环境的描述，原则上追求"实录"，缺少小说自觉的虚构特点，所以史传更近于叙事性的散文而非小说。从小说的文体形式与基本艺术表现手段方面考察，先秦时期，只能说是中国古代小说的孕育期。

先秦时期的典籍里倒是出现了"小说"二字，《庄子》的《外物》篇里说："饰小说以干县令，其于大达亦远矣。"①这里所谓的"小说"，指那些无关大道的浅薄言辞。可见，先秦时期所谓的"小说"还不是文体的专用名词，因为小说文体那时还未产生。

中国叙事文学发展至汉初，出现了《燕丹子》这样的作品。清人孙星衍在《燕丹子叙》中认为此书是燕太子丹死后其宾客所撰，但书中内容多虚诞，不像了解燕太子丹的宾客所撰。《燕丹子》以颂扬荆轲刺秦王，反暴雪耻为题材，推测燕丹子死后及秦王称帝时无人敢撰写这样的作品，《燕丹子》应是汉初人所撰，司马迁《史记》中叙述荆轲刺秦王一事可能即本于此。宋濂在《宋学士文集·诸子辨》中说："考其事，与司马迁《史记》往往皆合。独乌白头、马生角、机桥不发、进金掷龟、千里马肝、截美人手、听琴姬得隐语等事，皆不之载。"司马迁也说："世言荆轲，其称太子丹之命，'天雨粟，马生角'也，太过。又言荆轲伤秦王，皆非也。"②正因《燕丹子》有许多明显的不符合史实的虚构，才使它不属正史人物传记，而属具有史传形式的小说。作者以"复仇"的主题来组织素材，众多事件都围绕着刺秦王这个中心事件展开，结构统一严整，渲染了惨烈、悲壮的气氛，描述了可歌可泣的抗暴情节，刻画了狂飙式的悲剧英雄人物，堪称中国侠义英雄小说的开山之作，明代胡应麟在《四部正讹》中更说此书是"古今小说杂传之祖"。

至东汉初，各种小说的繁盛已蔚为大观，形成一种新的重要的文化现象，汉人对小说的认识才有了质的飞跃。桓谭（约前20—公元56）在其《新论》中说："若其小说家，合丛残小语，近取譬论，以作短书，治身理家，有可观之辞。"③他所说的"小说"，其概念已不同于庄子，而是指一种新的文学样式了，并把创作这类作品的人称为"小说家"。"夫名，实谓也。"④桓谭的认识，完全建立在小说文体大量涌现的基础上。尽管这种文体还带着最初形成期的特征，如它的形式是"丛残小语"式的"短书"，表现手法采用的是"近取譬论"，即采用善于譬喻某种道理的寓言、传说，故事等。"小说"不仅"有可观之辞"，而且能"治身理家"。

---

① 黄盛陆，文永泽. 中国文学史 [M]. 南宁：广西民族出版社，1983.
② 司马迁. 史记 [M]. 成都：四川人民出版社，2019.
③ 汪少林，杭丹. 书的知识手册 [M]. 南昌：百花洲文艺出版社，1990.
④ 公孙龙. 公孙龙子·名实论 [M]. 南宁：广西民族出版社，2003.

桓谭对小说的社会功能作了充分的肯定，极大地提高了小说和"小说家"的地位。

桓谭之后，对小说概念作进一步阐述的是班固，他在《汉书·艺文志》中说：

小说家者流，盖出于稗官，街谈巷语，道听途说者之所造也。孔子曰："虽小道，必有可观者焉，致远恐泥，是以君子弗为也。"然亦弗灭也。闾里小知者之所及，亦使缀而不忘，如或一言可采，此亦刍荛狂夫之议也。

班固首先肯定有一个文化流派——小说家的存在，追溯其源，可远及周代的"稗官"，即闾里乡间的小官，由他们采自民间"刍荛狂夫之议"，并指出小说最初以"街谈巷语，道听途说"的方式来流传。尽管"君子"对这一文化流派不屑关注，然而它本身却顽强发展而"弗灭"，不断扩大自己的影响，乃至班固不得不把小说家与极有影响的儒、道、法等诸家相提并论。比起桓谭来，班固解释了小说家及小说的来源，但在小说社会功能方面，还没有桓谭认识得深刻。不过，班固将小说以及小说家正式载入国家正史之中，其解释和评价就具有了权威性，从而确认了小说及小说家的地位。"小说"及"小说家"被载入史册，是汉代小说形成、发展的结果，是汉代许多学者，包括刘向、刘歆、桓谭诸人，对汉代丰富的书籍整理、分类、研究的结果，《汉书·艺文志》就是根据刘歆父子的《七略》编成的，班固对小说的看法反映了汉代文化群体的一种共识。

汉代人小说观念的形成，是以小说文体的形成为前提的，《汉书·艺文志》所录的小说书目可以证实这一点，其书目共列小说十五家，一千三百八十篇：

《伊尹说》二十七篇（其语浅薄，似依托也）；《鬻子说》十九篇（后世所加）；《周考》七十六篇（考周事也）；《青史子》五十七篇（古史官记事也）；《师旷》六篇（见《春秋》，其言浅薄，本与此同，似因托也）；《务成子》十一篇（称"尧问"，非古语）；《宋子》十八篇（孙卿道："《宋子》，其言黄老意"）；《天乙》三篇（天乙谓汤，其言非殷时，皆依托也）；《黄帝说》四十篇（迂诞依托）；《封禅方说》十八篇（武帝时）；《待诏臣饶心术》二十五篇（武帝时）；《待诏臣安成未央术》一篇；《臣寿周纪》七篇（项国圉人，宣帝时）；《虞初周说》九百四十三篇（河南人，武帝时以方士侍郎，号黄车使者）；《百家》百三十九卷。

在这十五家小说中，注明汉武帝，汉宣帝时的作品有四家，这四家的篇数多达近千篇，占了所列小说篇数的绝对多数。除四家外，《待诏臣安成未央术》与《百家》二种，依排列顺序也应属汉人之作。据《待诏臣饶心术》一书标题来看，《待诏臣安成未央术》也应似西汉时作品。待诏，官名，西汉时为侍从，充当帝王顾问。至于那些"依托""后世所加"之作，很难说就没有汉人的作品。《四库全书总目》卷一百四十《小说家类》序称小说兴起于武帝时期，是很有见地的。

班固所录的这些小说除了以"子""纪"等子、史类文体的称呼命名外，还多了一个新的名号——"说"。所列书目中冠以"说"的竟然居多，共计有五种：《伊尹说》《鬻子说》《黄帝说》《封禅方说》《虞初周说》，其中二种班固注明出于武帝时，三种注为"依托"或"后世所加"。先秦诸子篇目中，就有"说"的篇目，如《韩非子》有《内储说》《外储说》《说林》诸篇，汉人经过对语义的精心选择，给具有小说因素的作品也赋予"说"的称号。这种以"说"冠名的小说，汉后仍无断绝，如南朝宋刘义庆的《世说新语》南朝梁沈约的《俗说》等。这里特别要提一下《虞初周说》，它篇幅浩繁，为所列书目总篇数的十分之七，作者虞初是汉武帝时的一名方士。此书已佚，朱右曾《逸周书集训校释》收有疑为《虞初周说》三段佚文：

　　羿山，神蓐收居之。是山也，西望日之所入，其气圆，神经光之所司也。(《太平御览》三)

　　天狗所止地尽倾，余光烛天为流星，长十数丈，其疾如风，其声如雷，其光如电。(《山海经》注十六)

　　穆王田，有黑鸟若鸠，翩飞而蹲于衡，御者毙之以策，马佚，不克止之，蹶于乘，伤帝左股。(《文选》李善注十四)

由作者身份和佚文，推想《虞初周说》应是神仙家一类的短篇神怪故事集，已开中国志怪小说的先河。在《虞初周说》的影响下，后世才有了无名氏编辑的《虞初志》汤显祖的《续虞初志》、邓乔林的《广虞初志》、张潮的《虞初新志》、郑澍若的《虞初续志》等短篇小说集，虞初好像成了小说的代名词，后世有人便把虞初视为中国小说之祖。

《汉书·艺文志》所列小说均已亡佚，今天我们能见到的汉代小说都是《汉书·艺文志》所未著录的，不仅有班固死后产生的东汉中、后期的作品，也有班固生前未著录的西汉与东汉初的作品。《汉书·艺文志》所录汉代小说书目只是汉代小说"冰山"的一角，就是留存至今的那些也只是汉代小说的一小部分，汉代小说亡佚的应该比遗存的要多得多。这些遗存下来的小说有一个特点，还借用着子书或史书的形式。

子书是指诸子著作，虽然以宣扬诸子的思想认识为宗旨，但往往采用生动形象的寓言故事来阐释抽象的哲理，因而子书都程度不同地存有小说的因素，有的子书的片段就是小说的雏形。小说因素存于子书文体的这一现实，为小说利用子书形式提供了可能。由于子书形式的固有特点，利用子书形式的小说，往往故事情节比较简单、人物不太多、多为短篇汇编，后人常称其为笔记小说。

史书对小说的影响比较深远，因为"我国古代的叙事文学，最早成熟的不是属于文学系统的各种叙事性体裁，而是本来不属于文学的历史著作"[①]。汉代及之前的史学家们在记载历史人物时，注重描写、刻画人物的特征，使历史人物形象化；在叙述历史事件时，常以情节的曲折奇特而引人入胜，使历史事件的叙述故事化；不论叙述历史事件还是评价历史人物，又时常含作者的褒贬感情，使历史叙述与评论抒情化；在语言运用上，讲究节奏、情韵，使表述语言声情化；在历史资料无法提供更详细的细节与人物语言的前提下，充分发挥了作者的想象力，进行了必要的合理虚构，这些小说的表现方式与手法，在历史名著《左传》《史记》中表现得尤为突出。在长期以经史为正统文化的社会里，小说家有意采用史著的形式，把自己的虚构依托于史，把自己的创作标榜为"实录"，把自己的小说像史著篇目那样冠以"传""志""记"等，来为小说求生存谋发展。因此，有人又把这类小说视同"杂传""逸史""外传""野史""载记""偏记"等。

汉代小说常借用杂史杂传的形式，因为杂史杂传本来就不是严肃史实的载体，许多杂史杂传本身就不是为了写史，而是以神话、传说、奇闻逸事来达到小说的效果。最初，神话、传说在正统的史籍中也有积存，后来这些神话、传说因"虚枉""怪诞"而逐渐被史官改造、剔除，只有杂史杂传还大量存留着神话、传说。战国后期，神仙方术在各地畅行起来，至秦，始皇帝对神仙方术达到痴迷的程度，上行下效，社会上的神仙方术之风甚嚣尘上。入汉，历代统治者几乎都乐此不疲，特别是汉武帝，更倾心于得道求仙、长生不老之术。西汉后期到东汉，谶纬迷信又盛行，从而形成神仙学的新热潮，一些文人也受此世风影响，企图从虚幻的神

---

① 张稔穰.中国古代小说艺术教程[M].济南：山东教育出版社，1991.

仙境界中寻求到心灵的寄托,于是利用杂史杂传的形式,描写神奇怪异题材的小说大量地产生了。

汉代小说主要借用着子、史类的形式,这两种借用形式也完全可以为小说所用,直至今日,有些现代小说还在使用这两种形式。比较起来,写实类小说,多借用子书形式,志怪类小说,多借用史书形式。当然,这是从主体上讲的,并不排除子书形式的小说也有志怪的内容,而些史书形式的小说也有史实的叙述。

二、小说的文学渊源

先秦是中国小说的孕育和萌芽期。在先秦典籍中已经具有了某些小说因素,这些因素对于汉代小说的形成产生了一定的催化作用。而汉代特有的时代特征与文化气度也激发了小说的潜在发展力。

(一)神话传说的影响

神话是原始社会探求自然、人自身和社会的精神产物,它产生于人类的童年,是通过人民的幻想用一种不自觉的艺术方式加工过的自然和社会形式本身。神话思维的内容和基础是万物有灵观念,神话的艺术特色是丰富的联想和想象,荒诞的情节以及奇诡的氛围。神话具有鲜明的形象、热烈的情感与离奇的故事。神话进一步演变,便是传说。正因为传说是神话的演化,所以传说与神话一样,具有生动形象、情感特征及故事特性,表现了古代人们充沛的想象力。而正是这些,使传说与神话一起对后世文学特别是小说,发生了重大的影响。

神话是中国小说最初的渊源。神话有简单的情节和具有个性的人物形象,这正是小说所要汲取的艺术要素。从汉代地理博物类小说、唐宋传奇以及《西游记》《聊斋志异》等一类小说中都明显可以看到小说与神话的继承关系。在思维特征上神话又给予小说以极大的启示。神话思维的显著特点就是它的想象力和虚构性,这一特点给小说创作提供了思维形式的典范并规定了小说的艺术思维方向——在依据现实的基础上,进行高度的虚构。中国的神怪小说自不必说,就是其他类别的小说,其虚构特征也是相当明显的,想象力的发挥是小说创作的必要条件。神话还在情感上影响了小说内在的表达。神话具有强烈的情感色彩,表现了人类最初的爱憎,展示祖先最由衷的狂热,这种情感特征也被小说创作所继承。例如在中国最初的志怪小说《列仙传》中，刘向在叙述仙人的奇能异术中，就流露了欣羡和赞叹，这种情感的流露不同于诗歌的含蓄和散文的张扬，而是融入于叙述本身的情感体验。另外，神话传说为小说提供了大量的创作题材，是小说取之不尽的宝库。如《山海经》中羽民国的羽翼和奇肱国的飞车，可能启发了《封神演义》中雷震子及哪吒形象的塑造。又如《汉武帝内传》中西王母与汉武帝会见的故事，应是从周穆王"宾于西王母"的神话中生发出来的。

总之，神话和传说对小说的影响是巨大的、直接的。神话传说的故事性与形象性，促进了小说基本结构因素的确定；神话以想象力、虚构性为主的思维特点又在思维特征上给予小说以极大的启示。可以说，没有古代神话，就没有后世如此精彩动人的小说。

（二）历史散文的影响

中国是一个历史意识浓厚，历史著作非常丰富的国家。《左传》《国语》《战国策》是先秦编年体史著的优秀代表；《史记》《汉书》是汉代纪传体史著的肇端先声。历史文学的繁荣，为小说叙述顺序与叙述视角的多样化、情节的完整生动及人物形象的丰满塑造提供了可供借鉴的样板，因而也成为推动小说形成的原因之一。

其一，历史散文的叙述方式及叙述视角对小说创作产生重要影响。一般地说，历史散文中叙事是按照时间的顺序，在情节结构上前后衔接较好；中国小说基本也都是按照这样的叙述方式来安排内容的，时间线索比较明晰。这种叙述方式使事件发展的前因后果层次分明地呈现在读者眼前，使小说的叙述逻辑更为清晰。在叙述视角方面，历史散文因常采用第三人称全知视角，所以许多地方明显地显露出虚构的痕迹。这点又以《左传》为最具代表性。第三人称全知视角能够更为灵活而全面地叙述情节，表现人物心理活动，所以这种叙述视角也成为中国小说最喜用的。

其二，历史散文注意记事的情节性，给小说创作提供了很好的借鉴。中国古代历史散文在叙事时十分注重情节色彩，往往重点突出，线索分明，曲折生动。而这种对情节的较高要求自然也影响了小说创作。中国小说善于把情节安排得曲折生动，出人意表，具有引人入胜的魅力。例如汉《燕丹子》在记叙太子丹招待荆轲的过程中，安排了截美人手、脍千里马肝的情节，意料之外、情理之中，起到了推动故事发展，并展现太子的性格与刺秦决心的作用。

其三，历史散文注意人物刻画，这对于着力塑造人物形象的小说来说，不但提供了一个人物塑造的模式典范，而且提供了具体刻画手法。中国古代历史散文在写人方面一般都是从人物的语言和动作来展现性格特点的，而对心理和外在形貌进行描写。又往往将人物置于典型场面、矛盾冲突中去表现其性格特征。如《战国策》较多地记录了纵横之士、谋议之臣的说辞和行为，《触龙说赵太后》篇就描写了触龙如何在太后戒备、盛怒之下，从嘘寒问暖到为幼子求差使，从谈老人对子女的溺爱到议论赵太后对子女的不同态度，最后说服赵太后以长安君为人质，换得援军。通过语言、行动及细节描写刻画了触龙深谋远虑、善于谏说的形象。中国小说在人物刻画方面就多有学习和借鉴。

历史散文在自身发展的过程中不仅孕育了小说文体，也孕育了小说的创作方法，在小说形成的过程中起到了举足轻重的作用。

（三）诸子散文的影响

先秦诸子散文对促进中国古代小说的产生和发展同样意义重大。

先秦诸子散文喜欢引故事以说明道理，这些故事或采自神话传说，或源于民间故事，或取自历史事迹，或诸子自行虚构，创造了一大批寓言故事，成为诸子散文中不可或缺的一部分，更形成了以事引理的叙述模式和思维结构。特别是《孟子》《庄子》《韩非子》《吕氏春秋》等书，都包含许多精彩的语言故事。寓言故事有着自己鲜明的特征，这些特征对小说产生了显著影响。

第一，寓言故事是一种短小精悍而富有讽刺力量的文学形式，虽然篇幅不长，但故事曲折，富于形象性。例如《孟子·离娄下》记载的"齐人有一妻一妾"的故事，情节生动，形象鲜明。而小说的特征之一就是形象性、情节性，这方面很显然受到了诸子散文寓言故事的影响。

第二，寓言故事的创作是要借之说明一个道理。《孟子·公孙丑》中的"揠苗助长"，《韩非子·五蠹》中的"守株待兔"，《战国策·燕策》中的"鹬蚌相争"，《吕氏春秋·察今》中的"刻舟求剑"，都是非常富有哲理启发意义的。叙事说理的表述方式，以事引理的思维模式也被小说所吸收。汉代小说《说苑》《新序》《风俗通义》在这点上相当突出。

第三，诸子中故事和寓言的语言讲究生动简明，形象贴切，这也影响了小说的创作。例如，《吕氏春秋》中的"刻舟求剑"故事："楚人有涉江者，其剑自舟中坠于水，遽契其舟，曰：'是吾剑之所从坠。'……"文字相当简洁，而一个"遽"字，以及所说的那句话，活灵活现地刻画出了这个保守者的愚蠢，可谓惟妙惟肖。小说在先秦诸子散文的叙事说理中亦学习了这种运用语言的技巧。如《新序·杂事》云："叶公子高好龙，钩以写龙，凿以写龙，屋室雕文以写龙……"语言鲜活自然，刻画入微，与诸子中故事和寓言的写法极其相似，从中可以明显看到承继关系。

第四，寓言故事是有意虚构的，它经常运用拟人化的手法，赋予动植物和无生命物体以人的性格和语言，从而表达思想和情感。如《庄子·秋水》的"井蛙和海鳖"，就把动物的某种特性和社会上某类型的人物结合起来，用动物的语言、行为表现出人的思想、态度。这种有意为之的虚构，也是后世小说所继承的重要方面。

第五，寓言故事敢于干预生活，讽刺现实的传统，也为后世小说所借鉴。《孟子》中的"五十步笑百步"、《列子》中的"杞人忧天"、《吕氏春秋》中的"逐臭之夫"等都很有讽刺效果。

它们的讽刺艺术直接为后世小说所借鉴，在增强了小说趣味性的同时，也启迪了小说家的智慧。

汉代小说的兴起是中国古代小说发展过程中的一个重要环节。它继承、发展了先秦历史散文、诸子散文、神话传说中的小说因素，在艺术上吸收了极为丰厚的营养，这使得小说刚刚出现，就显出了一定的规模，以一种独立的姿态屹立于文化领域，并为后世中国古典小说的勃兴奠定了基础。

三、汉代小说的类别特征

（一）杂史杂传类小说

春秋战国之后，一部分文人私承史官之职，采撰著述，一批杂史杂传由此问世。《文心雕龙·史传》说杂史杂传为"史氏流别"，这些杂史杂传，从史学的角度讲是："朱紫不别，秽莫大焉"。"莫顾实理，穿凿傍说"。但从小说史的角度讲，杂史杂传则开中国小说之先声。

杂史杂传二者的内容往往交叉相类，没有一个十分严格的界限区别。它们专门记载一些历史故事，借历史人物和故事以诠释某些社会理念，寄托道德理想，吸取经验教训。正因如此，杂史杂传不拘泥于史实，大量采才奇闻轶事而不考虑其真伪。由此，杂史杂传中包含着大量的小说因素，所以前人普遍感到杂史杂传和小说关系密切，以致颇难区分。

杂史杂传类小说，内容庞杂，真实的历史与神话传说、民间故事混杂在一起；叙事有序，注重各情节之间的关系，结构具有完整性、统一性；人物形象鲜明生动，能吸取前代多种刻画方式并有所创新发挥。无论从艺术上还是从思想上，杂史杂传类小说的文学价值高于史学价值。

1. 杂史类小说

（1）《越绝书》

《越绝书》，又称《越绝记》《越绝》《越传》等，《史记·孙吴列传正义》引《七录》称十六卷，至北宋《崇文总目》则为十五卷，二十五篇，今存十五卷十九篇，亡佚数篇。

《越绝书》记述了春秋时期越国历史以及与越相邻的吴和楚的部分历史。此书情节主线是写越国如何沦为吴国的附庸，而后勾践又如何立志复国终于灭吴的经过。《越绝书》之所以被列之于"杂史"，主要原因在于它在选材上多采用传说逸闻，在情节的构造和人物形象的刻画上多有虚构和夸张，使这部书在一定程度上脱离了史书的范畴。

关于《越绝书》的作者，《隋书·经籍志》记为子贡，《崇文总目》著录此书作者时除云子贡外，又加上"或曰子胥"，而陈振孙《直斋书录解题》以及胡应麟《少室山房笔丛》均予以否定，云"无撰人名氏，相传子贡者，非也"。《越绝书》作者为谁，众说纷纭，莫衷一是。

《越绝书》把历史事件中的活动人物作为自己关注的重点，因此我们看到了吴王夫差、越王勾践、伍子胥、伯嚭、范蠡、公孙圣等一系列形象生动的人物形象。《越绝书》对人物形象的刻画重在语言的描写，人物语言个性鲜明，引经据典，以事为喻，排比夸张，颇有战国纵横捭阖之风。

《越绝书》虽然在人物情态方面着墨不多，但也有一些地方描写得十分成功。

如写薛烛鉴定勾践的纯钩宝剑时说:"王取纯钩,薛烛闻之,忽如败。有顷,惧如悟。下阶而深惟,简衣而坐望之。"寥寥几笔,就将薛烛初见纯钩时的惊异神态展现了出来。

《越绝书》中的人物事迹存在着或偏于真实,或偏于神异两种情况共存的现象。有些人物事迹颇为具体,历史色彩较浓,如伍子胥入吴,范蠡、文种、计然为越王献策,与《史记》《国语》相近或更为详细,神怪成分较少。而有些人物事迹则采自传闻异说,神异性很强,如风胡子论剑,干将铸剑等。这种人物塑造的两面性正反映了《越绝书》历史事实与异闻传说相融合的著述特点。论及异闻传说,这也是《越绝书》中很有特色的一部分。这些内容大大增加了书中故事情节的生动性和曲折性,也为立体地刻画人物性格奠定了基础。

《越绝书》又具有独树一帜的时空结构,频繁、大幅度的时空跳跃和错位使叙述富于变化。从时间方面讲,它经常使用"昔者"一词,使时间矢向递转,将正在叙述的事情拉回到之前的某个时段。从空间方面讲,用空间的多维性牵系时间的矢向性。如《吴地传》:"千里庐墟者,阖闾以铸干将剑","巫门外大冢,吴王客齐孙武冢也"。这就将移步换景的地域介绍与历史的纵向延伸联系在一起,以史事释史地,增加了空间叙述的表现力。《越绝书》采用时空错乱的叙事方式,为小说叙事提供了一种新的美学可能性。

《越绝书》以吴越争霸为中心,叙述吴越两国史事,内容涵盖了政治、经济、军事、文化等多方面。《越绝书》用异闻传说续补扩充史实,以语言为主描刻人物,塑造了一批生动鲜活的人物形象,又以独特的时空结构推动情节发展,展现了很高的艺术成就。

(2)《吴越春秋》

《吴越春秋》,东汉赵晔著。赵晔,字长君,会稽山阴(今浙江绍兴)人,约生活在东汉明帝、章帝时。《后汉书·儒林传》载,赵晔生性耿直,耻于逢迎,弃县吏之职位而至四川资阳就学,从师杜抚研究《韩诗》。著有《韩诗谱》《诗细历神渊》《诗道微》《吴越春秋》。

《隋书·经籍志》《旧唐书·经籍志》《新唐书·艺文志》著录《吴越春秋》十二卷,今存十卷,书有亡佚。《吴越春秋》以《左传》《国语》《史记》的相关记载为基础,杂以民间传闻异说,通过虚构、夸张和铺陈等诸多手法的灵活运用,对春秋时期吴、越两国史事进行了生动的记述,吴越争霸为其核心。《吴越春秋》记载吴、越两国史事比以往史书更为丰富,虽兼采驳杂但并非凭空杜撰,有其独特的史料价值。与之相较,它的文学成就更胜一筹。独特的体例结构,性格鲜明的人物刻画,线索清晰的情节安排,无不令人惊奇赞叹。是书以今存五万余字的篇幅,成为汉代杂史小说之冠。

《吴越春秋》的体例安排上独具匠心。继承了《国语》国别体史书的特征,专门记述吴、越两国史事。以年系事,叙述吴、越的兴衰,很有《左传》编年体的意味。以人物为中心组织情节,突出人物在历史发展中的重要作用,各卷基本上围绕一个中心人物或事件展开,颇具《史记》之风。整体结构上分两部分,前半部分包括前五卷,主要叙述吴国史事,后半部分为后五卷,重在写勾践复国雪耻,若干章节中各有中心人物和中心事件,保持相对独立性,各章之间又互有照应,人物身份和事情发展有着继承关系,表现出一定的整体性。《吴越春秋》杂糅诸家而有所新发的体例特征,使之创造了类乎史学中的纪事本末体的新叙述结构。

在情节的安排上,《吴越春秋》线索清晰,以主要人物事件贯穿全篇。记吴国时,以伍子胥复仇为主线。在叙述了吴国立国及几代传承后,着重记述了逃离楚国的伍子胥如何帮助公子光夺取王位,然后以重臣身份帮助吴王选贤任能、励精图治,又主导吴军大举伐楚,掘墓鞭尸报仇雪恨,最后被夫差赐死,夫差也终因错估形式、穷兵黩武而身死国灭。记越国时,以越王勾践复国为框架。写越国经历了兴衰变迁,为存国求和国君勾践不得不到吴国为夫差当奴仆,忍辱负重,假意讨好,获得夫差的信任后被放回越国。此后,勾践积极发展国家经济、军事力量,同时施用众多计策麻痹夫差并消耗吴国实力,最后雪耻灭吴。勾践随之称霸,历经八世后,越国终被楚国所灭。在伍子胥复仇与勾践复国两件主要事件的串联下,吴、越两国史事被清晰地展现出来,详略得当,情节紧凑。

《吴越春秋》叙述过程中,并不拘泥于记载真实的史事,而善于吸收传说故事,并加上自己的想象、夸张和渲染,有些部分完全是小说笔法。比如,《史记·伍子胥列传》记伍子胥投奔吴国途中"渡江"和"乞食"二事仅七十余字,《吴越春秋》卷三却据此敷衍出一篇长达六百余字的文章,不仅生动地刻画了冒死救难,舍生取义的渔父形象和馈食助人、甘愿牺牲的漂绵女形象,而且表现出伍子胥的机智与谨慎。情节曲折生动，波澜迭起，表现出作者高度的艺术想象力。

《吴越春秋》还善于刻画事件中的人物，伍子胥、勾践、夫差、范蠡等都具有非常生动和富于个性的形象。伍子胥明智勇武，坚韧不拔，深谋远虑，是一个贤臣和复仇者形象。他甘愿冒险直言劝谏吴主夫差，惨遭陷害，死于非命。即便如此，伍子胥仍然不悔忠心，越军兵临城下，"欲入胥门，未至六七里，望吴南城，见伍子胥头，巨若车轮……雷奔电激，飞石扬沙，疾如弓弩、越军败坏……。"作者运用极度夸张的浪漫主义手法，表现了伍子胥灵魂的勇武和忠诚。勾践的人物形象则是在与夫差的对比中突显出来的。勾践与夫差同是一国之君，但两人的性格境遇却大不相同，前者战败被迫质于吴国为仆，受尽屈辱，然图谋复仇从未懈怠，后者战胜得利骄傲自大，盲目追求称霸中原，而不小心防备越国的反击。随着勾践复国的实现与夫差的最终灭亡，前者机敏坚忍、志向远大、隐忍狠辣的性格与后者昏庸暴虐、目光短浅、刚愎自用的性格，就在对比中得到了立体展现。

考校全书，可以发现赵晔本无意于写作一部吴越兴亡的信史，他只是借实生虚进行文学的创作。《吴越春秋》貌似史书，但真虚莫测，文辞丰蔚，实在是一部有趣的小说。

2. 杂传类小说

记载人物生平事迹的传记，在历史编纂学上称为传体。司马迁《史记》中列传的设立，使传体成为一种重要的史书编纂体例。杂传类小说在此基础上脱离史书以帝王世系和行事纲领全书的模式，根据所要表达的主题需要选取某一类或某几类人物，对其生平事迹和思想性格进行描述和刻画，进而反映丰富的社会历史内容。

（1）刘向杂传

刘向是我国古代著名的史学家、文学家、经学家，他生活在西汉王朝的衰落之世，面对宦官、外戚专擅朝政和社会矛盾日趋激化的现实，凭惓惓宗室之义始终坚持斗争，屡屡上书，针砭时弊。《列女传》《新序》《说苑》《列仙传》诸书的编撰就是其抗击黑暗势力的一个表现。这些书以类相从如同故事类编，按照人物的德行、才能进行分类，广集历史轶事以"正纲纪，迪教化"。作品篇幅简短，情节紧凑，语言生动，已开志人笔记小说先河。

这里举例《列女传》。《列女传》又名《古列女传》，《汉书》本传说是"八篇"，但《隋书·经籍志》说是十五篇，宋《崇文总目》亦称为十五篇，大约是汉以后的人析断而成。《列女传》多采自《诗经》《尚书》等先秦经典，同时又引用民间传说，共收集故事一百多则，分为"母仪""贤明""仁智""贞顺""节义""辩通""孽嬖"七类。刘向编写此书意在用古往的"贤妃贞妇"之行事，警戒汉成帝，使之整肃后宫，阻止女主干政，遏制外戚专权，稳定社稷天下。

《列女传》反映了刘向的女性观。他认为妇女应该"有三从之道"，要求妇女接受一夫多妻制，从生理方面也强调了女子的卑弱，展现了汉代思想领域中对女性的压迫和约束。同时，他又承认女性在社会发展中的重要作用，歌颂并赞扬了各类杰出女性，树立了许多优秀的女性典范，体现了一些积极的女性观，宣扬了利于封建社会稳定和发展的礼教纲常。《列女传》还反映了刘向的政治理想。他强调礼贤下士、任贤使能；主张远离谗邪佞臣、贪奸小人；反对浪费资财、违礼厚葬；坚持仁义王道、礼乐教化。

《列女传》作为杂传类作品，在内容上有历史、传闻、演义的成分，在表现手法上又颇有文学特色。主要表现在以下几点：

第一，《列女传》记述人物生平、刻画人物性格时，善于对旧有材料进行合理加工，选取一个事例为中心，主次有别，详略得当，进而突出人物的性格特点。如卷六《齐管妾婧》的原始资料采自《管子·小问》《吕氏春秋·举难》《淮南子·道应》等篇章，刘向将这些零散的资料组织成情节完整、条理清晰的传记，并通过劝管仲荐贤这一中心事件，突出了婧深明大义、聪明睿智、言辞辩通的性格特征。

第二，刘向在记叙故事时，注意情节的安排，努力做到使故事的发展波澜曲折，在矛盾的激化处完成故事的高潮，从而获得扣人心弦的效果。

第三，《列女传》注意通过人物的语言和情态，揭示她们的内心世界，表现她们的性格特征。

第四，《列女传》在刻画人物时注重细节的描写，生动而有趣。例如，卷七《周幽褒姒》中安排了幽王以烽火戏诸侯而博美人一笑的细节，生动刻画出昏君淫后的形象。

（2）古史杂传

古史杂传是杂传类小说的一种。其以典籍极少提及的古史人物为中心，汇集大量奇闻逸事、神话传说，叙述他们的事迹及发生于其生活时代的其他故事。这类杂传有史实因素，但主要依凭传说和想象，因而具有鲜明的虚构性，遂可将其视为古之小说。最有代表性的是《蜀王本纪》与《徐偃王志》。

《蜀王本纪》，又题《蜀本纪》，西汉扬雄著。此书久已散佚，今仅见佚文。古蜀国亡于秦，古蜀神话传说从战国以来流传很广，内容极为丰富，引起汉以来许多文人注意，史称"博览无所不见"的扬雄，就搜集大量古老传说撰著《蜀王本纪》。此书记述了古蜀国历代君王蚕蚕丛、柏灌、鱼凫、望帝、开明帝的神话和传说，刻画了他们的不同形象。

《蜀王本纪》将对人物思想性格的描写融之于事件的叙述中，通过其行事展现人物形象。如，文中讲到秦王向蜀王献美女五人，蜀主派五丁力士迎至梓潼。见一大蛇入山穴，五丁合力引蛇，被山崩压住，五女上山化为石，又讲到蜀王喜欢武都山精所化之女子，留而不遣，美女死去，蜀王发卒至武都担土成坟。通过蜀王派五丁力士迎美女及为美女营造坟冢这两件事，其疏于政事，耽于女色，鼠目寸光，不思进取的形象被塑造出来。

《蜀王本纪》虽仅存残章断句，但亦可见其大胆的虚构和想象。如说开明帝鳖灵曾经历过死而复生。

由于《蜀王本纪》稍及历史而本于传说，想象和虚构成分较多，所以很难被受经史思维与伦理道德桎梏的古人所接受。是书在其后岁月中逐渐散佚，今人只能从清人辑本中窥见其支离破碎的面目了。但也正是被人所讥的这个特点，才使扬雄的《蜀王本纪》更具小说的特性和色彩。是书语言简洁流畅，词浅意深，耐人寻味，展现了作者扬雄超逸于世的文学水平和炉火纯青的语言驾驭能力。

《徐偃王志》原书已佚，只有部分内容存见于《博物志》卷七及《水经注》。成书汉代，作者不详。其内容主要是记叙徐偃王施行仁政而威服诸侯，周穆王感到自己的地位受到威胁，于是命令楚王攻打徐偃王的传说。它是以真实的历史人物为对象而写出来的小说，但书中颇多神话传说与民间逸闻，因此我们将其归之于古史杂传类中。

根据保存于《博物志》《水经注》中的只言片语，可以看出《徐偃王志》一书以徐偃王为中心人物安排情节讲述故事，但不着意于人物本身语言、外貌或心理的刻画，而是只存轮廓，以事件带人物，着重描写事情的发展。在篇章的结构安排上，对徐偃王施行仁义、选择避战等事轻轻带过，而关于他的奇异诞生、黄犬化为黄龙、挖渠得弓等神异事件却用大量篇幅描写。《徐偃王志》充分发挥了虚构想象与传闻异说的文学作用和价值，展现出杂传小说的特质与风格。而此书"仁义著闻""江淮诸侯伏者三十六国"等一类概述性语言较多，影响了其艺术性。

（二）地理博物类小说

地理博物类小说，渊源于《山海经》，但二者又有不同。《山海经》是地理和博物并重，既记山川道里，又记异闻异物，而汉代的地理博物小说，却略于山川道里，而重于异闻异物。《山海经》所记异物现今看来荒诞不经，但却真实地记录下了先民对世界的认识，反映了先秦时期的巫术文化。汉代地理博物小说虽绝大多数亦是无稽之谈，表面上看与《山海经》类似，但却是在理性自觉下的有意造作。

地理博物类神怪小说，想象大胆奇特，虚构成分极重，脱离了一般的记事文章，可以归入小说中加以考察。它们基本上一则一事，一则一物，虽其中有时穿插一些人事活动，但这些只是引起话题的需要。人物并不是描述的内容主题，其核心对象乃是异闻异物。因此，这类小说的文学色彩不强。

1.《括地图》与《神异经》

《括地图》约成书于两汉之交，作者不详，久已失传，仅在《齐民要术》《北堂书钞》《艺文类聚》《初学记》《太平御览》等书中保存若干佚文。就现存内容看，此书在内容及写法上近似于《山海经》，应系模仿之作。清惠栋《九曜斋笔记》卷一曰："《外国图》《括地图》与《山海经》相表里，郭景纯注亦引之，皆古书也。"不同之处在于，《括地图》略于地理形势的说明，而是着意于异域奇闻逸事的描写。

有人认为《括地图》与乐彦《括地谱》实为一书。但《路史》注可能为误引《括地谱》，目前尚无坚实证据证明两书的同一性，不能径指为同书异名。

《括地图》多采用《山海经》的材料，如三足神乌为西王母取食，钟山神烛阴，君子民带剑使两文虎，熏华草朝生夕死，猩猩人面豕身知人名等。

《括地图》还有一类传说虽与《山海经》有些联系，却比《山海经》同类传说丰富得多，显示出传说本身的演进。

《括地图》大大丰富了远国异民传说系统。《晋书·裴秀传》引其《禹贡地域图序》的话,评价《括地图》所载乃"荒外迂诞之言,不合事实,于义无取"。然而其荒诞之处恰是《括地图》应该被当作一部重要的地理博物小说看待的原因和根据。

《神异经》,或称《神异记》《神异录》《神异传》等,《隋志》、旧《唐志》皆归入"地理类",新《唐志》归入"道家"类,三书并题东方朔撰。李剑国《唐前志怪小说史》旁征博引,断定为汉人伪托,理足服人。是书在写法上亦颇学《山海经》,仿其体例,分为东荒经、南荒经、西南荒经、西荒经、西北荒经、北荒经、东北荒经和中荒经等部分,叙述异物奇闻、山川道里、草木鸟兽等。

《神异经》对异物异人的记载有些承袭《山海经》,如《南荒经》中的骦兜,《西北荒经》中的穷奇,《西南荒经》中的饕餮,以及苗民、西王母等。有些则展现了新的创造。如仿照了西王母形象创造出了一个东王公,他不仅外形气度与西王母相配,并且与西王母登希有鸟背相会,很有神话色彩。《神异经》其所写异物,不仅有人所不知、人所未见的异物,而且还写了中原不见而其他地方却有的真实的异物。

为了给人以真实可信的印象,《神异经》的作者有时还引证诗、书以及《淮南子》中的话作为证明,如《南荒经》写道:"南方有人,长二三尺,袒身而目在顶上,走行如风,名曰魃,所之国大旱,一名格子,善行市朝。众中遇之者,投着厕中乃死,旱灾消。诗曰:'旱魃为虐。'"再如《西荒经》云:"西荒中有人焉,面目手足皆人形,而胁下有翼,不能飞,名曰苗民。《书》曰:'窜三苗于三危。'"这种写法极少见于其他杂传。可见此书中的想象不但是有意的自觉创造,而且有所依凭和根据,应为文人笔法。

此外,《神异经》作者又借神异描述以针砭现实、匡正世风,展现了其伦理思想和对美好道德的宣扬。例如,《东荒经》中写到了"善人","男女便转可爱,恒恭坐而不相犯,相誉而不相毁,见人有患,投死救之"。《西荒经》中写到了鹄国,"为人自然有礼,好经纶跪拜"。对这样的君子国,作者是加以肯定和赞扬的。而对恶的坏的,如浑沌,是"人有德行,而往抵触之;有凶德,则往依凭之";如穷奇,"闻人斗,辄食直者;闻人忠信,则食其鼻;闻人恶道不善,辄杀兽往馈之",作者是否定和批判的。

《神异经》的结构安排承袭《山海经》,层次井然;叙述流畅,辞采靡丽;叙述淡化地理背景而着重记叙异物,更具小说意味。

2.《洞冥记》与《十洲记》

《洞冥记》与《十洲记》这两部小说以汉武帝求仙事为缘起,意在宣扬神仙秘境,炫鬻异域疏俗、奇人怪物。汉武帝的形象事迹虽起到串联全篇的作用,但只是一条线索,而非内容主体,所以与"汉武杂传"还有很大的区别,我们仍将其置于"地理博物类小说"部分介绍。

(1)《洞冥记》

《洞冥记》,又称《汉武洞冥记》《汉别国洞冥记》《汉武帝别国洞冥记》等。四卷,题后汉郭宪撰。

关于《洞冥记》的写作目的,郭宪在自序中说要假借汉武帝、东方朔以阐明幽微,宣传方术仙道。书以:"洞冥"为名,即洞达"冥迹之奥"。《洞冥记》以汉武求仙为线索贯穿全文,通篇介绍神仙道术、远方怪异之事及珍奇罕见之物。

《洞冥记》所记关于异国境况的传说虽不乏怪异色彩,但与大抵纯粹出于想象的《神异经》和《括地图》相比,稍微平实一些,它是武帝时期西域诸国的传说化。汉武通西域,中国人眼界被打开,奇妙神秘的外邦风物令人惊叹,再加上附会夸饰,就形成了传说。另外,编年体例的运用让人们更易将书中所记故事视为历史,从而增强了神仙世界存在的真实感,是书也就显得不那么虚假浮夸。

《洞冥记》毫不吝惜笔墨,详细描述殊方异域的神奇物品,洋洋洒洒,蔚为壮观。

《洞冥记》有关汉武帝及东方朔的奇闻大多为他书所不载。与李夫人魂灵相见一事,是汉武帝传说中的重要内容。《汉书·外戚传》记有方士少翁作术致李夫人之神事,《汉武故事》及《拾遗记》等书也都有相似的记述。但《洞冥记》所记比较特殊,汉武帝不是依靠方士的神秘技能,而是依靠一株具有神奇能力的小草梦见了他念念不忘之人。怀草梦人的故事模式是此书独有的。

唐史家刘知几在《史通·杂述篇》中谓此书"全构虚辞,以惊累俗"[①],其言甚是。但这种虚构恰恰表现了作者异乎寻常的想象力,也增强了此书的小说性质。

---

① 刘知几.史通[M].长春:时代文艺出版社,2008.

《洞冥记》对后世小说创作很有影响，晋王嘉的《拾遗记》、唐苏鹗的《杜阳杂编》等都是对它的效仿。

（2）《十洲记》

《十洲记》一卷，或名《海内十洲记》《十洲三岛记》，伪托东方朔撰。李剑国指出："本书当出汉世，殆为东汉末期作品，最晚亦不可能出自魏后。"① 从其内容看，当为方士道徒所作。《隋书·经籍志》史部地理类著录，《新唐书·艺文志》归入道家类，而《四库全书总目》归入子部小说家类。

该书叙述汉武帝闻西王母说八方巨海中有祖洲、瀛洲、玄洲、炎洲、长洲、元洲、流洲、生洲、凤麟洲、聚窟洲等十洲，遂向东方朔询问十洲情况。东方朔为之详道十洲三岛及真仙神宫、奇珍异兽等。《十洲记》仿《山海经》记远方怪异之事，且均言具体的方位、道里以显示其可信，但更重仙家故事，实系神仙道教之说。

《十洲记》中十洲三岛之称，当祖袭旧书。东方朔《与友人书》云："不可使尘网名缰拘锁，怡然长啸。脱去十洲三岛，相期拾瑶草。"西汉已将十洲、三岛并称，而且出自东方朔之口。《十洲记》作者遂搜集古来关于十洲三岛及昆仑的种种传闻，虚构成一个自成系统的神仙世界，并与汉武帝、东方朔传说系统联系起来。记十洲，先写海岸的距离，再写该洲特色、宫室、仙人。所记十洲有详有略，并选取有差异的事物加以叙说，务使各不雷同。

《十洲记》与《洞冥记》一样较少情节建构，叙事性并不十分强。它们以汉武求仙活动为线索，将看似杂乱的内容组织成一个比较紧凑的整体，用小说的形式来宣扬神仙道教之说。但《十洲记》充分发挥了想象能力，充满了奇幻色彩，具有地理博物类小说的鲜明特质。

---

① 李剑国.唐前志怪小说史[M].天津：天津教育出版社，2006.

第七章 汉代史传文学的发展

司马迁所著《史记》具有进步的历史观和崭新的纪传体例，他将自身的人生体验和思想观念熔铸于对历史人物的刻画中去，寄寓了强烈情感的叙述和深刻思考的叙述，已经具有了震撼人心的艺术魅力，识力与笔力卓绝千古。班固所著《汉书》变更《史记》体例，断代为史，资料丰富充实而篇卷整齐，是继《史记》之后又一部杰出的纪传体史书，也是一部严谨典雅的传记文学作品。《史记》与《汉书》是汉民族历史意识成熟的产物，是中央集权制巩固而强大的结果，也是文学发展的阶段性总结。本章内容为汉代史传文学的发展，分别对司马迁与《史记》、班固与《汉书》两方面内容进行了介绍。

第一节 司马迁与《史记》

一、司马迁的经历及《史记》的成书

《史记》画面广阔，而且内涵丰富，有其独特的创作宗旨，这一切都建立在司马迁对人生的深刻体验上。它不同于一般的历史资料，《史记》是司马迁用全部心血灌注而成的艺苑奇葩，融入了他深刻的人生体验。

"迁生龙门"，滔滔黄河从这里经过，司马迁诞生在这样一个富有神奇传说的地方，从小"耕牧河山之阳"，十岁诵读古文，有良好的家庭教育，二十岁时，受父命漫游全国。这是一次学术漫游，加之此后护驾西至崆峒，又奉命出使西南，中间还参加负薪塞河等事。这一系列不平凡的经历，使他对人生有了较多的体验。

就以漫游来说，齐鲁是这次漫游的一个重点。依此，我们认为这次漫游有两个主要目的，第一个目的是观察儒家先贤的遗迹。会稽是大禹的安葬之所，那里有著名的禹穴，有关于禹的种种神话。九嶷山是舜的最后归宿，那里同样流传着

舜的种种传说。至于追寻屈原遗踪，究其原因，不无这样的缘故。他认为屈原作品和儒家经典《诗经》忧愁幽思之作的精神是一致的，所以称其志"虽与日月争光可也"，赞其志洁行廉，这和儒家称颂的仁人志士相一致，因而浮于沅湘，特地"适长沙，观屈原所自沉渊，未尝不垂涕，想见其为人"，悲叹其志不行。司马迁北游鲁、邹，那是孔、孟的故里，儒家的发祥地。他在这里瞻望"仲尼庙堂车服礼器，诸生以时习礼其家""乡射邹、峄"，在这礼仪之邦观礼、习礼，"观孔子之遗风"，想见其为人，这该是多么有意义的事，在这里只有盘桓、仰慕、留恋。

漫游另一重点是江淮，这里体现了其第二个目的：考察汉初史风云人物的行迹。江淮一带是汉初史迹的宝库，天然留存的历史博物馆，对司马迁来说则别有一番吸引力。在淮阴，他见到了位于高敞地带的韩信母亲坟茔；于丰沛，观萧何、曹参、樊哙、滕公之家，了解到他们"鼓刀屠狗卖缯"（《樊郦滕灌列传》）的身世，以及刘邦种种带有流氓特色的传闻逸事。他在项羽的根据地彭城停留了很长时间，有着和孔子困厄陈蔡的类似经历。他留心地理山川，细心观察楚汉之乡风云变幻所遗留下来的些微痕迹，因而"秦楚之际，兵所出入之途，曲折变化，唯太史公序之如指掌"①。

总之，这次漫游，加深了司马迁对舜、禹、孔子的亲切感，使历史材料和传闻增加了现实感和立体感。追踪儒家先贤的足迹，目睹那遗留历史痕迹的一城一地，耳闻种种奇闻轶事，这一切奠定了青年史学家成熟的基础。

在司马迁的一生中，"李陵之祸"是他最有生命体验的经历。关于司马迁受祸的始末，《报任安书》和《汉书·司马迁传》都有详细记载。司马迁因替投降匈奴的李陵辩解，被残忍地处以宫刑，这是人生的奇耻大辱。后来被用为中书令，而这种官职一般由宦官担任。从古到今人们歧视宦官的做法，使他痛心疾首。

如此的环境气氛，如此的个人不幸，使他心灵上受到极大的震撼。在挫折面前，司马迁仍然坚持撰写《史记》，其动力来源有以下诸方面：

第一，强烈的时代使命感。汉武帝时代，是一个充满活力的时代，也是一个人才辈出的时代。辉煌的时代给史学家提出了重要而迫切的课题：总结前代历史经验，表彰当代明君贤臣。司马迁父子就是在这样的背景下自觉地肩负起了时代

---

① 顾炎武.日知录[M].严文儒，戴扬本，校点.上海：上海古籍出版社,2012.

重任。就司马迁而言,他生活在充满活力的时代,也多次随武帝出巡,感受到时代的恢宏气势,作为太史公,他要创作一部通史,包揽前代,歌颂大一统。尽管他本人身遭腐刑,但他并不以己私而放弃修史的使命。可以说,强烈的时代使命感,促使他在逆境中站立起来。而他的不幸遭遇,更使他看清了社会各方面存在的弊病与矛盾,促使他向当朝统治者敲响警钟,这也是一种责任感。"尊汉"与"讥汉",都是为当朝服务,二者看似矛盾实乃和谐统一。

第二,继承父亲遗愿。元封元年(前110年),太史公司马谈临终前将完成《史记》的重任交给了司马迁,司马迁接受父命,是要尽自己的孝,不辜负父亲的期望。因此,虽然自己身处逆境,但父亲的高大形象始终闪现在眼前,父亲临终前的言语犹如洪钟一般在耳边响起。如果不完成《史记》,连起码的孝道都不能做到,拿什么让地下的父亲安息呢?所谓的"显父母"就更无从谈起了。在这股力量的推动之下,司马迁更坚定了完成《史记》的信念。

第三,承担历史责任。司马迁修史,是要继孔子作《春秋》,借《史记》表达自己的思想:"究天人之际,通古今之变,成一家之言。"(《报任安书》)按照五百年出一圣人的循环观点,现在也该自己站出来继承孔子修第二部《春秋》,这个机会不能放过。他现在的目标是要探求从黄帝以来的三千年历史是如何发展变化的,人在社会发展变化中处于什么位置,有什么作用。作为一个史学家,如果能够独立地、正确地回答出这些问题,发表自己的一家之言,也算是对人类文化做出了一点有益的贡献。这个目标是崇高的、远大的。司马迁不愿意放弃这个目标,宁肯受辱,也要为此而奋斗。而且,身遭腐刑使他对社会问题有了更清醒的认识,尤其是对当代历史有了更深刻的评价,这促使他把自己的思想发表出来,引起世人的注目。

第四,追求不朽。司马迁是富有创造性的人物,他要通过自己的不懈努力来成就自己的功名。他把立名作为自己行为的崇高目标,认为一个人活在世上,总要有自己的功名追求。不幸的是,司马迁遭腐刑后,立德、立功之路已经无法走通,他没有悲观,而是以"立言"的形式来实现自己的崇高目标。如果"草创未就"便因受辱而放弃修史,岂不成了无用之辈了吗?作为大丈夫,无论受什么挫折,总要轰轰烈烈干出一番事业来。商鞅变法,"强霸孝公",乐毅"为弱燕报强齐之仇,雪其先君之耻",韩信"拔魏赵,定燕齐,使汉三分天下有其二,以灭项籍"，卫青、霍去病"直曲塞，广河南，破祁连，通西国，靡北胡"，像这样的人物真是太多了。司马迁从他们身上也感受到了一种奋发向上的力量，促使自己完成《史记》，建立功名。

第五，为个人遭遇雪耻。身受腐刑给司马迁造成的精神折磨远远超过了肉体的痛苦。他也想以死来洗刷自己的耻辱，但又认为自己还没有完成《史记》，即使一死，"若九牛亡一毛，与蝼蚁何异"。"人固有一死，死有重于泰山，或轻于鸿毛，用之所趋异也"。自己受辱没有完成《史记》而死，就等于再加一等耻辱，只有发愤图强，与现实抗争，完成《史记》，才能"偿前辱之责"。因此，他弃死就生，艰难地活下去。

经过以上多方面冷静的思考，司马迁对人生、社会有了更深层次的认识。有学者认为司马迁受宫刑是他精神上的升华与认识上的飞跃，他由此看清了封建专制的残暴，从而用他的《史记》为武器，开始了他生命中最为辉煌的历程。有了人生的体验，人生的追求，司马迁的《史记》就不同于一般的资料汇编，而是以生命的体验来实现自己"立言"的崇高目标，有了独特的韵味。

司马迁的一生大约与汉武帝相始终，具体卒年及死因都无从详考了。他的身后也很萧条，他的后代可以考知的只有一个女儿。司马迁给我们留下了奋斗者的足迹，留下了《史记》，这足以使他永垂青史了！

鲁迅在《汉文学史纲要》中称《史记》为"史家之绝唱，无韵之《离骚》"，对《史记》在史学和文学上的地位予以高度的评价，而且概括地指出了《史记》的特色。在司马迁之前，我国虽已有了《春秋》《左传》《国语》《战国策》等极为重要的史书，但它们或记载某个时期的历史，或记载某些地区的历史，都未能全面记述从古到今，包括各个方面内容的历史，也不可能对整个历史形势发展变化作全面的分析论断。《史记》创立的纪传体弥补了上述缺陷，本纪、表、书、世家、列传五个部分互相补充，互相配合，使得三千年历史历历在目。后代的正史，都采用纪传体形式，可见其影响之深远。

二、《史记》的内容及思想价值

（一）《史记》的内容

《史记》记事，上起传说中的黄帝，下迄汉武帝，贯穿古今三千年的历史，包罗万象，是一部百科全书式的巨著，诸如政治、经济、文化、民族社会以及自然界的星象、历法、地理、水利等无所不备。对于汉王朝周边民族的记载也远及西亚一带，具有世界史的意义。可以说《史记》是一幅广阔的历史画卷。

为了最大限度地展现历史的画卷，司马迁阅读和搜集了大量的历史材料。这些材料，有的是来自皇家的图书、档案，有的来自金石、文物，有的是司马迁实地调查所得。据统计，仅《史记》书中司马迁所见书总计一百零二种，其中六经及训解书二十三种，诸子百家书五十二种，古今历史书及汉室档案二十种，文学书七种，而未加评论和征引的书也不在少数。面对众多的资料，司马迁并不是随意编排，而是精心选择。

司马迁的选材标准，大体来说有四个方面：一是"考信于六艺"。"六艺"即六经，即以儒家六经作为取舍材料的尺度和评判历史价值的标准。二是"折中于夫子"。在《史记》中，司马迁大量引用孔子言论来评判人物和事件，显示出孔子在当时的地位。三是"非天下所以存亡，故不著"。这是在《留侯世家》中提出的选材标准，一个人一生的事迹很多，不可能全部记载，只能选择重大的事件加以描绘，这也是刻画人物的重要原则。四是"择其言尤雅者""总之不离古文者近是"。这是在《五帝本纪》《三代世表》《仲尼弟子列传》中提出的选材原则。由于司马迁有自己的选材标准，所以三千年的历史画卷显得井井有条。

《史记》以纪传体通史的形式，把华夏文明三千年历史展现在世人面前。历代的帝王、贵族、各种大小官僚、政治家、军事家、文学家、经学家、说客、策士、刺客、游侠、商贾、卜者、俳优，都涌现在司马迁的笔下。《史记》描绘出推动历史巨轮的人的形象以及他们的思想与行动。从纵的方面看，是一幅由人物集体组合成的历史画页，客观地说明，历史是在不断发展变化的，并非处于凝固状态；从横的方面说，这些出场人物都有自己的特点，客观地表明，历史是复杂的，它不只是那些帝王将相、公子王孙的历史，而且是包含着下层小人物的历史。

我们更应看到，司马迁把眼光投射到社会的各个阶层，尤其是给下层人物立传，这是一种大胆的做法，体现了司马迁的进步思想。司马迁给历史人物立传，有明确的标准。他不只着眼于社会地位，更重要的是看他的社会作用，正因此，那些虽有高官厚禄、但对社会毫无贡献的人也不能入传。《张丞相列传》后面，作者附列了陶青、刘舍、许昌、薛泽、庄青翟、赵周等好几位丞相的名字，这些丞相虽然"列侯继嗣",但他们"娖娖廉谨,为丞相备员而已,无所能发明功名有著于当世者",因此,未被列入传记之中。相反,一些社会地位低下,但有一技之长,或对社会有突出贡献,或在当时有某种代表性的人物,如医生、商人、刺客、游侠等,却被司马迁载入史册,并对这类人的精神、品质进行称赞,表现出他卓越的见识。

《史记》画面广阔,不仅体现在它描绘了社会各个阶层的人物,还体现在它描绘了社会的各个方面、各个角落,因为在纪传之外,还有八书——礼书、乐书、律书、历书、天官书、封禅书、河渠书、平准书。八书就是古代社会的文化制度史,反映了社会的经济基础和上层建筑领域中一些重要的方面。有了这八个方面,《史记》所反映的社会历史就是一种立体化的社会,人与自然的关系、人与社会的关系、人与人的关系等都得到了体现,使人们从更多,更深的方面了解和认识古代社会。

《史记》是一部通史,改变了过去一时、一地的历史体裁,同时,在体例上也体现出整体系统性,反映社会的整体面貌。五种体例互相配合,构成一个整体系统。"本纪"是这个系统中的最高层次,是全书之纲领。"本纪""世家""列传"三者构成一个子系统,是从不同的人事层次上反映社会的变化发展。只要对社会的发展有所贡献,不管出身高贵与卑贱,都可进入这个系统。然后,"表"与"本纪""世家""列传"构成第二个子系统。如果说,"本纪""世家""列传"是从纵的方面描绘历史动态的话,那么"表"就是从横的方面描绘历史的断面,把三种体例描写的内容具体化,从而形成纵横交错的网络化体系。而"书"与"本纪""世家""列传"又构成第三个子系统。八书是写社会生活中政治、经济、文化、天文、地理等八个方面,它们结合在一起,使整个系统达到立体化的效果。如果缺少这一部分,那么社会的发展就显得平面化、单调化。《史记》的每一个体例、每一个子系统,都具有明显的时间层次:从上古到当代。《史记》的五种体例,堪称体大思精,反映了作者对历史的看法,也反映了作者描绘历史的高超技艺。

从《史记》广阔的画面中我们还可以看到,司马迁采用"略古详今"的写史方法,突出汉初历史。对于前代历史,尤其是五帝时代的历史,由于年代久远,无法详记,因此,司马迁除了采用先秦典籍外,还从民间传说中吸取了许多资料。对于汉初历史,司马迁亦是如此,不仅利用朝廷各种档案资料,而且深入实地亲自采访，以充实人物的事迹。无论古代还是汉初，司马迁都不是记流水账，而是以自己对历史和现实的敏锐观察和深刻分析，进行人物、材料的选择。通过各个不同阶层人物的活动，勾勒社会的发展，反映历史的变化。历史犹如一条长河，历史家司马迁对这条河的源流、宽窄、深浅、流量、流向有一个总体认识，并把笔墨重点投向河的"中下游"——这也体现了历史为现实服务的宗旨。

（二）《史记》的思想价值

《史记》之所以被称为"史家之绝唱"，不仅在于体制上的创造，更重要的还在于贯穿全书的思想。司马迁写《史记》，其目的是"究天人之际，通古今之变，成一家之言"（《报任安书》）。"究天人之际"，就是探讨"天"与"人"之关系，这是每个史学家、哲学家不可回避的问题。司马迁继承了古代"天人相分"的朴素唯物主义思想，把人作为历史的主体来写。虽然也讲"天命""受命"，但更重要的是讲人事，讲"时""势"，他认为支配历史发展的是人而不是天，这是一种进步的社会历史观。"通古今之变"，就是要探讨古今历史发展变化的因果关系，要"原始察终，见盛观衰"（《太史公自序》），要"稽其成败兴坏之理"（《报任安书》）。虽然司马迁还没有完全摆脱历史循环论的影响，但从总体上看，他承认历史是发展的、进化的、变化的，"变"是司马迁历史观的核心。"成一家之言"，就是要通过《史记》，表达自己对历史的看法，表达自己的理想，这是"史家之绝唱"的关键所在。司马迁对历史的独到见解，被正统的封建文人斥为"是非颇谬于圣人"（班彪语），可见其胆识。它主要表现在以下几个方面：

第一，敢于冲出为尊者讳的藩篱，把无情的笔触伸向统治者内部，揭露其丑行恶迹，甚至剔除掉皇帝头上的神圣光圈。对于汉朝的开国皇帝刘邦，司马迁固然没有抹杀他的功劳，但对他的虚伪、狡诈和无赖的品质也没有放过。在《项羽本纪》中，作者写了刘邦在被楚兵追击仓皇逃跑时，多次把自己的儿女推下车去的残忍心肠。《留侯世家》中写刘邦贪财好色，《萧相国世家》中写刘邦猜忌功臣，《淮阴侯列传》中又借韩信的口，谴责了刘邦诛杀功臣的罪行：狡兔死，良狗烹；高鸟尽，良弓藏；敌国破，谋臣亡。通过这些描写，揭露了这位"真龙天子"的真实面貌。对于"今上"汉武帝，司马迁同样予以讽刺与揭露。《封禅书》叙汉武帝时事，劈头就说"今天子初即位，尤敬鬼神之祀"，接着写他迷信鬼神的种种荒唐行为。开始奉祀女巫，后来惑于方士。在方士的诱骗下，他多次封禅泰山，祈求长生不死，达到如醉如狂的程度，从而活画出了一代天子愚昧无知的精神状态。对武帝时代法律的虚伪性也予以无情批判。《循吏列传》中写孙叔敖、郑子产等五人，没有一个汉代人。而《酷吏列传》却全写汉代人，除景帝时一人外，其余九人都是武帝时有名的酷吏。作者在写这群酷吏时，每每指出"上以为能"，表示了对武帝的讽刺和愤慨。《史记》还描写了统治者尖锐复杂的矛盾斗争。《魏其武安侯列传》写窦婴与田蚡两代外戚之间的明争暗斗，互相倾轧，终于同归于尽的下场。其中"廷辩"一段，是各种矛盾的集合点，卷入了众多的人物，连汉武帝、王太后也都成了漩涡中的人物。这篇传记有力地暴露了封建贵族政治的黑暗，表达了对现实的深刻批判。

第二，以热情的笔墨描写社会下层人物。司马迁认为，游侠的行为虽然不合于封建统治者所说的"正义"，可是他们讲义气，守信用，不惜牺牲自己来救护被迫害的人，又一点也不夸耀自己的功劳，有值得赞扬的地方。比如游侠朱家，救护的豪士以百计，平常人则更多，而他自己的生活却非常艰苦。他救出季布将军，等季布做了大官，他就不再去见季布。这就是司马迁所肯定的游侠。司马迁把仗义之侠与欺压贫民的强盗严格区别开来，更可见其卓越的见识。另外像刺客、俳优、卜祝，商贾等下层人物，都是受人歧视的，司马迁却在《史记》中给他们列传，并肯定他们的某些优点、长处。尤为可贵的是，他对陈胜、吴广领导的中国历史上第一次农民起义给予热情歌颂。在《陈涉世家》中对这次农民起义的背景、过程、结局作了详尽的描述。在《项羽本纪》中，又对项羽以盖世气概灭亡秦国的功劳予以肯定。这种精神，与后世正统史学家是截然不同的。

第三，司马迁还把他的视线投向社会的各个方面，政治、经济、文化、天文、地理、医学等，从而立体化地展示出社会的面貌，使《史记》成为一部百科全书。例如《平准书》，它与《货殖列传》相配合，揭示了历史进程中经济发展的重要性，表现了司马迁独特的经济思想。他敢于向儒家之罕言"利"提出挑战，强调物质财富的重要性。并且给我们勾画了一幅人类追求物质生活的图画，贤人、名士、廉吏、商贾、壮士、闾巷少年、赵女郑姬、游闲公子、弋射渔猎者，以及博戏驰逐、斗鸡走狗之流，无不是为了生活而奔波。进而提出了"善者因之，其次利道之，其次教诲之，其次整齐之，最下者与之争"的观点。此等超人的见识每每见于其立体化、网络化的体系中，使之更具光彩。

此外，司马迁又冲决旧观念，把四夷纳入统一的中央集权帝国和他的巨大体系之内，表现出独特的民族思想，还记载了中华民族与外民族的交往，从而使《史记》确不愧为"一家之言"，不愧为"史家之绝唱"。

三、《史记》的史学精神

（一）会通精神

先秦史家和先秦诸子非天命而重人事，对人类社会生活的各个方面均有强烈的关注。但因学派不同，彼此角度不尽相同，终不免有这样那样的局限。司马迁观察、思考问题的角度、方法，则有更加富于历史整体感和辩证精神的史学体系。

司马迁注意从研究历史在发展过程中内在的因果联系入手，总结历史的经验教训。

经济基础与上层建筑的关系，虽为先秦史家和先秦诸子所重视，但因其政治主张和人生理想不同，各派的观点又有很大的局限性。司马迁在《史记》中却较为充分地显示甚至论证了农业、手工业、商业的相互依存关系，以及它们对人际关系、社会心理和历史发展所起到的决定作用。就此而言，司马迁的经济史观不仅远远优于先秦史家和先秦诸子，也为后世某些史家所不及。

《史记》以其恢宏的笔触，描述了人类物质生产的历史，论证了劳动分工的必然性与必要性，初步窥探到了人类物质生产史上存在着不以人的意志为转移的规律（诸如商品交换中的一般规律）。

《史记》更深刻地指出求富源于人的性情。在正常的经济活动范围内，以不同的方式致富，并无高低贵贱之分。此不仅进一步论证了商业、手工业等"末业"存在的必然性与合理性，而且对传统的道德观与价值观的虚伪性也作了无情的揭露。

《史记》不仅触及了经济关系乃是阶级压迫和阶级剥削的基础，更指出人类的经济活动中，经济关系时刻都处于变动之中，从而否定了富贵在于天命的神话。

先秦史家、先秦诸子重华夷之辨。经历了春秋、战国的历史巨变，汉建立了统一的多民族国家。到了司马迁的时代，国力空前强盛，各民族产生了强大的凝聚力，更加速了各民族互相影响与融合的进程。司马迁感受到了这一历史需要和趋势，在《史记》中对华夏民族的形成历史、少数民族的生存发展史、少数民族与华夏民族的关系史给予了高度的重视。其间，司马迁依据传说，以黄帝为各民族的共同祖先，不可据为信史，然而因为各民族共同参与了中华民族历史的创造，其说亦有一定的历史背景。此外，就顺乎国家统一与民族融合的需要而言，也有一定的积极意义。

（二）批判精神

《史记》的批判精神不仅在于司马迁恪守史家的实录原则，更在于他对历史、对现实有自己的价值判断和价值取向。尤为可贵的是，在《史记》的批判内容中，寄寓有司马迁的社会理想和人格理想。

《史记》通过对武帝时代酷吏政治的批判，不仅触及封建集权政治的某些本质特征，更从政治、经济等方面揭示了酷吏政治产生的历史原因。揭露和鞭挞了封建集权的社会上层人物之间以利相合的人际关系和他们冷酷自私的品质特征。《史记》对封建社会上层人物的奢侈、荒淫、迷信也有所揭露和批判。

（三）实录精神

《史记》体现了不虚美、不隐恶，公正客观地记录史实和评价历史人物的"实录"精神。

第一，司马迁注重材料的去伪存真。对资料的选择和取用十分谨慎，对历史事件的记录尽量回归原貌。

第二，对历史人物的介绍和刻画尽量客观公正，彰显了史家的胆识和实录精神。如对汉高祖刘邦，《史记》既赞扬他推翻暴秦、开创大汉帝国的历史功绩和知人善任的优秀品质，同时也没有掩饰他自私虚伪、刻薄残忍的无赖特性，以及猜忌贤良，诛杀功臣的卑劣行为。写刘邦登上帝位，曾当众奚落其父，一派小人得势的洋洋自得之相，又写刘邦大败于彭城，仓皇逃命之时屡次将他的孩子推到车下，恐怕车马不快耽误了逃命。又如《李将军列传》不仅赞扬了李广勇武善战、爱护士卒，对他的命运深表同情，同时也记载了他杀降卒、报复霸陵尉等过错。即便对反面人物，在曝光其丑行之外，也不抹杀其优点。如《酷吏列传》中记载的张汤是武帝的爪牙，是统治阶层的忠实奴仆，对此司马迁是持否定态度的。张汤死后"家产直不过五百金，皆所得奉赐，无他业"，可以称为廉吏，司马迁对这点同样如实记录,又肯定了他的私人品质。"实录"是司马迁史传文章最可贵的精神。

第三,正视社会矛盾,直陈政治现实。《史记》不仅写以往的历史,也记录当世的大事,在统治者变幻不定且阴冷的目光中完成史书的写作是需要极大勇气的。司马迁生活于武帝时期,这是汉朝社会极其繁荣昌盛的时代,但同时也是各种矛盾逐渐尖锐、激化的时代。司马迁不但能够洞悉到这些矛盾,而且用他的如椽大笔写了下来。

四、《史记》的文学特色及成就

《史记》既是优秀的历史著作,也是生动的文学作品,它在人物塑造、情节和场面的安排以及语言的运用诸方面都取得了令人瞩目的成就。刘勰称赞司马迁有"博雅鸿辩之才"①(《文心雕龙·史传》)。这不仅表现在他对历史事件的记述上,也表现在他才气纵横的行文之间。

(一)《史记》的人物刻画

先秦的历史散文大都以记事或记言为主,人物描写并不突出。《史记》则在继承前代史书的基础上大有创新,找到了以人为中心的纪传体形式。这些人物处于叙述的核心位置,各种事件、各类因果围绕着人物井然有序地安排出来,通过人物的一系列活动,一幅幅波澜壮阔的历史画卷依次展开。个性鲜明、风姿各异的人物形象体现了《史记》纪传文学的特质,也展现了汉代历史散文的艺术价值。在人物刻画方面《史记》表现出了以下特点:

第一,注重各阶层人物的刻画。一部《史记》记录了四千多个人物,其中给人印象深刻者百余人。司马迁写人主要从两个方面加以选择:其一,是否具有实际的社会历史作用;其二,能否代表一类人。符合两个要求的就详写,符合一个要求的就略写。在这两个基本原则的规范下,社会各阶层的人物被列入"本纪""世家""列传"三个叙述层次之中。帝王作为王朝的领导者,无论昏庸还是贤能,他的决策和举动往往决定着国家的兴衰和人民的福祸,所以这类人被列于本纪之中,围绕着他们的是一系列重大的社会斗争。司马迁又不拘守帝王名分,将推动历史、改变政治格局并成为某一时期社会斗争核心的人物也安排到本纪之

---

① 刘勰. 文心雕龙 [M]. 呼和浩特:内蒙古人民出版社,2009.

中。于是便有为秦一统天下前的几位秦国君主和秦始皇创作的《秦本纪》和《秦始皇本纪》；有为剪灭秦军、号令天下而败于楚汉之争的项羽创作的《项羽本纪》；还有为大权在握、临朝听政的吕雉所作《吕太后本纪》等。诸侯一类的人物传记则被归于世家一类。他们开国承家，子孙世袭，藩辅中央，是局域社会斗争的中心，因之有《齐太公世家》《楚世家》《萧相国世家》等。司马迁在世家部分同样没有拘泥于人物的出身和家世，而是更关注他们是否具有较大的历史作用，是否影响了社会变革。由此，孔子、陈涉也被列入世家之中。

第二，善于抓住最具典型意义的事件和语言、行为来突出人物的主要成就和性格特征。如写赵国名相蔺相如，只记载他三件事：一是完璧归赵，表现他勇敢机智，敢担重任；二是渑池会，表现他凛然正气，不辱使命；三是将相和，表现他以国家利益为重，不计个人荣辱恩怨。蔺相如的崇高品质就从这三个事件中表现出来了。又如《项羽本纪》着重写了巨鹿之战。鸿门宴、垓下之围等几个关键性的影响历史进程的重大事件，以突出项羽的性格：巨鹿之战，表现项羽的英勇善战；鸿门宴，表现项羽的胸怀坦荡和优柔寡断；垓下之围，则表现了项羽的宁折不弯和不肯苟且。用典型的事件概括了项羽一生的主要经历，揭示了其性格的复杂性。除以事件写人物之外，《史记》还善于用人物的语言、行动揭示其心理活动，展现性格思想。

第三，精心挑选某些精彩的生活细节，以凸显人物性格，从中透视其细微的心理活动和复杂的感情世界。如项羽少年时观看秦王出巡，说："彼可取而代也。"刘邦见始皇威仪，叹曰："大丈夫当如此也。"陈涉耕作时面对同伴的耻笑，感慨道："燕雀安知鸿鹄之志哉！"这几句话表明这几位改变历史的英雄人物，青年时期便有远大的理想，而其性格也从中展现出来。

第四，用"互见"手法保持人物形象的完整性。"互见法"的运用，有助于叙事情节的剪裁和人物形象的完整与统一。如《高祖本纪》从正面刻画刘邦，将他善于用人、果断坚韧及从善如流的政治家形象表现得很具体，对其缺点仅略微提及而已。而在《项羽本纪》和其他人的传记里，刘邦却是一副流氓无赖相。项羽的形象在《项羽本纪》里是叱咤风云、气盖一世的英雄，他的残暴和优柔寡断则在《高祖本纪》《陈丞相世家》《淮阴侯列传》《留侯世家》中所表现。如此"互见"，既客观真实地再现了历史，也分层次地展现了人物性格，使人物形象更为立体生动。

第五，司马迁善于在情节发展过程中让各种人物充分表演，通过自身的语言、行动展示其性格特征。如在《项羽本纪》中的"鸿门宴"一节，司马迁安排樊哙在形势最紧张的关头出场，通过他闯营、怒目而立、吃生肉等行为显示了其勇武粗豪的特点；接着又写樊哙在宴席上责问项羽，言之有理，不卑不亢，可见其性格粗中有细，很有政治头脑和危机意识；最后，他又劝刘邦偷偷逃走，表现了他对刘邦的忠诚，对事务的果敢决断。司马迁对这个人物没有作任何客观介绍和静止描写，而樊哙的性格特征就通过自身的语言与行为自然而然地表现出来了。

司马迁运用多种刻画手法，将人物形象塑造得栩栩如生，这些血肉丰满的人物愈发亲近真实，跃然纸上。

（二）《史记》故事情节的特色

《史记》中很多篇章情节曲折，矛盾冲突紧张激烈，引人入胜。在故事情节的安排方面，《史记》又有以下两大特色：

其一，情节容量的增加。《史记》经常会引用前代《左传》《国语》《战国策》等史书的资料内容，但它又不局限于此，而是对故事情节作了充分修改和加工润色，使之更为系统完满，生动而曲折，进而增强了叙事的密度，增加了情节的内容含量。

其二，戏剧化的场面描写。戏剧化的场面是指作品中所表现的矛盾冲突，矛盾冲突越激烈，就越具有戏剧性。《史记》中的许多戏剧化场面都是人所熟知的，其场面或惊险，或悲壮，或盛大，或滑稽，都写得有声有色，给人以身临其境之感。

（三）《史记》的语言艺术

《史记》总结与发展了先秦语言。司马迁对先秦语言进行改造，使佶屈聱牙的古语通俗化，成为汉代标准的书面语。

《史记》的语言还常常带有作者的感情，或褒或贬，颇有韵味。

评论语言感情强烈、情理兼备。司马迁在《史记》中经常以"太史公曰"的形式表达自己的观点，或评论历史事件，或褒贬历史人物，或对复杂的历史现象作出某种说明。

兼采各家笔法、句法之神韵。或文近于赋，或语似于诗，或辞类于古文，根据叙述内容的不同，表达情感的需要，而运用不同风格的语言。

《史记》是一部伟大的历史著作，也是一部伟大的文学著作。它叙述了中华数千年的历史变迁，让无数历史人物风流尽显；它继承了前代优良的文学传统，在创造与突破中树立了中国文学的典范；它真实地反映了作者的思想情感，成为大汉精神与时代文化的生动展演。《史记》是中国史学高耸的丰碑，是中国文学永恒的经典。

第二节　班固与《汉书》

《汉书》是中国古代第一部纪传体断代史，《后汉书·班彪传》称，班彪"继采前史遗事，傍贯异闻，作后传数十篇"，班彪创作的后传，是相对于司马迁的《史记》而言，后传所叙都是西汉时期的人物。班固写《汉书》，就是在其父班彪旧著基础上增益而成，《汉书》对前代的典籍多有借鉴，有的人物传记参照《史记》，《五行志》参考刘向的《洪范五行传》，《艺文志》则取自刘歆的《七略》，班固的《汉书》历经二十余年乃成，至汉章帝建初年间（76年—84年）基本结束。

《汉书》是继《史记》之后又一部史传文学的典范之作，初问世就引起广泛关注，学者莫不讽诵，《汉书》在叙事写人方面取得了很高的成就，是汉代叙事文学的又一座丰碑。

一、《汉书》的内容

（一）家族史的充分展示

《史记》除《本纪》和《世家》外，其余传记基本都是以叙述单独个人的经历为主，很少涉及家族史。西汉盛世培育出一大批官僚世家，这些家族世代为官，数世相承，长盛不衰，《汉书》许多传记都是叙述官僚世家的历史，如《张汤传》《杜周传》《韦贤传》等。班固在叙述西汉官僚世家的始末时，更多地着眼于道德上的善恶。张汤是武帝时期著名的酷吏，他本人最终也因受人诬陷而遇害。然而，张汤家族却久盛不衰，从张汤之子张安世封富平侯，以后子孙相继，一直到东汉光武帝阶段还保持侯位。《汉书·张汤传》对张安世所作的叙述，都是日常生活中的具体事件，没有惊天动地之举，不是轰轰烈烈的建储立君大事。张安世的行善积德主要体现在多个方面：匿名迹，远权势；隐人过失；持身廉洁，持家有方。这些看来很细微的事情，正是多数官员无法做到的。

班固是用善有善报的观念来解释张氏家族的长盛不衰，其中提到的张贺是张安世之子，他在掖庭精心呵护武帝的曾孙，即后来的汉宣帝，张贺死后被追封为恩德侯。

班固反复强调善有善报的必然性，以此说明张、杜两大家族久盛不衰的合理性，班固对家族荣辱创作的叙述，道德评判色彩很浓。

班固对西汉官僚世家兴衰荣辱创作的叙述，经常采用对比的手法《汉书·霍光金日䃅传》是把两个显赫的家族以合传的方式放置在一起，对比的意味非常明显。班固从三个方面对霍光和金日䃅加以对比：霍光出身高贵，金日䃅是来自匈奴的战争俘虏，论出身金日䃅不如霍光；霍光主持朝廷废立大事，屡建功勋，论功劳金日䃅不如霍光；霍光不学无术，暗于大理，金日䃅持身严谨，忠信自著，治家持身霍光不如金日䃅。正是这些造成两个家族的不同命运，霍光显赫一时，金氏久盛不衰。

班固在对两个家族进行对比时，还通过当事人之口加以评说。《汉书·张汤传》叙述张安世之子与霍光之子霍禹随军出征的不同表现，霍光叹息道："霍氏衰矣，张氏兴矣。"霍光亲口说出霍氏衰、张氏兴的预言，对他来说是件痛苦的事，但又是不可逆转的趋势。班固以此向人们昭示，创业难，守业更难，家族的衰落往往是后代子孙不肖造成的。

（二）西汉社会风尚的生动写照

西汉是中国古代的盛世，形成了颇有时代特色的社会风尚，《汉书》对于这个时代的社会风尚，作了真实生动的展现。

《汉书》在一系列人物传记中，反复展示出西汉士人在仕与隐方面的社会风尚。西汉是中国历史上空前强盛的时期，特别需要那些具有个性和创造力的人物，西汉时期在入仕方面确实出现了一批非常之人，《汉书》对此做了充分的展示。《汉书》卷六十四载，终军步行经函谷关前往长安，把出入函谷关的通行证弃置而去，发誓不被朝廷任用就不再出关，后来果然高车驷马，杀出函谷关。

西汉士人积极投身于现实政治，许多人主动要求从军或出使域外，以此实现建功立业的理想，《汉书》对此也有详尽的叙事。《汉书》卷五十一记载，朝廷征集出使匈奴人员，路温舒上书，"愿给厮养，暴骨方外，以尽臣节"。《汉书》卷七十记载，苏武出使匈奴，常惠自奋应募，主动前往，充当苏武的副手。《汉书》卷五十八记载，吕嘉叛乱，时任齐王太傅的卜式请求朝廷允许他和儿子一道从军，率领齐地勇敢善战者奔赴前线。西汉士人投身现实的政治热情空前强烈，反映出那个时代政治的开放特征。

西汉盛世还出现了一批急流勇退的高官显宦和终身不仕的隐士，《汉书》对此亦作了生动的描述。《汉书》卷七十一所记载的疏广属于急流勇退型人物，疏广、疏受叔侄在宣帝朝分别任太子太傅和太子少傅，备受天子恩宠。《汉书》卷七十二还提到西汉时期一批隐士，其中有商山四皓、郑子真、严君平。商山四皓见于《史记·留侯世家》，而郑子真，严君平，都是扬雄欣赏的高士，扬雄与严君平还有过交往。郑子真、严君平终身不仕，拒绝朝廷征召，是具有高尚情操的高士。

《汉书》所记载的上述人物，或出，或处，或是出而复处，他们在人生旅途上的出处都很有力度。出者执着，处者超脱，都具有盛世风范。

《汉书》所展示的两汉的社会风尚，还体现在士人的冒险精神和举措上。《汉书》中出现许多在仕途宦海出而不处的朝廷之士，他们具有冒险精神，轻举妄动，最后付出惨重的代价。朝廷的冒险之士可分为两种类型：一是倒行逆施型，二是侥幸投机型。《汉书》卷六十四记载的主父偃是一位倒行逆施型冒险人物，他宣称："丈夫生不五鼎食，死则五鼎烹耳。吾日暮，故倒行逆施之。"主父偃把人生看作一场赌博，要么升天堂，要么入地狱。他为了实现五鼎食的目标，发人隐私，积怨甚多，大臣皆畏其口，最后被人诬告而灭族。《汉书》卷四十五记载的息夫躬也是一位倒行逆施的冒险之士，他多次诬告诸侯王及朝廷大臣，成为朝廷的高官显宦。他自作《绝命辞》甘愿以生命作赌注而在宦海兴风作浪，最后也死于别人的诬告。《汉书》卷七十六所载的王章是侥幸投机型的冒险者。他在长安求学时备尝艰辛，后历位至京兆尹。他不听妻子的劝告而上封事，最终死在狱中。主父偃、息夫躬、王章这批冒险之士，都是利口覆邦家之徒，是仕途上急功近利的躁进之人。

《汉书》所表现的西汉社会风尚，还包括那个时代人们对气节的操守。《汉书》收录了一大批节义之士，其中卷七十二是隐士和节义之士的专篇。王吉、贡禹有伯鱼之谦、史鱼之直，龚舍屡次辞官，龚胜宁死不事王莽新朝。龚胜拒绝派来的使者以印绶加身,于是,这位七十九岁的老人绝食十四日而死。文中还列举一系列不能屈事新莽的节义之士,并且在篇末赞语中对于这批清节之士予以肯定。

《汉书》从多个侧面反映出西汉的社会风尚,从而使这部史传文学名著具有多方面的审美价值。汉代士人的积极入世,反映出西汉盛世昂扬向上的气象,终军、东方朔的求仕经历带有传奇色彩。那个时代的冒险精神,人们对节操的持守,则往往酿成人生的不幸,使得相关传记具有强烈的悲剧色彩。传奇色彩和悲剧性是《史记》的基本风格特征《汉书》同样包括这两种因素。

二、汉书的体例和思想

《汉书》继承《史记》体例又有所发展。记事上起汉高祖元年(前206年),下到王莽地皇四年(23年),共记载了二百二十九年的历史。全书包括帝后纪十二篇、表八篇、志十篇、列传七十篇,共一百篇,八十一万言。后人把其中较长的篇目一分为二,分全书为一百二十卷。《汉书》在体制上基本上承袭了《史记》,但又有所改变。第一,"帝纪"继承了《史记》的本纪体例,以帝王为中心叙述史实,记载了从汉高祖刘邦到汉平帝刘衎的编年大事。第二,取消了"世家",把它们并入"列传"。这反映了汉代诸侯王地位有所降低权利被弱化的现实,也表现了班固维护中央集权的政治态度。第三,改"书"为"志",将《史记》八书衍扩为《汉书》十志,是内容丰富的专门史,推动了后世典章文物专著的产生。其中《艺文志》为新增一目,是在刘向《七略》基础上扩充而成,著录图书存留情况,论述古代学术思想流变,被后世视为中国第一部目录学著作和第一部学术文化史大纲。《汉书·食货志》主要源于《史记·平准书》,但材料更为系统、具体,是研究秦汉经济制度的第一手资料。第四,"表"沿用《史记》体例,分别谱列王侯世系及官制演变等。第五,"列传"七十,记载西汉一代不同社会阶层、性格类型的人物,也包括一些少数民族和邻国重要人物的传记。列传一律以时代和世系为序,类传集中编排,篇章次序因此更加清楚。《汉书》以纪、传为中心,以书、表为补充,形成了一个经纬纵横、井然有序的体例结构和叙述视角。它整齐了体例,将一些历史人物于书中的所属类别上有新的安排。例如《史记》把项羽列为本纪、陈涉列为世家,《汉书》则合为《陈涉项籍传》,《史记》把吕后、惠帝分别列为本纪,《汉书》则只保留《惠帝本纪》,把吕后的事迹并入其中,不再另立本纪。它丰富了资料，在一些资料的采集和史事的叙述上，比《史记》更为充实和详审。《汉书》运用详整有序而灵活多样的体例，全面集中地反映了西汉王朝的历史。

与《史记》相比，《汉书》更积极维护封建统治秩序，表现出汉代的正统思想。究其原因，主要有五点：

一是受身份地位的影响，具有阶层的认同感。班固出生于显贵世家，整个家族与汉王朝的关系十分紧密。其父班彪又是两汉之际最能代表正统思想的人物，著有《王命论》，以"汉德承尧，有灵命之符，王者受命，非诈力所致"的思想，积极维护大汉王朝的统治。这类思想自然会融入《史记后传》并影响到班固。因此，与在思想上始终游离于统治阶层权力中心的司马迁不同，班固是将自己作为汉廷的一分子看待的，他自觉地充当起统治阶层的发言人，在史书撰著的过程中从统治阶层的视角表达着爱憎，进行着价值判断。

二是受儒家思想的影响，具有伦理的预判性。班固生活于儒家思想极盛的东汉时期，此时早已没有了西汉前期那种相对自由的思想环境，人们言必称经典，文必引诗书，儒家学说已成为思想领域中的"法典"。自小受儒学浸染，熟读经书的班固其著述文章必然受儒家思想影响。儒家最根本的政治主张是守王道、行德治，《汉书》对符合这一要求的人物充分肯定，否则就加以批判。班固不再像司马迁那样以历史作用为衡量标准评判人物，而是根据尊儒和等级名分来定论。如司马迁将项羽列于本纪，孔子和陈胜列于世家，而《汉书》的《古今人表》则把孔子列入一等圣人，把项羽、陈胜列入六等。孔子的地位被进一步提升，项羽、陈胜的历史功绩却被弱化了。又如，《史记》《汉书》都有《游侠列传》，前者持肯定的态度，钦佩赞扬，而后者则持否定的态度，颇有微词。

《汉书》在评价历史人物和事件时，虽然也关注其之于社会秩序、国家统一和人民生活的作用，但绝不去赞美不符合正统思想、儒家标准的人物和行为。班固认为"以武犯禁"的游侠不安守本分、违反国家的法令，是危险的社会存在，对他们自行杀伐的行为深恶痛绝。

三是受时代精神感召，具有光扬大汉的意识。班固生活于东汉的鼎盛时期，这一时期，国家统一，社会安定，推行德治教化，今文经学与谶纬神学相结合而势盛。班固深受时代环境的影响，由衷地拥护刘氏政权的正统地位，极力维护当时统一安定的局面,光扬大汉是他的初衷也是他的决心,他甚至不惜借谶纬之说力证东汉政权之稳定。例如,同是在刘邦的本纪中,《史记》说:"三王之道若循环,终而复始。周秦之间,可谓文敝矣。秦政不改,反酷刑法,岂不缪乎?故汉兴,承敝易变,使人不倦,得天统矣。"而《汉书》说:"汉承尧运,德祚已盛,断蛇着符,旗帜上赤,协于火德,自然之应,得天统矣。"这里虽然都是讲"天统",但含义有所不同。司马迁所谓天统,是讲历史循环,终而复始。班固所言天统,则是一种天命论,是谶纬神学,强调大汉一统天下的合理性、合法性和必然性。

四是受一统观念的影响,具有深沉的爱国情感。班固从封建大一统观念出发,大力歌颂气节坚贞,品德突出,忠君爱国,为国家和民族作出卓越贡献的人物,也无情鞭挞苟且偷生、叛国投敌者。《汉书》以极大的热情塑造了一批令人印象深刻、震撼心灵的爱国人物。如《苏武传》,载苏武出使匈奴被扣,羁留十九年始终不肯屈降叛国。歌颂了他坚贞不屈的民族气节和高尚坚定的爱国品质,描绘了前代史书极少见的忠君报国的形象。

五是受史学传统的影响,具有实录精神和客观原则。《汉书》展现出的正统思想不仅是对一统王朝的歌颂与称赞,也包含对不符合儒家伦理道德标准的行为及人物的无情揭露。这种价值判断在秉笔直书的史学传统的影响下,彰显出实录精神和客观原则。《汉书》批判了西汉后期政治的腐败、统治者的荒淫和昏庸、佞幸和外戚的恣意妄为。例如《外戚传》,通过转录解光的奏疏,揭露宫廷的丑行和帝王的残暴。特别是关于赵飞燕姐妹在汉成帝后宫残害后妃的累累罪行,读来令人发指。《佞幸传》描写董贤凭借姿色受到哀帝宠幸,不仅个人飞黄腾达,而且亲友也鸡犬升天,而正直的丞相王嘉反被无辜处死。《霍光传》揭露外戚专横残暴,凭借裙带关系耀武扬威,鱼肉百姓。班固还描绘了封建社会官场庸俗、世态炎凉的图景。如《朱买臣传》对朱买臣在失意与得意两种境遇下的不同精神面貌及人们对他前倨后恭的态度的描写,展现了一幕幕人情冷暖的滑稽戏。

班固的史笔虽不似司马迁那样犀利,但他同样以著史的责任感和实录精神,真实客观地展现了社会的黑暗面。这既是对正统思想的回应,也是对正统思想的反叛。

参考文献

[1] 王子今.缓急之间:《史记》论历史节奏和文化节奏[J].月读,2022(4):13-25.

[2] 孙少华."汉赋"确立与汉帝国文化政策的展开[J].四川大学学报(哲学社会科学版),2022(2):95-105.

[3] 许结.汉赋:极具中国特色的赋体巅峰之作[J].中国民族,2022(2):68-72.

[4] 孙雅琨.汉代经学对散文创作的影响[J].青年文学家,2021(35):116-117.

[5] 张明月.《史记》《汉书》重合篇章比较研究[D].大连:辽宁师范大学,2021.

[6] 叶嘉莹.《古诗十九首》的文采与内容[J].人文,2020,3(1):120-132.

[7] 王垚元.汉代乐府诗叙事研究[D].长春:东北师范大学出版社,2017.

[8] 徐公持.为什么要研究秦汉文学[J].文史知识,2016(2):21-29.

[9] 刘会月.两汉乐府诗学研究[D].苏州:苏州大学,2015.

[10] 方海峰.汉乐府与汉代社会[D].桂林:广西师范大学,2015.

[11] 王晨.汉赋的结构论[D].杭州:浙江大学,2014.

[12] 李晓宇.《左传》《史记》叙事写人比较研究[D].济南:山东大学,2014.

[13] 闫佩佩.《古诗十九首》原型意象研究[D].烟台:烟台大学,2014.

[14] 王郑.汉乐府:诗乐互动共进的早期范例[D].徐州:江苏师范大学,2014.

[15] 张亚玲.《史记》文学研究[D].西安:陕西师范大学,2013.

[16] 戴建业,李晓敏.王符散文与汉代经学[J].湖南师范大学社会科学学报,2013,42(2):105-110.

[17] 马庆洲.汉代散文发展的历程[J].文史知识,2012(9):13-17.

[18] 徐建委.史料来源与周秦汉文学研究之关系[J].学术论坛,2012,35(3):51-55.

[19] 化晓方.西汉散文研究[D].西安:陕西师范大学,2011.

[20] 袁亚铮.论诗、骚传统影响下的汉代文人诗[D].长春：东北师范大学，2009.

[21] 跃进.秦汉时期的"三楚"文学[J].文学遗产，2008（5）：12-22.

[22] 刘跃进.秦汉时期巴蜀文学略论[J].重庆社会科学，2008（2）：81-86.

[23] 罗漫.秦汉文学流程的文化观照[J].中南民族大学学报（人文社会科学版），2004（3）：139-145.

[24] 刘跃进.秦汉文学编年史[M].北京：商务印书馆，2006.

[25] 杨阳，张青.秦汉文学辞典[M].呼和浩特：远方出版社，2006.

[26] 徐华.道家思潮与晚周秦汉文学形态[M].武汉：华中师范大学出版社，2008.

[27] 孙生.秦汉政治与文学[M].北京：民族出版社，2005.

[28] 袁行霈，聂石樵，李炳海.中国文学史 第1卷 秦汉[M].北京：高等教育出版社，1999.

[29] 曾毅.中国文学史[M].合肥：安徽文艺出版社，2020.

[30] 杨宁宁.司马迁思想与史记人物论稿[M].桂林：广西师范大学出版社，2019.